# Landline

# RAINBOW

# ROWELL

Traducción de Victoria Simó

**Landline**
*Segundas oportunidades*

Título original: *Landline*

Primera edición: noviembre de 2015



ISBN: 978-607-313-726-3

Impreso en México – *Printed in Mexico*

El papel utilizado para la impresión de este libro ha sido fabricado a partir de madera procedente de bosques y plantaciones gestionadas con los más altos estándares ambientales, garantizando una explotación de los recursos sostenible con el medio ambiente y beneficiosa para las personas.

*Este libro es una obra de ficción. Los personajes, organizaciones y acontecimientos que se citan en sus páginas son producto de la imaginación de la autora o están empleados con intención ficcional.*

*Este libro es para Kai.*
*(Como todo lo que importa.)*

## MARTES,
## 17 DE DICIEMBRE DE 2013

# CAPÍTULO 1

Cuando se estacionó en la entrada de los coches, Georgie estuvo a punto de llevarse una bicicleta por delante.

Neal nunca le pedía a Alice que la guardara.

Por lo visto en Nebraska no robaban bicicletas; ni tampoco allanaban las casas. Neal solía esperar a que Georgie hubiera regresado del trabajo para cerrar la puerta de la calle, aunque ella le había advertido de que dejarla abierta era como poner un cartel en el jardín que rezara: POR FAVOR, RÓBANOS A PUNTA DE PISTOLA. *No*, había respondido él. *Yo no lo veo igual.*

Georgie arrastró la bicicleta al porche y abrió la puerta sin necesidad de usar la llave.

En la sala reinaba la oscuridad, aunque el televisor seguía encendido. Alice se había quedado dormida en el sofá mirando caricaturas de la Pantera Rosa. Cuando fue a apagarlo, Georgie tropezó con un tazón de leche olvidado en el suelo. Había un montón de ropa limpia sobre la mesa de centro y agarró lo primero que encontró para limpiar el estropicio.

Cuando Neal cruzó el arco que separaba la sala del comedor, encontró a Georgie allí agachada, limpiando un charco de leche con unos calzones.

—Lo siento —le dijo—. Alice quiso darle un poco de leche a Noomi.

—No pasa nada. Iba despistada —Georgie se levantó e hizo una bola con los calzones antes de señalar a Alice con un gesto—. ¿Se encuentra bien?

Neal tendió la mano para tomar la prenda y luego recogió el tazón.

—Está bien. Le di permiso para esperarte. A cambio de que se comiera la col y me prometiera no volver a decir "literalmente", porque me estaba poniendo literalmente de nervios. Fue una larga negociación —camino de la cocina, se volvió a mirar a Georgie—. ¿Tienes hambre?

—Sí —reconoció ella, y lo siguió.

Neal estaba de buen humor aquella noche. Por lo general, cuando Georgie llegaba tan tarde a casa… Bueno, cuando Georgie llegaba tan tarde a casa, no lo estaba.

Georgie se sentó a la barra de la cocina. Apartando estados de cuenta, libros de la biblioteca y tareas de segundo grado, apoyó los codos sobre la superficie.

Neal encendió un hornillo. Llevaba un pantalón de piyama y una camiseta, y debía de haber ido a la peluquería; seguramente pensando en el viaje que se disponían a emprender. Si Georgie le hubiera acariciado la nuca, habría experimentado la sensación de palpar terciopelo en la dirección natural del cabello.

—No sabía qué te querrías llevar —comentó él—, así que te lavé todo lo que había en el cesto de la ropa sucia. Y acuérdate de que allí hace mucho frío, que siempre se te olvida.

Georgie siempre acababa por volarle a Neal sus suéteres.

Él estaba de tan buen humor esta noche...

Sonriendo, le preparaba la cena a Georgie. Un salteado con salmón, col rizada y alguna que otra verdura. Machacó un puñado de nueces de la India con la mano y los espolvoreó por encima del salteado antes de servirle el plato.

Cuando Neal sonreía, se le marcaban en las mejillas unos hoyuelos parecidos a paréntesis, unos paréntesis cubiertos de barba incipiente. Georgie sintió deseos de agarrarlo por encima de la barra y hundirle la nariz en las mejillas. (Siempre reaccionaba igual ante la sonrisa de Neal.) (Aunque dudaba de que él lo supiera.)

—Creo que te lavé todos los jeans... —continuó él mientras le servía un vaso de vino.

Georgie inspiró profundamente. Tenía que soltárselo cuanto antes.

—Hoy me dieron una buena noticia.

Él reclinó la espalda contra la barra y enarcó una ceja.

—¿Ah, sí?

—Sí... Maher Jafari está interesado en nuestra serie.

—¿Maher Jafari? ¿Y ése quién es?

—Es el tipo de la cadena de televisión con el que estábamos negociando. El que dio luz verde a *El Lobby* y al nuevo reality show sobre plantaciones de tabaco.

—Exacto —Neal asintió—. El tipo de la cadena de televisión. Pensé que te había ignorado.

—Y nosotros también —aclaró Georgie—. Por lo que parece, trata así a todo el mundo.

—Guau. Pues sí que es una buena noticia. Y entonces... —ladeó la cabeza—, ¿por qué no pareces contenta?

—Estoy entusiasmada —afirmó Georgie con voz chillona. Ay, Dios, debía de estar sudando—. Quiere un episodio piloto, guiones. Vamos a celebrar una gran reunión para hablar del reparto…

—Genial —convino él, esperando. Sabía que Georgie estaba dándole vueltas al asunto.

Ella cerró los ojos.

—… el veintisiete.

El silencio se apoderó de la cocina. Volvió a abrir los ojos. Sí, allí estaba el Neal que conocía y amaba (de verdad: lo uno y lo otro) con los brazos cruzados, los ojos entornados, los músculos crispados a ambos lados de la mandíbula.

—El veintisiete estamos en Omaha —le recordó él.

—Ya lo sé —dijo ella—. Neal, lo sé.

—¿Y entonces? ¿Tienes previsto adelantar el regreso a Los Ángeles?

—No, yo… Deberíamos tener los guiones listos para esa fecha. Seth piensa que…

—Seth.

—Sólo tenemos el episodio piloto —se justificó Georgie—. Nos quedan nueve días para escribir cuatro episodios y prepararnos para la reunión. Es una suerte que no tengamos que trabajar en *Los desastres de Jeff* esta semana.

—Tienen tiempo libre porque es Navidad.

—Ya sé que es Navidad. Seth… No voy a perderme la Navidad.

—¿Ah, no?

—No. Sólo me voy a perder… Omaha. Había pensado que podíamos quedarnos aquí.

—Ya tenemos los boletos.

—Neal. Hablamos de un episodio piloto. De un contrato con la cadena de nuestros sueños.

Georgie tenía la sensación de estar leyendo un guion. Por la tarde había mantenido esa misma conversación con Seth, prácticamente palabra por palabra...

*Pero es Navidad*, había objetado ella. Estaban en la oficina. Y Seth se había sentado en la zona de Georgie del gran escritorio en forma de "L" que compartían. La tenía acorralada.

*—Vamos, Georgie, aún nos quedarán unos días de vacaciones; y después de la reunión celebraremos la mejor Navidad de nuestras vidas.*

*—Cuéntaselo a mis hijas.*

*—Lo haré. Tus hijas me adoran.*

*—Seth, es Navidad. ¿No podemos aplazar esa reunión unos días?*

*—Llevamos esperando esta oportunidad toda nuestra vida laboral. Ha sucedido, Georgie. Ahora. Por fin.*

Seth pronunciaba su nombre una y otra vez.

Ahora, a Neal le temblaban las aletas de la nariz.

—Mi madre nos está esperando —objetó.

—Lo sé —susurró Georgie.

—Y las niñas... Alice le envió una carta a Santa Claus para avisarle que estaría en Omaha.

Georgie esbozó una sombra de sonrisa.

—Se las arreglará para encontrarla.

—Ésa no es... —Neal guardó el sacacorchos y cerró el cajón de golpe. Bajó la voz—. Ésa no es la cuestión.

—Ya lo sé —ella se inclinó hacia el plato—. Pero podemos visitar a tu madre el mes que viene.

—¿Y que Alice falte a la escuela?

—Si no hay más remedio...

Con las manos apoyadas sobre la barra, Neal tensaba los músculos de los antebrazos. Como si se preparara a posteriori para recibir la mala noticia. La cabeza gacha, el flequillo colgando sobre la frente.

—Podría ser nuestra gran oportunidad —alegó Georgie en su defensa—. Nuestra propia serie.

Neal asintió sin levantar la cabeza.

—Bien —accedió en un tono quedo y monocorde.

Georgie aguardó.

En ocasiones, las discusiones con Neal la descolocaban. La disputa mudaba en otra cosa (en algo más peligroso) sin que Georgie se diera cuenta. A veces, Neal ponía fin a la conversación o la dejaba con la palabra en la boca en plena argumentación, y ella se quedaba allí arguyendo mentalmente mucho después de que él se hubiera marchado.

Georgie ni siquiera estaba segura de que aquello se pudiera considerar una discusión. Todavía.

De modo que esperó.

Neal no levantó la vista.

—¿Qué significa "bien"? —preguntó ella por fin.

Él se apartó de la barra con brusquedad, haciendo un alarde de brazos desnudos y hombros musculosos.

—Significa que tienes razón. Claro —procedió a recoger la cocina—. Debes asistir a esa reunión. Es importante.

Lo dijo en un tono casi desenfadado. Puede que no fuera para tanto, al fin y al cabo. Quizás incluso se alegrara por ella. Con el tiempo.

—¿Entonces? —insistió Georgie para saber a qué atenerse—. ¿Te parece bien que vayamos a casa de tu madre el mes que viene?

Neal abrió el lavavajillas y empezó a recoger los platos sucios.

—No.

Georgie apretó los labios y se los mordió.

—¿No quieres que Alice falte a la escuela?

Él movió la cabeza para decir que no.

Ella lo observó llenar el lavavajillas.

—¿En verano, entonces?

Neal agitó la cabeza apenas, como si algo le hubiera rozado la oreja. Tenía unas orejas preciosas. Demasiado grandes quizás, y algo despegadas en la punta, como unas alas. A Georgie le gustaba agarrarlo por las orejas, cuando él se lo permitía.

Se imaginó a sí misma rodeándole la cara con las manos. Sintió en los pulgares el tacto de las orejas de Neal, el roce de los nudillos contra su pelo rapado.

—No —repitió él. Se incorporó y se secó las manos en el pantalón de la piyama—. Ya tenemos los boletos.

—Neal, hablo en serio. No puedo faltar a esa reunión.

—Ya lo sé —repuso él, y se volvió a mirarla. Le palpitaba la mandíbula. Permanentemente.

En su época universitaria, Neal había considerado la idea de alistarse en el ejército; Georgie pensaba que se le habría dado de fábula eso de dar pésimas noticias u obedecer una orden desgarradora sin que su expresión traicionara sus sentimientos. El rostro de Neal podría haber piloteado el *Enola Gay*.

—Ya me perdí —dijo Georgie.

—No puedes faltar a esa reunión —aclaró él—. Pero ya compramos los boletos. Y tú, de todas formas, te pasarás toda la semana trabajando. Será mejor que te quedes aquí y te concentres en la serie... Nosotros iremos a ver a mi madre.

—Pero es Navidad. Las niñas...

—La celebraremos de nuevo cuando regresemos. Les encantará. Dos Navidades.

Georgie no sabía cómo tomarse aquello. Quizás si hubiera acompañado aquella última frase con una sonrisa...

Él señaló el plato.

—¿Te lo caliento?

—No te preocupes.

Neal asintió con un breve gesto y salió de la cocina rozándole la mejilla con los labios al pasar. Se dirigió a la sala y tomó en brazos a Alice. Georgie lo oyó tranquilizarla en susurros ("Duerme, cariño, yo te llevo a la cama") antes de subir las escaleras.

# MIÉRCOLES,
# 18 DE DICIEMBRE DE 2013

# CAPÍTULO 2

El celular de Georgie no reaccionaba.

Nunca lo hacía a menos que lo conectara. Seguramente necesitaba una batería nueva, pero siempre olvidaba comprar una.

Dejó el café sobre el escritorio y conectó el teléfono a la laptop. Lo agitó, como si fuera una foto tipo Polaroid, mientras esperaba a que se reanimara.

Una uva pasó volando entre su nariz y la pantalla.

—¿Y bien? —preguntó Seth.

Georgie levantó la cabeza. Por primera vez desde que había llegado a la oficina, se fijó en él. Llevaba una camisa rosa de manga larga con un chaleco de punto de color verde, y aquel día lucía un peinado aún más moderno que de costumbre. Seth parecía un primo guapo de los Kennedy. Uno que no hubiera salido dientón.

—Y bien, ¿qué?

—Y bien, ¿qué tal estuvo?

Se refería a qué tal le había ido con Neal. Pero no lo decía claramente porque era así como se comunicaban. Había reglas.

Georgie echó otro vistazo al teléfono. Ninguna llamada perdida.

—Bien.

—Te dije que saldría bien.

—Bueno, pues tenías razón.

—Siempre tengo razón —apostilló Seth.

Georgie lo oyó regresar a su silla. También lo imaginó: con las largas piernas en alto, apoyadas en el borde del escritorio que compartían.

—Muy de vez en cuando acabas por tener razón en parte —lo corrigió ella sin dejar de golpetear el teléfono.

Neal y las niñas ya habrían tomado el segundo avión. Debían hacer una breve escala en Denver. Georgie pensó en enviarles un mensaje (*los quiero*) e imaginó el texto aterrizando en Omaha antes que ellos.

Por desgracia, Neal nunca escribía mensajes, así que tampoco comprobaba si los tenía; mandarle uno era como enviar un mensaje al vacío.

Dejó el teléfono a un lado y se llevó las gafas a la frente mientras intentaba concentrarse en la pantalla de la computadora. Tenía montones de emails por leer, todos de Jeff German, la estrella de su serie de humor.

Georgie no extrañaría a Jeff German si aquel nuevo proyecto llegaba a cuajar. Tampoco echaría de menos sus correos. Ni su gorra de beisbol roja. Ni su manía de obligarla a reescribir episodios enteros de *Los desastres de Jeff* cuando opinaba que su familia televisiva adquiría demasiado protagonismo.

—No puedo soportarlo —la puerta se abrió de par en par y apareció Scotty con aire derrotado. En la oficina de Seth y Georgie sólo cabía otra silla, una especie de hamaca de IKEA, muy incómoda. Scotty se desplomó de lado y se llevó las manos a la cabeza—. No puedo. Se me da mal eso de guardar secretos.

—Buenos días —lo saludó Georgie.

Scotty la miró entre los dedos.

—Hola, Georgie. Esa chica de ahí afuera me pide que te diga que tu madre está en el teléfono. Línea dos.

—Se llama Pamela.

—Pues muy bien. Mi madre se llama Dixie.

—No, la nueva recepcionista se llama… —Georgie desistió y tendió la mano hacia el teléfono negro de escritorio que compartía con Seth—. Hola.

La madre de Georgie suspiró.

—Llevo tanto rato esperando que empezaba a pensar que esa chica se había olvidado de mí.

—No. ¿Qué pasó?

—Sólo llamaba para saber cómo estás.

Su madre parecía preocupada. (Le encantaba hacer gala de su preocupación.)

—Muy bien —respondió Georgie.

—Bueno… —otro suspiro generoso—. Esta mañana hablé con Neal.

—¿Cómo lo hiciste?

—Puse el despertador. Sabía que se marchaban temprano. Quería despedirme.

La madre de Georgie concedía mucha importancia a los viajes en avión. Y a la cirugía menor. Y a veces al mero hecho de colgar el teléfono. *Nunca sabes cuándo va a ser la última vez que hables con alguien y sería una pena no despedirse como Dios manda.*

Georgie sostuvo el teléfono con el hombro para poder escribir mientras hablaba.

—Eres muy amable. ¿Pudiste hablar con las niñas?

—Hablé con Neal —repitió su madre, para recalcarlo—. Me dijo que van a pasar un tiempo separados.

—Mamá —protestó ella a la vez que devolvía la mano al auricular—. Una semana. Nada más.

—Dice que van a celebrar la Navidad cada uno por su cuenta.

—No es eso… ¿Por qué lo planteas en esos términos? Me surgió algo en el trabajo.

—Antes no te obligaban a trabajar en Navidad.

—No me obligan a trabajar en Navidad. Sólo durante estas fechas. Es complicado —Georgie resistió el impulso de comprobar si Seth estaba escuchando—. Fue decisión mía.

—Decidiste pasar sola la Navidad.

—No estaré sola. Estaré con ustedes.

—Pero, cielo, pasaremos el día con la familia de Kendrick. Ya te lo dije. Y tu hermana irá a ver a su padre. O sea, si quieres venir a San Diego, por mí encantada…

—Da igual. Ya me las arreglaré —Georgie miró a su alrededor. Seth lanzaba uvas al aire para atraparlas con la boca. Scotty estaba despatarrado con aire abatido, como si sufriera dolores menstruales—. Tengo que ponerme a trabajar.

—Bueno, pues ven esta noche —sugirió su madre—. Prepararé la cena.

—Estoy bien, mamá, en serio.

—Tú ven, Georgie. No deberías estar sola en momentos como éste.

—No pasa nada, mamá. Estoy bien.

—Es Navidad.

—Aún no.

—Prepararé algo para cenar. Te espero —colgó antes de que Georgie pusiera más objeciones.

Ella suspiró y se frotó los ojos. Sintió los párpados pegajosos. Las manos le olían a café.

—No puedo hacerlo —gimió Scotty—. Todo el mundo ya se dio cuenta de que guardo un secreto.

Seth echó un vistazo a la puerta; estaba cerrada.

—¿Y? Con tal de que no sepan cuál es el secreto...

—No me gusta —insistió Scotty—. Me siento un traidor. Soy Lando de la Ciudad de las Nubes. Soy el tipo ese que besó a Jesús.

Georgie se preguntó si de verdad algún otro guionista del equipo sospechaba algo. Seguramente no. El contrato de Georgie y Seth estaba a punto de expirar, pero todo el mundo daba por hecho que se quedarían. ¿Por qué iban a abandonar *Los desastres de Jeff* si la serie por fin era líder en audiencia?

Si se quedaban, les aumentarían el sueldo. Un aumento descomunal, de esos que te cambian la vida. Una cifra tan grande que el signo del dólar asomaba a los ojos de Seth cada vez que se refería a ella, como si fuera Rico McPato.

En cambio, si se marchaban...

Una razón y sólo una podía inducirlos a abandonar *Los desastres de Jeff*. La oportunidad de que su serie viera la luz. La serie con la que Georgie y Seth llevaban soñando prácticamente desde que se conocieron. Habían escrito juntos el borrador del episodio piloto cuando aún estudiaban en la universidad. Su propia serie, sus propios personajes. Adiós a Jeff German. Adiós a las muletillas y a las risas grabadas.

Si se marchaban, se llevarían a Scotty con ellos. (Cuando se marcharan, diría Seth. *Cuando, cuando, cuando.*) Scotty era suyo; Georgie lo había contratado hacía dos episodios y era el mejor redactor de gags con el que habían trabajado nunca.

A Seth y a Georgie se les daban mejor las *situaciones*. Circunstancias extrañas que se tornaban aún más retorcidas, chistes que se prolongaban y se prolongaban hasta culminar ocho capítulos más tarde. Sin embargo, de vez en cuando hacía falta que alguien resbalara con una cáscara de plátano. A Scotty nunca se le acababan las cáscaras de plátano.

—Nadie sabe que guardas un secreto —lo tranquilizó Seth—. A nadie le importa. Están demasiado ocupados acabando el trabajo antes de las vacaciones.

—Entonces, ¿cuál es el plan?

Scotty se incorporó en la silla. Era un tipo más bien pequeño, de facciones indias, cabello enmarañado y gafas, que se vestía como casi todos los guionistas: jeans, sudadera con capucha y unas estúpidas chanclas. Scotty era el único gay del equipo. Algunas personas pensaban que Seth también lo era, pero no. Sólo era guapo.

Seth le lanzó una uva a Scotty. Luego otra a Georgie. Ella la esquivó.

—El plan —explicó Seth— es venir mañana a trabajar como de costumbre, y escribir. Y luego seguir escribiendo.

Scotty recogió su uva del suelo y se la comió.

—Me entristece dejar el equipo. ¿Por qué siempre me toca irme en cuanto empiezo a hacer amigos?

Desplazó su mirada enfurruñada hacia Georgie.

—Eh, Georgie. ¿Estás bien? Pareces ida.

Georgie se percató de que se había quedado en Babia.

—Sí —dijo—. Estoy bien.

Tomó el celular y escribió un mensaje.

Tal vez...

Tal vez debería haber hablado con Neal por la mañana, antes de que se marchara. Haber mantenido una verdadera conversación con él. Para asegurarse de que no estaba enojado.

Sin embargo, cuando el despertador de Neal sonó a la cuatro y media, él ya estaba levantado, prácticamente vestido. Neal seguía usando un viejo radio despertador y cuando se acercó a la cama para apagarlo le dijo a Georgie que siguiera durmiendo.

—Luego estarás hecha un asco —le había advertido al ver que ella se incorporaba igualmente.

Como si Georgie fuera capaz de seguir durmiendo en lugar de despedirse de las niñas. Como si no fueran a pasar una semana separados. Como si no fuera Navidad.

Buscó las gafas que había dejado sobre la cabecera la noche anterior y se las puso.

—Los llevo al aeropuerto —decidió.

Parado en la puerta del vestidor, de espaldas a ella, Neal se ponía un suéter azul.

—Ya llamé a un taxi.

Tal vez Georgie habría debido discutir, pero, en vez de eso, se levantó y lo ayudó con las niñas.

No pudo hacer gran cosa. Neal las había acostado vestidas con unos pants y una camiseta para poder llevarlas al taxi por la mañana sin despertarlas.

Sin embargo, Georgie quería hablar con ellas antes de que se marcharan, y de todos modos Alice se despabiló cuando Georgie le estaba poniendo las balerinas rosas.

—Papá dijo que me podría poner las botas —protestó Alice con voz adormilada.

—¿Dónde están? —susurró Georgie.

—Papá lo sabe.

Mientras las buscaban, Noomie despertó también.

Y quiso ponerse botas.

Entonces Georgie se ofreció a traerles un yogur, pero Neal dijo que ya desayunarían en el aeropuerto; había preparado bocadillos.

Aguardó a que Georgie les explicara por qué no tomaría el avión con ellas.

—¿Irás en coche? —quiso saber Alice mientras él subía y bajaba por las escaleras para reunir las maletas en la entrada y asegurarse de que no dejaban nada.

Georgie intentó explicarles a las niñas que se iban a divertir tanto que apenas se acordarían de ella; además, celebrarían la Navidad todos juntos la semana próxima.

—Tendremos dos Navidades —concluyó.

—Me parece que eso no puede ser —arguyó Alice.

Noomi se echó a llorar porque le rozaba la costura del calcetín. Georgie no consiguió averiguar si prefería llevarla hacia arriba o hacia abajo. Neal salió del garaje y le quitó la bota a Noomi para solucionar el problema.

—El taxi está aquí —anunció.

Era un coche tipo camioneta. Georgie acompañó a las niñas a la calle y se arrodilló en la acera, todavía en piyama, para darles montones de besos al tiempo que intentaba fingir que no le partía el corazón despedirse de ellas.

—Eres la mejor mamá del mundo —declaró Noomi. Para la pequeña, todo era "lo mejor" o "lo peor". Todo era "nunca" o "siempre".

—Y tú eres la mejor niña de cuatro años del mundo —respondió Georgie a la vez que le plantaba un besazo en la nariz.

—La mejor gatita —la corrigió Noomi. Seguía llorosa por el problema del calcetín.

—Eres la mejor gatita del mundo.

Georgie le recogió el finísimo cabello color miel detrás de las orejas y le alisó la camiseta por la zona de la barriga.

—La mejor gatita verde.

—La mejor gatita verde del mundo.

—Miau —maulló Noomi.

—Miau —respondió Georgie.

—¿Mamá? —preguntó Alice.

—¿Sí? —Georgie atrajo hacia sí a su hija de siete años—. Ven, dame un abrazo gigante.

Sin embargo, Alice estaba demasiado preocupada como para devolverle el gesto.

—Si Santa Claus deja tus regalos en casa de la abuela, te los guardaré. Los meteré en mi maleta.

—Santa casi nunca le trae regalos a mamá.

—Bueno, pero si lo hace…

—Miau —intervino Noomi.

—Okey —accedió Georgie, que abrazaba a Alice con el brazo izquierdo. Atrajo a Noomi con el derecho—. Si me trae regalos, tú me los guardas.

—¡Mamá, miau!

—Miau —respondió Georgie, y las estrechó a ambas con fuerza.

—¿Mamá?

—Sí, Alice.

—De todas formas, lo más importante de la Navidad no son los regalos, sino Jesús. Bueno, para nosotros no, porque no somos religiosos. Para nosotros, lo importante de la Navidad es la familia.

Georgie le dio un beso en la mejilla.

—Tienes razón.

—Ya lo sé.

—Okey. Te quiero. Las quiero mucho a las dos.

—¿Hasta la luna y de regreso? —preguntó Alice.

—Qué va —repuso Georgie—. Mucho más.

—¿Hasta el infinito y de regreso?

—¡Miau!

—Miau —dijo Georgie—. Infinitas veces infinito. Las quiero tanto que me duele.

Noomi se puso seria.

—¿Te duele?

—No habla literalmente —explicó Alice—. ¿Verdad, mamá? ¿Verdad que no estás hablando literalmente?

—No. Bueno, en parte sí.

Neal dio un paso adelante.

—De acuerdo. Tendríamos que ir yéndonos o perderemos el avión.

Georgie les robó varios besos más mientras abrochaba los cinturones de las pequeñas y luego se quedó junto a la camioneta cruzando los brazos con ademán nervioso.

Neal se acercó a ella. Miró por encima del hombro, como si estuviera pensando en otra cosa.

—El avión aterrizará a las cinco —le dijo—. Hora local. Aquí serán alrededor de las tres… Te llamaré cuando lleguemos a casa de mi madre.

Georgie asintió, pero él rehuía su mirada.

—Vete con cuidado —le dijo.

Neal echó un vistazo al reloj.

—Todo irá bien… No te preocupes por nosotros. Tú haz lo que tengas que hacer. Suerte con la reunión —y la abrazó, más o menos, rodeándole los hombros con un brazo a la vez que la besaba con torpeza. Ya se estaba alejando cuando agregó—: Te quiero.

Georgie quería agarrarlo por los hombros.

Quería abrazarlo hasta que él la levantara en el aire.

Quería hundirle la cabeza en el cuello y notar cómo los brazos de Neal le arrebataban el aliento.

—Te quiero —dijo. No estaba segura de que la hubiera oído.

—¡Las quiero! —les gritó a las niñas. Golpeó en la ventanilla trasera con los nudillos y estampó un beso en el cristal, porque sabía que eso las haría reír. Abundaban las marcas de besos en las ventanillas traseras del Prius.

Las pequeñas agitaban las manos como posesas. Georgie se apartó de la camioneta sin dejar de hacer gestos de despedida con ambas manos. Neal hablaba con el taxista en el asiento delantero.

Puede que Neal se hubiera girado a mirarla una vez, antes de que el vehículo doblara la esquina. Las manos de Georgie se paralizaron en mitad del movimiento.

Y los perdió de vista.

# CAPÍTULO 3

—¿Necesitas ayuda?

Georgie parpadeó.

Seth estaba plantado a su lado. Propinándole golpecitos en la coronilla con una carpeta. Jeff German se había empeñado en que reescribieran un episodio entero antes de que los guionistas se fueran de vacaciones y era Georgie, principalmente, la encargada de hacerlo. (Porque no terminaba de confiar en nadie.) (Lo cual era su problema. De manera que no podía quejarse.)

La tarde se había convertido en un caos de ruido, comida y canciones navideñas. Por alguna razón (bueno, como consecuencia del alcohol), al equipo se le había antojado cantar villancicos de las dos a las tres y media. Y luego alguien, quizás Scotty, había intentado deslizar una bandeja de camarones por debajo de la puerta de la oficina. Ya eran las seis, reinaba la calma y Georgie por fin estaba haciendo progresos con los cambios del guion.

—No —le dijo a Seth—. Ya casi está.

—¿Seguro?

Ella no despegó la vista de la pantalla.

—Sí.

Seth se reclinó contra su lado del escritorio, junto al teclado.

—Bueno…

—¿Qué?

—Bueno —repitió él—. Al final se fueron a Omaha.

Georgie negó con la cabeza, si bien la respuesta era sí.

—Era lo más lógico. Ya teníamos los boletos y, en cualquier caso, yo me voy a pasar toda la semana trabajando.

—Sí, pero… —Seth rozó su brazo con la pierna. Georgie alzó la vista—. ¿Qué vas a hacer en Navidad?

—Iré a casa de mi madre.

Sólo era mentira en parte. Podía ir de todos modos. Aunque su madre no estuviera.

—Podrías venir a casa de la mía.

—Lo haría —replicó Georgie—. Si no tuviera madre.

—A lo mejor te acompaño a casa de la tuya —Seth sonrió—. Me adora.

—Eso no dice mucho en tu favor.

—¿Sabes? Esta mañana llamó tres veces antes de que llegaras. Piensa que desconectaste el teléfono a propósito para evitarla.

Georgie devolvió la vista a la pantalla.

—Debería hacerlo.

Seth se levantó y se colgó el maletín al hombro. Georgie tardaría otra hora en reescribir aquella escena. Tal vez fuera mejor empezar de cero.

—Oye, Georgie.

Ella siguió escribiendo.

—Sí.

—Georgie.

Levantó la vista nuevamente. De pie junto a la puerta, Seth la estudiaba con la mirada.

—Estamos a un paso —dijo—. Por fin sucedió.

Georgie asintió e intentó sonreír. Lo consiguió a duras penas.

—Hasta mañana —dijo Seth propinando una palmada al marco de la puerta y se marchó.

Georgie conducía camino de su casa cuando recibió una llamada de su hermana.

—Ya cenamos —la informó Heather.

—¿Qué?

—Son las nueve. Teníamos hambre.

Ay, sí. La cena.

—Bien hecho —dijo Georgie—. Dile a mamá que la llamaré mañana.

—Aún quiere que vengas. Dice que tu matrimonio se fue al garete y que necesitas nuestro apoyo.

A Georgie le dieron ganas de cerrar los ojos, pero no podía hacerlo yendo al volante.

—Mi matrimonio no se fue al garete, Heather, y no necesito su apoyo.

—Entonces, ¿Neal no te dejó y se llevó a las niñas a Nebraska?

—Las llevó a ver a su abuela —se impacientó Georgie—. No estamos peleando por la custodia, ¿sabes?

—Neal la conseguiría si quisiera, ¿no crees?

Desde luego, pensó Georgie.

—Deberías venir —insistió Heather—. Mamá preparó macarrones con atún.

—¿Les puso chícharos?

—No.

Georgie imaginó su casa vacía en Calabasas. La maleta olvidada junto al clóset. La cama desierta.

—Va —aceptó.

—¿Tienes un cargador de iPhone?

Georgie dejó las llaves y el teléfono en la barra de la cocina. Ya nunca llevaba bolso; guardaba la licencia de manejo y una tarjeta de crédito en la guantera del coche.

—Lo tendría si me regalaras uno.

Apoyada contra el mármol, Heather comía macarrones con atún directamente de un recipiente de cristal.

—Pensé que ya habías cenado —observó Georgie.

—No me hagas esos comentarios. Me provocarás un trastorno alimentario.

Georgie puso los ojos en blanco.

—En nuestra familia no sufrimos trastornos alimentarios. Deja de comerte mi cena.

Heather le pasó el platón a Georgie, no sin antes tomar otro enorme bocado.

La hermana de Georgie tenía dieciocho años y fue una bebé no planeada, lo que significa que la madre de Georgie no tenía previsto acostarse con el quiropráctico para el que trabajaba y quedar embarazada a los treinta y nueve. El matrimonio de su madre y el quiropráctico duró exactamente hasta el nacimiento de Heather.

En aquel entonces, Georgie ya iba a la universidad, de ahí que Heather y ella sólo llegaran a convivir un par de años a lo sumo. En ocasiones Georgie tenía la sensación de ser su tía más que su hermana mayor.

Eran idénticas, como dos gotas de agua.

Heather compartía el cabello ondulado color miel de Georgie. Y sus ojos, de un azul muy claro. Y tenía la misma figura que Georgie en la adolescencia, como un reloj de arena achatado. Sin embargo, Heather era una pizca más alta que su hermana…

Mejor para ella. Con algo de suerte, cuando Heather quedara embarazada, su barriga no se convertiría en un tambor. *Es por culpa de las cesáreas*, decía la madre de Georgie como si su hija hubiera decidido voluntariamente someterse a dos cesáreas, como si le hubieran dado a escoger y ella las hubiera elegido por pura pereza. *Ustedes dos nacieron por parto natural y yo recuperé la figura enseguida.*

—¿Por qué me miras la barriga? —preguntó Heather.

—Intento provocarte un trastorno alimentario —replicó Georgie.

—¡Georgie! —la madre de las chicas entró en la cocina sosteniendo contra el pecho un pug hembra, una perrita minúscula pero notoriamente embarazada. El padrastro de Georgie, Kendrick (un alto afroamericano que aún no se había quitado el polvoriento overol de trabajo), la seguía de cerca—. No te oí entrar.

—Acabo de llegar.

—Dame eso. Te lo calentaré.

La madre de Georgie le quitó de las manos el recipiente de macarrones y le tendió el perro a cambio. Ella lo sostuvo a buena distancia de su cuerpo. Le disgustaba tocarlo; y le daba igual si eso la hacía parecer la mala de una comedia romántica.

Kendrick la rescató quitándole el perro de las manos.

—¿Qué tal, Georgie?

El hombre la miraba con una expresión excesivamente amable. Le dieron ganas de gritar: ¡Mi marido no me *dejó!*

Sin embargo, Kendrick no se lo merecía. Era el mejor padrastro que cualquier chica podía soñar. Y asombrosamente joven. (Kendrick sólo tenía tres años más que Georgie. Su madre lo había conocido cuando acudió a limpiar su patético intento de piscina.) (Esas cosas pasan en la vida real.) (En el valle de California.)

—Muy bien, Kendrick. Gracias.

La madre de Georgie movió la cabeza con aire tristón sin despegar la vista del microondas.

—De verdad —insistió Georgie mirando a los presentes—. Estoy de maravilla. Me quedé porque están a punto de dar luz verde a mi serie.

—¿Tu serie? —se extrañó su madre—. No sabía que tu serie peligrara.

—No. No hablo de *Los desastres de Jeff.* Nuestra serie. *Con el paso del tiempo.*

—Nunca veo esa serie—confesó la madre—. Ese chico es tan maleducado…

—¿Trev? —preguntó Heather—. Todo el mundo adora a Trev.

Trev era el hijo mediano de *Los desastres de Jeff.* Era el gran acierto de Georgie, un misántropo alelado de doce años de edad que siempre estaba disgustado y nunca hacía nada agradable.

Georgie utilizaba a Trev para descargar su resentimiento. Hacia Jeff German, hacia la cadena de televisión, hacia el mismo Trev. Hacia el hecho de estar trabajando en una serie que era poco más que una copia de *Mejorando la casa* sin ninguna de sus virtudes (sin Jonathan Taylor Thomas y Wilson).

Trev también era el artista revelación de la serie.

Georgie miró a su hermana entornando los ojos.

—¿Te gusta Trev?

—Por Dios, a mí no —se horrorizó Heather—, pero le gusta a todo el mundo. Los vándalos de la escuela llevan camisetas con el lema: "Es patético". O sea, no los vándalos cool. Los feúchos y deprimentes que escuchan Insane Clown Posse.

—No se dice: "Es patético" —intervino Kendrick—. Sería, más bien: "Es patéééético".

Heather se echó a reír.

—Ay, por Dios, papá, lo dices igual que él.

—Es patéééééético —repitió Kendrick.

"Es patético" era la muletilla de Trev. Georgie se quitó las gafas y se frotó los ojos.

Su madre movió la cabeza con gesto compungido y dejó el plato de macarrones sobre la mesa. Luego tomó el perro de los brazos de Kendrick y le frotó la cara contra el húmedo hocico gris:

—¿Pensabas que me había olvidado de ti? —le preguntó con voz melosa—. Pues claro que no, mami bonita.

—Gracias, nena —dijo Georgie y, sentándose a la mesa, arrastró el plato de macarrones hacia sí.

Kendrick le propinó unas palmaditas en el hombro.

—A mí sí que me gusta Trev. ¿Tu nueva serie será de ese estilo?

—No exactamente —respondió ella frunciendo el ceño.

Todavía la incomodaba que Kendrick adoptara un aire paternal con ella. Sólo le llevaba tres años. *No eres mi padre*, tenía ganas de decirle en ocasiones. Como si tuviera doce años. (Cuando Georgie tenía doce años, Kendrick tenía quince. Podrían haber ligado en el centro comercial.)

—*Con el paso del tiempo* —explicó Heather con tono apaciguador al tiempo que sacaba una caja de pizza del refrigerador— es una tragicomedia de capítulos de una hora de duración. Es lo máximo.

Georgie obsequió a su hermana con una sonrisa agradecida. Ella, por lo menos, la escuchaba cuando hablaba.

—Es *Square Pegs* —añadió Georgie— más *Es mi vida* y *Arrested Development*.

Si Seth estuviera allí, añadiría: *Más alguna que otra serie que alguien conozca.*

Y entonces Scotty diría: ¡*Más* El show de Bill Cosby*!*

Y Georgie agregaría: *Pero sin los Cosby*, y luego lamentaría que en el episodio piloto no hubiera más diversidad. (Mañana lo comentaría con Seth...)

*Con el paso del tiempo* reflejaba la angustia de la vida estudiantil (los altibajos, el absurdo) para convertirla en algo aún más inestable y extravagante.

Así la habían vendido, cuando menos. Así se la había vendido Georgie a Maher Jafari el mes anterior. Estuvo inspirada en aquella reunión. La clavó de principio a fin.

Cuando salieron de los estudios, Seth y ella se habían ido directamente al bar de enfrente, y Seth se había plantado en el taburete para brindar por Georgie. Incluso le había rociado la cabeza con whisky Canadian Club como si fuera agua bendita.

*—Eres la neta, Georgie McCool. Acabas de hacer una actuación digna de Streisand. Conseguiste que se le saltaran las putas lágrimas de la risa, ¿lo viste?*

Seth empezó a estampar los pies contra el taburete y Georgie lo agarró por los tobillos.

*—Para, te vas a caer.*

*—Tú* —le había dicho él, bajando la cabeza para mirarla y alzando la copa— *eres mi arma secreta.*

Heather se apoyaba ahora en la silla de Georgie haciendo gestos con un trozo de pizza fría.

—*Con el paso del tiempo* ya es mi serie favorita —declaró— y conste que soy público objetivo.

Georgie se tragó los macarrones que se le habían atragantado.

—Gracias, nena.

—¿Has hablado con las niñas? —le preguntó su madre. Sosteniendo la perrita contra la cara, le rascaba la cabeza con el mentón. Los brillosos ojos del animal sobresalían cada vez que le clavaba la barbilla entre las orejas.

Georgie hizo una mueca y desvió la vista.

—No —respondió—. Estaba a punto de llamarlas.

—¿Cuántas horas hay de diferencia? —intervino Kendrick—. Allí debe de ser casi medianoche.

—Ay, Dios —Georgie soltó el tenedor—. Tienes razón.

Su celular no servía para nada, así que se acercó al teléfono de góndola café que había en la cocina.

Todos la miraban. Heather, Kendrick, su madre y la perrita. Entró otro perro en la cocina acompañado de un repiqueteo de uñas contra los mosaicos y la miró también.

—¿Aún conservas el teléfono de mi habitación? —le preguntó a su madre.

—Creo que sí —respondió la mujer—. Mira en el clóset.

—Genial. Voy a...

Georgie abandonó la cocina a toda prisa y corrió por el pasillo.

En cuanto Georgie finalizó la secundaria, su madre corrió a convertir el dormitorio infantil de su hija en la sala de exhibición de los trofeos caninos. El gesto le molestó bastante en su día, por cuanto Georgie no se fue de casa hasta después de haber finalizado la carrera universitaria.

—*¿Y dónde quieres que exhiba mis premios si no ahí?* —había argüido la madre cuando Georgie protestó—. *Son perros de concurso. De todos modos, tú ya tienes un pie afuera.*

—*De momento, no. De momento, tengo los dos pies sobre la cama.*

—*Quítate los zapatos, Georgie. Esto no es un granero del oeste.*

La vieja cama de Georgie seguía en su antiguo dormitorio. Al igual que su mesita de noche, una lamparita y algunos libros que nunca tenía tiempo de llevarse. Abrió el clóset y rebuscó entre un montón de cachivaches hasta encontrar un antiguo teléfono amarillo de disco; lo había comprado ella misma en un mercado callejero cuando iba en bachillerato. Así de pretenciosa era.

Por Dios, cuánto pesaba. Desenrolló el cable y reptó por debajo de la cama para conectarlo. (Había olvidado la sensación: cómo la entrada mordía la clavija del final del cordón con un clic.) Se subió a la cama y se acomodó el teléfono en el regazo. Inspiró hondo antes de levantar el auricular.

Había intentado llamar al celular de Neal, pero no había podido contactar con él. La cobertura era un asco en Omaha. Marcó el fijo de su madre de memoria...

Hacía años, Georgie y Neal pasaron un verano entero separados. Fue durante las vacaciones de tercero, justo después de que empezaran a salir. Ella lo había llamado a Omaha todas y cada una de las noches. Desde aquella habitación, con aquel mismo teléfono.

En aquel entonces, los retratos caninos no atestaban las paredes, aunque ya había los suficientes como para que

Georgie tuviera ganas de esconderse debajo de las cobijas cuando se quedaba despierta hasta las tantas diciendo guarradas con Neal. (Conociendo a Neal, nadie habría pensado que fuera capaz de decir guarradas; por lo general, ni siquiera decía groserías. Pero fue un verano muy largo.)

La madre de Neal respondió a la cuarta señal.

—¿Sí?

—Hola, Margaret, qué tal. Ya sé que es tarde, disculpa. Siempre se me olvida la diferencia horaria. ¿Está despierto Neal?

—¿Georgie?

—Ay, perdón. Sí, soy yo… Georgie.

Se hizo un silencio.

—Espera un momento, voy a ver.

Georgie esperó, cada vez más nerviosa sin saber por qué. Como si tuviera catorce años y estuviera llamando al chico que le gustaba y no al hombre con el que llevaba catorce años casada.

—¿Hola? —debía de haber sacado a Neal de la cama. Su voz sonaba ronca.

Ella se irguió.

—Eh.

—Georgie.

—Sí… Hola.

—Aquí es muy tarde.

—Ya lo sé, siempre se me olvida la diferencia horaria. Disculpa.

—Es que… —Neal soltó una especie de bufido, como de hastío—. Ya no esperaba que llamaras.

—Ah. Bueno, sólo quería asegurarme de que habían llegado bien.

—Llegamos bien —dijo él.

—Bien.

—Sí…

—¿Cómo está tu madre? —preguntó Georgie.

—Muy bien. Los dos están bien, todo el mundo está bien. Mira, Georgie, es muy tarde.

—Claro. Perdón. Te llamo mañana.

—¿Sí?

—Sí. O sea, mañana llamaré más temprano. Es que…

Él volvió a resoplar.

—Perfecto.

Y colgó.

Durante un segundo, Georgie se quedó allí sentada, sosteniendo el auricular mudo contra la oreja.

Neal le había colgado.

Ni siquiera había tenido tiempo de preguntar por las niñas.

Y ni siquiera le había dicho "te quiero". Georgie siempre le decía *te quiero* a Neal y él siempre le respondía con las mismas palabras, por banal que fuera el gesto. Lo consideraban una especie de control de seguridad, la prueba de que ambos seguían al pie del cañón.

Puede que Neal estuviera enojado con ella.

Bueno, era obvio que estaba enojado, siempre parecía molesto con ella… pero quizás esta vez lo estuviera más que de costumbre.

Quizás.

O tal vez sólo estuviera cansado. Llevaba despierto desde las cuatro de la madrugada.

Y Georgie, desde las cuatro y media. De repente, la invadió también el cansancio. Consideró la idea de volver al coche y conducir el largo trayecto hasta Calabasas, donde no la aguardaba nada salvo una casa desierta…

Se quitó los zapatos, se tapó con el viejo edredón y palmeó dos veces para apagar la luz. Seguía viendo cincuenta pares de ojos tristones brillando en la oscuridad.

Mañana llamaría a Neal.

Le diría *te quiero* en cuanto contestara el teléfono.

## JUEVES,
## 19 DE DICIEMBRE DE 2013

# CAPÍTULO 4

Pamela (la chica de ahí afuera) había dejado una notita amarilla en la puerta de la oficina de Georgie. Debió de pasarla por alto la noche anterior, cuando se marchó.

*Tu marido llamó mientras hablabas con el señor German.*
*Dijo que ya llegaron y que lo llames cuando puedas.*

Esta mañana, de camino al trabajo, Georgie ya había intentado hablar con Neal en dos ocasiones (necesitaba unas palabras que la ayudaran a borrar de su mente la incómoda conversación del día anterior), pero él no había respondido.

Algo que, por otro lado, era bastante habitual en él. Neal a menudo dejaba el celular en el recibidor o en el coche, u olvidaba activar el sonido cuando lo tenía en modo silencio. Pero jamás había ignorado las llamadas de Georgie adrede. Hasta el momento.

Georgie no le había dejado un mensaje; en ambas ocasiones se había quedado paralizada. Cuando menos, Neal vería que lo había llamado. Algo es algo.

La noche anterior estaba tan raro…

Es verdad que Georgie lo había despertado. Pero había notado algo más. Durante un momento, oyéndolo decir de tan mal modo que su madre estaba bien (los dos están bien) Georgie tuvo la sensación de que se refería a su padre también.

El padre de Neal había fallecido hacía tres años. Era ferroviario y sufrió un paro cardiaco en el trabajo. El día que la madre de Neal llamó para comunicarles la noticia, Neal se retiró a su dormitorio sin pronunciar palabra. Era la segunda vez en su vida que Georgie lo veía llorar.

Tal vez Neal estuviera desorientado la noche anterior. Eso de despertarse en la casa de sus padres, de dormir en su habitación infantil, repleta de recuerdos de su papá...

O quizás, sencillamente, Georgie no hubiera oído bien. *Está bien. Las dos están bien. Todo el mundo está bien.*

Georgie dejó el café sobre el escritorio y conectó el teléfono.

Seth la miraba fijamente.

—¿Estás a punto de tener la regla?

Sonó a la típica pregunta ofensiva entre colegas de oficina, pero no lo era. Es imposible trabajar codo a codo con alguien a lo largo de toda tu vida adulta y no hablarle del síndrome premenstrual.

O quizás sí, pero Georgie se alegraba de poder hacerlo.

—No —negó con la cabeza—. Me encuentro bien.

—No lo parece —insistió él—. Llevas puesta la misma ropa que ayer, ¿no?

Jeans. Una vieja camiseta de Neal, de un concierto de Metallica. Un cárdigan.

—Deberíamos trabajar en la sala de los guionistas —se zafó Georgie—. Necesitaremos el pizarrón.

—Vas vestida igual que ayer —repitió Seth—. Y ya entonces te veías bastante mal.

Georgie suspiró.

—Pasé la noche en casa de mi madre, ¿okey? Tienes suerte de que me haya bañado.

Había usado el baño de Heather y también su champú. Ahora apestaba a betún.

—¿Pasaste la noche en casa de tu madre? ¿Estabas demasiado borracha para agarrar el coche?

—Demasiado cansada —lo corrigió ella.

Neal entornó los ojos.

—Todavía pareces cansada.

Georgie lo miró frunciendo el ceño. Seth ofrecía un aspecto impecable, como siempre. Camisa a cuadros, pantalón beige con los dobladillos arremangados por encima de los tobillos desnudos, sandalias de ante. Parecía recién salido de Banana Republic. Cuando menos, ése era el tipo de moda que imaginaba en los escaparates de dichas tiendas; hacía años que no pisaba Banana Republic. Últimamente compraba la ropa en internet, y sólo en caso de extrema necesidad.

Seth, a diferencia de ella, no se había dejado. En todo caso se cuidaba más que antes. No parecía haber envejecido ni un día desde 1994, el año que se conocieron.

La primera vez que lo vio, Seth estaba sentado en el escritorio de una chica muy guapa, jugueteando con su cabello. Georgie estuvo a punto de ponerse a saltar de alegría al ver a otra mujer en las oficinas de *La cucharada*.

Más tarde descubrió que la chica sólo iba los miércoles, a vender anuncios. *A las chicas no les va la comedia*, le explicó Seth. Un comentario amable en comparación con el que corría entre los chicos del equipo: *Las chicas no tienen gracia*.

(Después de cuatro años trabajando en la famosa revista universitaria de humor, Georgie acabó por convencer a unos pocos de que añadiera la coletilla *salvando a la presente* al final de la frase.)

Si Georgie escogió la Universidad de Los Ángeles, fue precisamente por *La cucharada*. Bueno, y también por el programa de teatro, y porque la ULA estaba lo bastante cerca del domicilio materno como para seguir viviendo en casa.

Pese a todo, fue principalmente por *La cucharada*. Georgie era fan de esa revista.

Había empezado a leerla cuando estudiaba segundo de secundaria; guardaba los ejemplares y pegaba las portadas en la pared de su habitación. La gente opinaba que *La cucharada* era "*La sátira de Harvard* de la costa oeste", aunque más ligera y vistosa. Algunos de sus guionistas de comedia favoritos habían salido de allí.

La primera semana del primer curso, Georgie se había presentado en las oficinas de *La cucharada*, una mezcla de local juvenil y sala de computadoras, situadas en el sótano del centro estudiantil. Estaba dispuesta a hacer cualquier cosa, desde preparar café hasta corregir los anuncios por palabras, pero ardía en deseos de escribir.

Seth fue la primera persona que conoció allí. Era alumno de segundo y ya trabajaba de editor y, al principio, era el único que se dignaba a mirarla a los ojos durante las reuniones del consejo editorial.

Y sólo porque era Seth y Georgie, una chica.

En aquel entonces, el principal entretenimiento de Seth consistía en encandilar a las chicas. (Otra cosa que no había cambiado.) Por suerte para él, tanto entonces como ahora, las chicas estaban encantadas de dejarse encandilar por él.

Seth era deslumbrante (alto, de ojos marrones y abundante cabello castaño, y parecía sacado de la portada de uno de los primeros álbumes de los Beach Boys.

Georgie se acostumbró a las camisas de madrás de Seth y a sus pantalones caqui.

Se acostumbró a Seth. Siempre sentado en el escritorio de Georgie o desplomado en el sofá, a su lado. Se acostumbró a disfrutar de su atención en *La cucharada*; porque solía ser la única chica que iba por allí.

Y porque formaban un buen equipo.

Se percataron casi de inmediato. Gerogie y Seth se reían de los mismos chistes y eran más graciosos cuando estaban juntos. Bastaba con que uno viera llegar al otro para que empezaran a montar el número.

Fue en aquel entonces cuando Seth comenzó a referirse a Georgie como "su arma secreta". El resto de la redacción estaba tan ocupado fingiendo que no la veía que casi ninguno se percataba de lo graciosa que era.

*—A la gente le tiene sin cuidado quién escribe sus telecomedias favoritas* —decía Seth—. *Les da igual que las escriba un chico agradable con lentecitos de montura metálica* (corrían los noventa) *o una rubia guapa* (ésa era Georgie). *Quédate conmigo, Georgie, y seremos invencibles.*

Y Georgie lo hizo.

Después de graduarse, se pegó a Seth como una lapa a lo largo de cinco telecomedias, cada una un poco menos horrible que la anterior.

Y ahora, por fin, la suerte les había sonreído con un superéxito de audiencia: *Los desastres de Jeff.* Y la serie era un horror, de acuerdo, pero ¿a quién le importaba? (A quién, además de a Georgie y a Seth y al amargado y desilusionado equipo de guionistas.) La serie era un éxito y llevaba su firma.

Y todo habría valido la pena si aquel contrato prosperaba.

Desde que habían recibido la llamada de los estudios de Maher Jafari, Seth no cabía en sí de gozo. Hasta ese momento, a pesar de la fantástica presentación, pensaban que Jafari no estaba interesado en *Con el paso del tiempo*. Ni en ellos. Les había enviado una carta un tanto extraña que habían interpretado como un rechazo. Y luego, hacía dos días, había llamado para decir que la cadena necesitaba una serie para sustituir media temporada de otra. Con urgencia. Y que fuera barata.

—*Tengo un buen presentimiento respecto a la suya* —había dicho Jafari—. *¿Me podrían enseñar algo dentro de una semana?*

Seth prometió tenerlo todo listo para esa fecha.

—*Podríamos tenerlo listo para la semana pasada*, dijo.

Dicho eso, se encaramó a su silla y se puso a bailar otra vez.

—*Esta serie va a pegar más fuerte que* Los Soprano, *más que* Mad Men.

—*Baja de ahí* —lo regañó Georgie—. *Van a pensar que estás borracho.*

—*Pues que lo piensen* —replicó él—, *porque estoy a punto de emborracharme. Y, al fin y al cabo, el tiempo sólo es una ilusión.*

—*Y tú deliras. No podemos escribir cuatro guiones de aquí a Navidad.*

Seth no dejó de bailar. Seguía un ritmo imaginario con la barbilla al tiempo que fingía echar el lazo con el brazo.

—*Tenemos hasta el veintisiete. Eso son diez días.*

—*Diez días durante los cuales voy a estar en Omaha, Nebraska, celebrando la Navidad.*

—*Que se joda Omaha. La Navidad se adelantó.*

*—Para de bailar, Seth. Habla conmigo.*

Él dejó de moverse y la miró con el ceño fruncido.

*—¿Acaso no me oíste? Maher Jafari está interesado en nuestra serie. En nuestra serie, ¿recuerdas? La razón de que hayamos venido a este mundo. Nuestra misión en la vida.*

*—¿De verdad crees que alguien viene al mundo a escribir comedia para la tele?*

*—Sí* —dijo Seth—. *Nosotros.*

Desde entonces, estaba fuera de sí. Aunque Georgie discutiera con él, aunque no le hiciera ni caso, Seth no dejaba de sonreír. Ni de canturrear, algo que en otras circunstancias habría resultado sumamente molesto. Pero Georgie también estaba acostumbrada a eso.

Ahora Georgie se volvió a mirarlo para preguntarle por el plazo de entrega de *Los desastres de Jeff*...

Y acabó simplemente mirándolo.

Seth sonreía para sí mientras escribía un email con dos dedos, por hacerse el payaso. Le bailaban las cejas.

Georgie suspiró.

Se suponía que iban a acabar juntos. Seth y Georgie.

Bueno, estrictamente hablando, habían acabado juntos. Desde que se conocieron, no pasaba un solo día sin que se vieran o hablaran.

Ahora bien, se suponía que iban a acabar juntos, juntos. Todo el mundo lo daba por hecho. Georgie lo daba por hecho.

En cuanto Seth hubiera agotado las otras posibilidades, tan pronto como hubiera despachado la cola de admiradoras. Él no tenía ninguna prisa y Georgie carecía de voz y voto al respecto. Había cogido número. Esperaba pacientemente.

Y un día, de golpe y porrazo, dejó de esperar.

Cuando Seth salió para hablar con los guionistas, Georgie intentó llamar a Neal otra vez.

Su marido respondió a la tercera señal.

—¿Sí?

No. No era Neal.

—¿Alice? ¿Eres tú?

—Sí.

—Soy mami.

—Ya lo sé. Sonó tu canción.

—¿Y cuál es mi canción?

Alice se puso a cantar *Good day sunshine*.

Georgie se mordió el labio.

—¿Ésa es mi canción?

—Sí.

—Es una canción muy buena.

—Sí.

—Oye —dijo Georgie—. ¿Dónde está papá?

—Afuera.

—¿Afuera?

—Está quitando la nieve de la acera —aclaró Alice—. Está nevando. Vamos a tener una Navidad blanca.

—¿Qué suerte? ¿Llegaron bien?

—Ajá.

—¿Y qué fue lo más divertido de… Alice? —a las niñas les gustaba contestar el teléfono (y les encantaba llamar) pero perdían el interés enseguida—. Alice. ¿Estás mirando la tele?

—Ajá.

—Pon la pausa y habla con mami.

—No puedo. La abuela no tiene pausa.

—Pues apágala un momento.

—No sé hacerlo.

—Está bien, pues... —Georgie hizo esfuerzos por no impacientarse—. Te extraño. Mucho.

—Yo también.

—Los quiero mucho... ¿Alice?

—¿Sí?

—Pásame a Noomi.

Oyó ruidos indefinidos, luego un golpe, como si el celular se hubiera caído al suelo, y por fin:

—¿Miau?

—¿Noomi? Soy mamá.

—Miau.

—Miau. ¿Qué haces?

—Estamos viendo Chip y Chop.

—¿Se alegró la abuela de verte?

—Nos dejó ver Chip y Chop.

—Qué bien. Te quiero.

—¡Eres la mejor mamá del mundo!

—Gracias. Oye, Noomi, dile a papá que llamé, ¿va?

—Miau.

—Miau. Díselo, ¿va?

—¡Miau!

—Miau.

Georgie cortó la llamada y dedicó un rato a buscar fotos de las niñas en el celular. No le gustaba nada hablar con ellas por teléfono. Cuando lo hacía, se sentía aún más separada de ellas. E impotente. La invadía la idea de que, si les pasaba algo, no podría hacer nada por evitarlo. En cierta ocasión, Georgie llamó a casa mientras conducía por la autopista y no pudo hacer nada más que escuchar cuando Alice dejó caer el celular en el tazón de cereales y luego estuvo pensando si recogerlo o no.

Además... las voces de las niñas sonaban más agudas por teléfono. Parecían más pequeñas, y Georgie oía cada una de sus respiraciones, de sus ruiditos. Lo único que conseguía era percatarse de lo mucho que las echaba de menos. De que las extrañaba horriblemente. De que ellas crecían y cambiaban por momentos y ella no estaba allí para presenciarlo.

Si Georgie no hablara con sus hijas ni una sola vez a lo largo del día, le costaría menos fingir que su vida doméstica se detenía mientras ella estaba ausente.

Las llamaba a diario. Dos veces, por lo general.

Georgie, Seth y Scotty se quedaron escribiendo el guion de *Con el paso del tiempo* hasta mucho después de que anocheciera. Trabajaron hasta que Scotty se durmió con la nuca apoyada en el respaldo de la silla y la boca abierta. Seth quería dejarlo allí.

—Así, por lo menos, mañana será puntual.

A Georgie, en cambio, le dio lástima. Le vertió tres paquetes de sacarina en la boca y Scotty despertó estornudando. Luego lo obligó a beber media lata de coca-cola cero para asegurarse de que no se durmiera de camino a casa.

Tras la partida de Scotty, Seth y ella permanecieron un rato con la mirada fija en el pizarrón. Aquel día se habían centrado en los personajes. Habían dibujado un árbol genealógico que mostraba cómo se relacionaban unos con otros y habían llevado a cabo una lluvia de ideas para decidir qué historias protagonizaría cada uno.

Gran parte del trabajo consistía en recordar aquello que habían ido discurriendo a lo largo de los años, parte de lo cual había quedado desfasado. (Chloe decide ser emo pero no logra averiguar qué demonios significa eso. Adam defiende a Mónica Lewinsky con demasiada pasión.) Llevaban tanto tiempo hablando de aquellos personajes que Georgie se los imaginaba a la perfección; incluso podía imitar sus voces.

Seth arrancó unas cuantas notas de la pared.

—Sigue siendo buena, ¿no? ¿Intrínsecamente? La serie… aún es divertida, ¿verdad?

—Eso creo —opinó Georgie—. No avanzamos tan deprisa como deberíamos.

—Nunca lo hacemos. Ya llegará.

—Sí —Georgie se frotó los ojos. Cuando volvió a alzar la vista, Seth la miraba con esa sonrisa que le reservaba exclusivamente a ella. Más comedida que las sonrisas que dirigía a los demás. Más ojos y menos dientes.

—Vete a casa —sugirió—. Duerme un poco. Aún pareces agotada.

Lo estaba.

Y así lo hizo.

# CAPÍTULO 5

Cuando Georgie llegó a casa, la puerta principal estaba cerrada. Tardó un minuto en encontrar las llaves.

Había dejado unas cuantas lámparas encendidas, así que no tuvo que entrar a tientas, pero experimentó la sensación de estar internándose en una casa a oscuras. Georgie se percató de que caminaba de puntitas. Carraspeó.

—Soy yo —dijo en voz alta para demostrarse a sí misma que no estaba asustada.

Intentó recordar cuándo había encontrado su hogar desierto por última vez, pero no pudo. Nunca desde que vivían en esta casa.

Se trasladaron a Calabasas cuando Georgie estaba embarazada de Noomi. La vieja casa, una cabaña color menta de una planta situada en Silver Lake, sólo tenía dos dormitorios, y en el barrio había más estudios de tatuaje y bares de karaoke que niños.

Georgie la extrañaba. No los estudios de tatuaje y los bares de karaoke… Neal y ella nunca habían sido aficionados a salir, ni siquiera antes de que nacieran las niñas. Pero añoraba la casa. Sus reducidas dimensiones. La sensación de intimidad. Echaba de menos los matorrales del jardín delantero y la retorcida jacaranda que dejaba caer pegajosas flores moradas sobre su viejo Jetta cada primavera.

Neal y ella habían decorado la casa juntos. Cada fin de semana, a lo largo de un año, estuvieron yendo a la ferretería para discutir sobre tonos de la pintura. Georgie siempre escogía el color más saturado de la gama.

—*No puedes elegir siempre el más chillón* —protestaba Neal.

—*Es que, comparados con ése, los demás se ven pálidos.*

—*Porque no sabes mirar.*

—*¿Cómo que no?*

Por lo general, Neal dejaba que Georgie se saliera con la suya; viendo la casita de Silver Lake, cualquiera la habría tomado por el hogar de Rainbow Brite. Además, no costaba mucho deducir qué paredes había pintado Georgie porque descuidaba las esquinas y los bordes.

Ambos tenían empleos en esa época. Neal trabajaba los fines de semana, así que Georgie pasaba muchos días y noches a solas en casa. Miraba los programas que Neal nunca quería ver con ella. (Casi todo de la Warner Bros.) Y luego, cuando él regresaba, se sentaba encima de ella en el sofá y la molestaba hasta que llegaba la hora de preparar la cena.

En aquel entonces, Georgie todavía fingía que le echaba una mano. Lo acompañaba a la cocina y tomaba una copa de vino mientras él cortaba verduras.

—*Podrías ganarte la vida haciendo eso* —le decía—. *Podrías anunciar cuchillos de cortar tomates. Así de bien se te da.*

Y entonces Neal los troceaba con más fuerza y hacía filigranas con el cuchillo sobre las rodajas.

—*Va en serio. Podrías participar en* Iron Chef, *el concurso ese de cocina japonés.*

—*Eso o trabajar en una hamburguesería.*

Georgie tenía un sitio asignado junto a la barra y Neal trabajaba a su alrededor. Le llenaba la copa hasta el borde y, soplando el tenedor para enfriar los bocados, le daba a probar esto y aquello hasta que la cena estaba lista.

¿Cuántos años hacía de aquello? ¿Ocho? ¿Diez?

Georgie dejó el celular y las llaves en la mesa lateral del comedor, sobre un montón de cuentos ilustrados de Noomi, y se dirigió hacia la cocina. El salteado de salmón que Neal había preparado hacía dos noches seguía en el refrigerador. Aquel día no se le antojó, aunque se moría de hambre. Ahora no se molestó ni en calentarlo. Cogió un tenedor y se lo llevó a la sala tal cual, se sentó en el sofá y encendió la tele para tener luz. Encontró dos episodios nuevos de *Los desastres de Jeff* en la videograbadora digital, una reposición y un especial de Navidad de una hora de duración.

Grabar el especial de Navidad había sido una pesadilla. El argumento giraba en torno a un perro perdido del que tanto Jeff como Trev se encariñaban en secreto, pero que en público fingían odiar. Jeff echaba al perro de la casa y Trev lo dejaba entrar. Luego Jeff salía a buscarlo para volver a llevarlo a su hogar pero lo atrapaban y lo echaba otra vez. Las risas grabadas contenían más "oh" que carcajadas, y Georgie advirtió que el técnico de sonido había grabado el mismo "oh" una y otra vez.

El perro había sido un error.

Jeff German había insistido en que utilizaran al suyo, un viejo Beagle que no obedecía a nadie y que sólo su dueño podía tocar. Luego resultó que el chico que interpretaba a Trev sufría alergia a los perros, y su madre lo seguía de un lado a otro con un autoinyector de epinefrina. Al final no hizo falta pincharlo, gracias a Dios, pero el chico acabó con los ojos congestionados y llorosos.

—*No pasa nada* —dijo Seth—. *Así parece que hubiera llorado.*

—*¿Y si nos deshacemos del perro?* —propuso Georgie—. *Podríamos cambiarlo por otra cosa.*

—*Lo que pasa es que no te gustan los perros. ¿Con qué quieres que lo sustituyamos? ¿Con un gato?*

—*Pensaba en un huerfanito.*

—*Carajo, no, Georgie. La cadena nos obligaría a quedárnoslo.*

Por lo general, Georgie intercambiaba mensajes con Seth mientras veían *Los desastres de Jeff*. Pero había enchufado el celular en la otra punta de la sala y no tenía ganas de levantarse.

Lo haría si Neal llamaba.

Lo que no era muy probable, dado lo tarde que era; Neal no había llamado en todo el día.

Georgie había intentado contactar con él media docena de veces a lo largo de la tarde y en cada ocasión había entrado la contestadora. También había probado en casa de su madre, pero el fijo estaba ocupado. (Hacía tanto tiempo que Georgie no escuchaba aquella señal que le costó reconocerla.)

—Ohhhh —decía el público en la televisión.

Georgie miró al techo. Neal había pintado un motivo floral allí, con pinturas en aerosol. El dibujo comenzaba en una esquina y luego serpenteaba por la pared. Flores azules con estrellas blancas en el centro; no se acordaba de cómo se llamaban.

Fue Neal quien escogió aquella casa. La de Calabasas. Le gustaron el porche y el jardín; la cocina abierta y que tuviera dos plantas y un desván. (La casa de Silver Lake contaba únicamente con una planta, además de un cuarto que hacía las veces de dormitorio. A Neal le molestaba mucho oír la lluvia contra el techo por las noches.)

Georgie estaba embarazada de cinco meses cuando se mudaron, de ahí que no hubiera ayudado a Neal a pintar las paredes. (Por los gases.) Además, Seth y ella trabajaban como productores por aquel entonces, así que tenían unos horarios disparatados. Y, para colmo de males, se sentía fatal.

Se sintió fatal durante los nueve meses de embarazo. Engordó más con Noomi que con Alice. Sufrió más dolores. Tenía los dedos tan hinchados y amoratados que, cuando escribía, se sentía como Violet Beauregarde, de *Charlie y la fábrica de chocolate*, e imaginaba que Seth tendría que sacarla rodando de la sala de los guionistas cuando fuera a dar a luz.

(Al final no dio a luz. Georgie tenía suma facilidad para quedar embarazada, pero no tanta para expulsar a los bebés. No llegó a experimentar ni una sola contracción en ninguno de los dos embarazos.)

Georgie sintió un gran alivio cuando vio que Neal empezaba a pintar las paredes sin contar con ella. Al principio, él escogía los colores más vivos de la paleta (había unas cuantas habitaciones pintadas en tono Georgie chillón), pero dominaba el blanco en la casa. O el amarillo pálido. O el azul claro.

Neal comenzó a pintar murales hacía unos años, cuando Noomi ya no cabía en el portabebés y podía jugar con Alice en el suelo. Georgie llegó a casa una noche y encontró un sauce encrespado en el clóset.

Neal pintaba paisajes terrestres y marinos. Rascacielos. Paisajes celestes. (¿Existe tal cosa?) Pintaba murales por toda la casa. Aún no había terminado uno cuando ya había empezado otro. Georgie nunca le preguntó por qué.

A Neal no le gustaba que le hicieran preguntas. Le palpitaba la mandíbula. Contestaba de mal modo, como dando a entender que no era de tu incumbencia, fuera cual fuese la pregunta.

Como dando a entender que no era incumbencia de nadie.

Como si nadie debiera hacer preguntas que estaban de más.

Con el paso de los años, Georgie llegó a convertirse en una experta en el arte de no hacer preguntas. A veces ni siquiera era consciente de que las obviaba.

En realidad, aquella casa era mucho más bonita que la otra.

A Neal siempre se le había dado mejor que a Georgie escoger tonos de pintura y distribuir los muebles. Además, ahora que él se encargaba de lavar, siempre había ropa limpia.

—*Nunca se acaba* —protestaba.

—*Podríamos contratar a alguien* —proponía ella.

—*No nos hace falta contratar a nadie.*

Sus vecinos tenían niñera y señora de la limpieza, un chico que les cortaba el césped, un encargado de la piscina y un peluquero de perros a domicilio. A Neal lo sacaban de quicio.

—*No es normal que haya más empleados que miembros de la familia. No vivimos en mansiones.*

—*Como los Malfoy* —intervino Alice—. *Tienen elfos domésticos.*

Neal le estaba leyendo los libros de Harry Potter.

Neal cortaba el césped con viejos pantalones de camuflaje y camisetas que conservaba desde secundaria. Siempre olía a protector solar, porque si no se protegía la piel se quemaba al instante. A menudo, aun con protección, se le enrojecía la parte trasera del cuello.

Neal podaba los árboles. Guardaba bulbos de tulipán en el congelador y dibujaba diseños de jardín en la parte trasera de los recibos de Whole Foods, el supermercado de alimentos orgánicos. Cuando se acostaban, hojeaba minuciosamente catálogos de semillas y le preguntaba a Georgie qué plantas le gustaban más.

—*¿Berenjena morada o blanca?*—le había preguntado el verano pasado.

—*¿Cómo va a existir la berenjena blanca? Es como hablar de... ejotes verdes morados.*

—*Los ejotes verdes morados existen. Y también las naranjas amarillas.*

—*Basta. Me vas a volver loca.*

—*Así que te vuelvo loca, ¿eh, nena?*

—*¿Me estás seduciendo?*

Él se volvió a mirarla, con el capuchón del bolígrafo entre los dientes, y ladeó la cabeza.

—*Sí. Me parece que sí.*

Georgie bajó la vista hacia la vieja sudadera que llevaba puesta, a los andrajosos pantalones de algodón.

—*¿Te excito, así vestida?*

Los labios de Neal dibujaron una sonrisa casi completa y el capuchón se le cayó de la boca.

—*De momento...*

Neal...

Lo llamaría al día siguiente por la mañana. Esta vez no pararía hasta hablar con él. Esto sólo era..., habían pasado un par de días raros, nada más. Georgie estaba ocupada, y Neal también. Y la diferencia horaria no ayudaba.

Y Neal estaba enojado con ella.

No se lo podía reprochar; Georgie lo arreglaría. Mañana sería otro día.

Me gustan las *morning glories*, pensó Georgie antes de quedarse dormida.

## VIERNES,
## 20 DE DICIEMBRE DE 2013

# CAPÍTULO 6

Una llamada perdida.

Mierda, mierda, mierda.

Georgie despertó en el sofá treinta minutos después de la hora a la que habría sonado la alarma si se hubiera acordado de conectarla. Después de darse un baño, se puso unos jeans limpios y la camiseta de Metallica. (Seguía oliendo más a Neal que a Georgie.)

Cuando tomó el celular camino de la puerta, vio un aviso.

*Una llamada perdida*

*Contacto de emergencia*

Neal estaba clasificado como contacto de emergencia en el celular de Georgie. (Por si las moscas.) También había un mensaje de voz. Pulsó el ícono de escucha, pero Neal no había dicho nada. Únicamente oyó un segundo de silencio. Debía de haber llamado mientras se bañaba.

Georgie le devolvió la llamada, oyó la contestadora de Neal y empezó a hablar en cuanto sonó la señal.

—Hola —dijo—. Soy yo. No oí tu llamada, pero no volverá a pasar. Llámame. Llámame a la hora que sea. No me interrumpirás ni nada.

En cuanto colgó, se sintió una idiota. Pues claro que la interrumpiría. Por eso se había quedado en Los Ángeles, porque no podían interrumpirla.

Mierda.

Georgie no daba pie con bola esta mañana.

Seth fingía no darse cuenta. Y también fingió no percatarse de que volvía a llevar puesta la camiseta de Metallica.

—Eso de escribir otra serie aquí en la oficina me produce una sensación rara —comentó Scotty con una mirada que abarcaba toda la sala de guionistas—. Es como hacerlo en la cama de tus padres —ocupaba su sitio de costumbre, a la cabecera de la gran mesa, aunque había ocho sillas libres más cerca de Seth y de Georgie—. Ojalá la recepcionista siguiera aquí. Le pediría que preparara café. Georgie, ¿tú sabes hacer café?

—Supongo que no lo dices en serio.

Scotty puso los ojos en blanco.

—No lo decía en plan sexista. Es que no sé enchufar la cafetera. Debería ser sencillo, pero no.

—Ya, pues yo tampoco —replicó ella.

Seth miró a Scotty por encima de la laptop.

—¿Por qué no nos traes unos cafés? —le pidió—. No vamos a necesitar ningún chiste de pedos durante, como mínimo, media hora.

—Vete a la mierda —replicó Scotty. Frunciendo el ceño, miró el póster enmarcado de *Los desastres de Jeff* que decoraba la pared—. Me siento como si lo estuviéramos haciendo en la cama de Jeff German.

—Aquí nadie lo está haciendo —lo cortó Georgie—. Ve a buscar los cafés.

Scotty se levantó.

—No me gusta dejarlos solos. Se olvidan de que existo.

—Yo no me olvidaré —repuso Seth a la vez que cogía su celular—. Te enviaré un mensaje con el pedido.

En cuando Scotty salió, Seth arrastró su silla hacia Georgie y se apoyó en su reposabrazos.

—Yo te he visto enchufar la cafetera.

—Es cuestión de principios.

—¿Significa eso que tampoco te encargarás del pizarrón?

—No soy su secretaria.

—Sí, pero no te fías de las notas de Scotty y no entiendes mi letra.

A regañadientes, Georgie se levantó, buscó un marcador y procedió a anotar en el pizarrón las últimas ideas. En realidad, le gustaba ser la encargada de escribir. Así se aseguraba de tener la última palabra.

En la universidad, Georgie escribía mientras Seth se paseaba por el local de *La cucharada* pensando en voz alta. Cuando llegaban los ejemplares impresos se indignaba:

*—Georgie. ¿Dónde está el chiste del terrorista de las cartas bomba?*

*—¿Y yo qué sé? Seguramente tras las rejas en Montana.*

*—Te acabas de echar un chiste graciosísimo.*

*—Ah, ¿era un chiste? Mira, me facilitarías mucho el trabajo si hicieras chistes graciosos. Así no me confundiría.*

Hacia el tercer año de carrera, Georgie y Seth escribían juntos una columna en la segunda página de *La cucharada*. Georgie por fin empezaba a sentirse parte del equipo. A tener la sensación de que poseía el talento suficiente para estar allí.

En aquel entonces, Seth y ella también compartían escritorio. Fue en esa época cuando se acostumbraron a trabajar codo a codo. A Seth le gustaba estar cerca de ella para poder jalarle el cabello y Georgie prefería tenerlo pegado para propinarle puntapiés.

—*Mierda, Georgie, me lastimaste; llevas puestas las Doc Martens.*

Georgie recordaba la pataleta del terrorista conocido como *Unabomber* porque estaban en plena discusión la primera vez que Neal apareció en *La cucharada*. Seth le estaba diciendo que deberían politizar más la columna, hacerla más mordaz…

—*Y me puedo poner mordaz, Georgie, no me digas que…*

—*¿Quién es ése?* —lo interrumpió ella.

—*¿Quién?*

—*El que acaba de entrar en la sala de producción.*

Seth se echó hacia atrás para mirar.

—*¿Cuál?*

—*El de la sudadera azul.*

—*Ah* —Seth volvió a sentarse—. *El hobbit de los dibujitos. ¿No conoces al hobbit de los dibujitos?*

—*No. ¿Por qué lo llamas así?*

—*Porque es el que hace los dibujos…, ya sabes, del cómic de la contraportada* —Seth estaba escribiendo el chiste del *Unabomber* en el margen de su columna—. *Un ejemplar menos, ya sólo quedan cuatro mil novecientos noventa y nueve por arreglar.*

—*¿Ése es el que escribe* Detengan el sol*? ¿La tira cómica?*

—*Escribe, dibuja, garabatea. Llámalo como quieras.*

—*Pero si es lo más divertido de la revista…*

—*No, Georgie, nosotros somos lo más divertido de la revista.*

—*¿Ése es Neal Grafton?*

Georgie miraba a hurtadillas hacia la sala de producción.

—*El mismo.*

—¿Y por qué nunca lo había visto por aquí?

Seth la miró y enarcó una ceja con ademán receloso.

—*No lo sé. No es muy sociable que digamos.*

—¿Lo conoces?

—*¿Te gusta el hobbit de los dibujitos?*

—*Pero si apenas lo he visto* —dijo ella—. *Es que me parece que tiene un talento increíble. Pensaba que comprábamos* Detengan el sol *a una agencia. ¿Y por qué lo llaman "el hobbit"?*

—*Porque es bajito y gordo y parece un hobbit.*

—*No está gordo.*

—*Apenas lo viste.*

Seth se inclinó hacia Georgie para arrebatarle su ejemplar de *La cucharada* y procedió a escribir su chiste en la página interior de la contraportada.

Georgie empujó la silla hacia atrás y echó un vistazo a la sala de producción. Vio a Neal encorvado sobre una mesa de dibujo, oculto a medias por una columna.

—*Nosotros somos lo más divertido de la revista* —murmuró Seth.

Scotty trajo café, pero no sirvió de gran cosa.

Georgie tenía dolor de cabeza. Y dolor de barriga. Y su cabello todavía desprendía el tufo dulzón del champú de Heather, aunque se lo había vuelto a lavar.

Se dijo que sólo estaba cansada, pero no tenía sensación de cansancio, sino de miedo, lo cual era absurdo. Todo iba bien. Nada horrible estaba a punto de ocurrir. Sólo...

Llevaba dos días y medio sin hablar con Neal.

Y nunca habían pasado tanto tiempo sin comunicarse. No desde que se conocieron. Bueno, prácticamente desde que se conocieron.

No porque las cosas siempre hubieran ido… (¿Qué palabra estaba buscando? ¿De broma? ¿De maravilla? ¿Bien?) No porque las cosas siempre hubieran ido… como la seda entre Georgie y Neal.

En ocasiones, aunque hablaran, no se comunicaban realmente. A veces se limitaban a despachar. A mantenerse informados.

Sin embargo, nunca habían llegado a los extremos actuales. Incomunicación total.

Hasta ahora, su voz siempre había estado ahí.

Georgie se sentiría mejor si pudiera oír la voz de Neal, como mínimo.

Cuando Seth salió a comer, ella se atrincheró en la oficina para tratar de comunicarse con Neal. Otra vez. Marcó su número de celular y aguardó, golpeteando el escritorio con los dedos.

—¿Hola? —preguntó alguien con tono inseguro; como si su interlocutor no estuviera seguro de que el objeto que tenía en las manos fuera un teléfono o de estar hablando con alguien. La madre de Neal.

—¿Margaret? Hola, soy Georgie.

—Georgie, hola. No sabía si lo que sonaba era un teléfono o un iPod. Pensaba que a lo mejor estaba contestando por un iPod.

—Me alegro de que te hayas arriesgado. ¿Cómo estás?

—Es que Naomi estuvo viendo la tele en este aparato. Como si no hubiera un televisor en la sala que funcionara perfectamente. Vivimos en el futuro. Ni siquiera tiene forma de teléfono, ¿verdad? Parece más bien un mazo de cartas…

Margaret era la única persona que llamaba a Noomi por su verdadero nombre. Georgie siempre se sobresaltaba cuando la oía; aunque fuera ella quien había decidido llamar a su hija "Naomi".

—Tienes razón —asintió Georgie—. Nunca lo había pensado. ¿Cómo estás, Margaret? Siento haber llamado tan tarde la otra noche.

—Georgie, ¿me oyes?

—Te oigo perfectamente.

—Porque no sé dónde está el micrófono; este teléfono es tan pequeño....

—Es pequeño, es verdad.

—¿Tengo que colocármelo en la oreja o en la boca?

—Mmm... —Georgie tuvo que pensarlo, aunque su celular era muy parecido—. Supongo que en la oreja.

—Mi celular se abre. Se parece más a los teléfonos de verdad.

—*Creo que tu madre sufre el síndrome de Asperger* —le había dicho Georgie a Neal en cierta ocasión.

—*El Asperger no existía en la década de 1950.*

—*Sólo digo que podría sufrir un trastorno del espectro autista.*

—*Es profesora de matemáticas. Nada más.*

—Margaret —Georgie se obligó a sonreír, con la esperanza de que el gesto atenuara el tono de impaciencia—. ¿Está Neal por ahí?

—Sí. ¿Querías hablar con él?

—Sería genial. Sí, gracias.

—Llevó a las niñas a ver a Dawn. Tiene una cotorra, ¿sabes? Dawn pensó que a las niñas les gustaría verla.

—Dawn —repitió Georgie.

Dawn, la chica de la puerta de al lado. Literalmente. La ex (casi) prometida de Neal. (Si no llegó a darle el anillo, no cuenta, ¿verdad? O sea, si sólo se comprometieron de palabra mientras estaban de vacaciones.)

Dios. Y todos los santos. Carajo.

¿Por qué Neal no tenía toda una colección de ex novias? ¿Un montón de chicas con las que, en su día, charló, salió, se acostó y luego se sintió culpable por haberlas utilizado? ¿Por qué rayos sólo tenía a Dawn?

Dawn siempre pasaba a saludar cuando Georgie y Neal iban a Omaha. Vivía en la casa contigua y cuidaba de sus padres.

Tenía unos bonitos ojos color café y una suave melena castaña. Era enfermera. Estaba divorciada. Les regalaba a las niñas animalitos de peluche que ellas se llevaban a California y acostaban en sus camas.

A Georgie le dolía la cabeza. El cabello le apestaba a magdalenas venenosas.

—¡Amadeus! —exclamó Margaret, como si acabara de acordarse de algo.

—¿Perdón? —preguntó Georgie, no sin antes carraspear.

—Amadeus. Así se llama la cotorra de Dawn. Todo un pajarraco.

—Bueno, dile que llamé, ¿sí?

Margaret guardó silencio durante unos instantes. Por fin:

—Ah, te refieres a Neal.

—Sí, exacto.

—Claro, cómo no, Georgie. Se lo diré.

—Gracias, Margaret. Dile que me llame cuando pueda.

—Claro. Ah, espera, antes de que cuelgues... ¡Feliz Navidad, Georgie! Suerte con tu nueva serie.

Georgie se quedó callada. Y luego recordó que la madre de Neal le caía muy bien.

—Gracias, Margaret. Feliz Navidad. Dales a las niñas un abrazo de mi parte.

—Georgie, espera, ¿qué hago para colgar?

—Yo colgaré. No te preocupes.

—Está bien, gracias.

—Voy a colgar ahora, Margaret. Feliz Navidad.

—Tiene gracia, ¿verdad? —preguntó Seth antes de repetir un chiste por cuarta vez—. ¿Tiene gracia? ¿O sólo es raro?

Georgie no estaba segura. Le costaba concentrarse.

—Necesito un descanso —dijo Scotty—. Soy incapaz de pensar con claridad.

—Haz un esfuerzo —le ordenó Seth—. Es entonces cuando se produce la magia.

—Es entonces cuando voy a buscar un helado de yogur.

—Te pasas el día comiendo. Cuando acabas de comer, empiezas a pensar en qué comerás a continuación.

—Comer es lo único que me ayuda a romper la monotonía.

Seth enarcó las cejas.

—Esto no es rutina. Es un puto sueño.

—Lo será —replicó Scotty—, cuando me haya comido un helado.

—Georgie, díselo. Nada de yogur helado hasta que haya dicho algo gracioso.

Georgie estaba desparramada en la silla con los pies sobre la mesa y los ojos cerrados.

—No puedo hablar. Tanta magia me abruma.

—¿Quieres un helado de yogur, Georgie? —preguntó Scotty desde la entrada.

—No, gracias.

Oyó cerrarse la puerta. A continuación sintió el golpe de un marcador en el hombro.

—Deberías echarte una siesta —opinó Seth.

—Mmm.

—Necesitamos un sofá. *Con el paso del tiempo* tendrá un sofá para echarse la siesta. ¿Te acuerdas del que había en *La cucharada*? Era un sofá para siestas de primera.

Georgie se acordaba. De terciopelo gris, con los almohadones desgastados. Cuando Georgie se sentaba allí, Seth se acomodaba a su lado, aunque hubiera sitio de sobra, aunque no hubiera ni un hueco. Le gustaba apoyarle la cabeza en el regazo o en el hombro. Si Seth no estaba saliendo con nadie, Georgie se lo permitía. (Casi siempre salía con alguien.)

Seth era un conquistador de la cabeza a los pies. Flirteaba incluso con Georgie; puede que especialmente con Georgie.

Al principio, cuando lo conoció, a Georgie le entusiasmaba aquel despliegue de atenciones. Pasados unos meses, cuando se dio cuenta de que Seth coqueteaba con todas las chicas y de que, por lo general, le estaba tirando la onda a otra, se le rompió el corazón.

Al final aprendió a considerar sus atenciones como una especie de ruido de fondo. Como su cháchara constante. Como su manía de tararear. De todos modos, a Georgie le agradaban sus mimos, aunque no les hiciera mucho caso. Le gustaba sentarse en el sofá y sentir la cabeza de Seth en el hombro, su ondulado cabello color cerezo rozándole la oreja…

La segunda vez que Georgie vio a Neal, Seath y ella estaban despatarrados en el sofá. Seth salía con una chica por aquel entonces, larguirucha, con los pómulos altos y pinta de actriz, de ahí que tuviera la cabeza sobre sus propios hombros. Georgie le propinó un codazo.

—Ahí está otra vez.

—Ay. ¿Quién?

—El dibujante —aclaró ella.

—¿El hobbit?

—Me voy a presentar.

—¿Por qué?

—Porque trabajamos juntos —dijo Georgie—. Es lo que hace la gente.

—Él no trabaja aquí. Entrega sus tiras. Nada más.

—Voy a presentarme y a decirle lo mucho que me gusta su trabajo.

—Te arrepentirás —le advirtió Seth—. Es huraño. Es el hobbit más antipático de toda la Comarca.

—A mí no me hables de Tolkien. Yo lo único que sé es que "Frodo sigue vivo".

Seth le apoyó la cabeza en el hombro.

Georgie se lo quitó de encima.

—Ahora vuelvo. Voy a presentarme.

Se levantó del sofá.

—Muy bien —se lamentó él—. Espero que sean muy felices juntos. Serán una parejita de hobbits muy linda y tendrán montones de bebés hobbit gorditos.

Georgie volteó a verlo, pero no se detuvo.

—Yo no parezco hobbit.

—Eres bajita, Georgie —se desparramó en el sofá—. Y redondita y linda. Asúmelo.

Georgie dobló la esquina de la sala de producción y se detuvo. Los redactores casi nunca entraban en aquella estancia. Allí sólo estaban los dibujantes y los diseñadores; y los maquetistas, las noches previas al cierre.

Neal estaba sentado en una mesa de dibujo. Tenía delante el esbozo a lápiz de una tira cómica y estaba abriendo un frasco de tinta china. En alguna parte, un radio emitía un tema de los Foo Fighters.

Georgie estuvo a punto de regresar al sofá.

—Hola —dijo en cambio.

Neal levantó la vista sin alzar la cabeza. Luego la devolvió al cómic otra vez.

—Hola.

Llevaba una camiseta negra debajo de una camisa a cuadros azules, el cabello oscuro y corto, casi al rape.

—Eres Neal, ¿verdad?

Tampoco ahora alzó la vista.

—Sí.

—Yo soy Georgie.

—¿En serio?

—¿Perdón?

—¿De verdad? —preguntó él.

—Mmm, sí.

Él asintió.

—Pensaba que era un seudónimo. Georgie McCool. Suena a seudónimo.

—¿Sabes cómo me llamo?

Neal la miró por fin. Con unos ojos azules y redondos. Esta vez alzó la cabeza casi por completo.

—Tu foto aparece en *La cucharada*.

—Ah —Georgie solía ser algo cortada con los chicos; pero no tanto como ahora—. Ya. Y la tuya también. O sea, tu tira. Quería hablarte de tu tira.

Neal volvió a concentrarse en su dibujo. Sostenía una pluma de aspecto anticuado. Una especie de estilógrafo con una plumilla muy larga.

—¿Hice algo mal?

—No —dijo ella—. Sólo… me gusta. Quería decirte cuánto me gusta.

—¿Y lo vas a hacer?

—Yo…

Al cabo de un instante la miró a los ojos y ella creyó ver una sonrisa bailando en ellos.

Sonrió a su vez.

—Sí, me gusta mucho. Me parece lo más gracioso de toda la revista.

Ahora estaba casi segura de que Neal estaba sonriendo. Aunque sus labios apenas se desplazaran.

—No sé —dudó él—. A le gente le gusta más el horóscopo.

Era Georgie quien escribía los horóscopos. (Representando a un personaje, más o menos. Era difícil de explicar.) Neal sabía que los redactaba ella. Conocía su nombre. Tenía unas manos pequeñas que movía con pulso firme para trazar en el papel una línea gruesa y recta.

—No sabía que usaras tinta de verdad —comentó ella.

Él asintió.

—¿Puedo mirar?

Neal volvió a asentir.

# CAPÍTULO 7

La madre de Georgie tenía un escote espectacular. Bronceado, pecoso, de ocho kilómetros de profundidad.

—Genética —comentó cuando cachó a Georgie mirándoselo.

Heather rozó a Georgie con un tazón de chícharos.

—¿Le estabas mirando las bubis a mamá?

—Pues sí —reconoció ella—. Estoy muy cansada y… lo está pidiendo a gritos, con esa camiseta.

—Sí, claro —bromeó Heather—. La culpa es de la víctima.

—Delante de Kendrick, no —las regañó su madre—. Se está ruborizando.

Kendrick sonrió sin despegar la vista del plato de espaguetis y negó con la cabeza.

La madre de Georgie la había sorprendido por la tarde, cuando esperaba la llamada de Neal.

*—Vente a cenar. Estoy preocupada por ti.*

*—No tienes por qué preocuparte* —había insistido Georgie. Pero de todos modos había aceptado la invitación.

Su madre había preparado espaguetis con albóndigas caseras y pastel volteado de piña para postre. Y la familia la había esperado antes de empezar a cenar, así que tendría que quedarse un rato platicando con ellos antes de disculparse para llamar a Neal. (Ya eran casi las siete y media, las nueve y media en Omaha.)

Georgie había llamado dos veces a Neal de camino hacia allí, pero el buzón de voz había entrado en ambas ocasiones; lo que no significaba necesariamente que hubiera salido con Dawn, pero tampoco demostraba que no lo hubiera hecho.

(Era absurdo preocuparse por Dawn. Neal no tenía ni veinte años cuando salió con ella.)

(Por otro lado, ¿acaso la gente no corría a divorciarse en cuanto sus ex novios les solicitaban amistad en Facebook?)

(Además, Dawn no envejecía. En ningún sentido de la palabra. Siempre parecía la misma y siempre tenía buen aspecto. La última vez que Georgie había visto a Dawn, en el funeral del padre de Neal, parecía recién salida del cascarón.)

—¿Hablaste hoy con las niñas? —le preguntó su madre.

—Hablé ayer.

—¿Y cómo lo están tomando?

—Bien —Georgie se atragantó con una albóndiga—. Porque no está pasando nada que pueda afectarlas, ¿sabes?

—Los niños son muy receptivos, Georgie. Les pasa como a los perros —le ofreció al pug que descansaba en su regazo una albóndiga del tenedor—. Se dan cuenta de que sus dueños lo están pasando mal.

—Me parece que estás *desantropomorfizando* a tus propias nietas.

Su madre desdeñó el comentario con un gesto.

—Sabes lo que quiero decir.

Heather se inclinó hacia Georgie y suspiró.

—A veces tengo la sensación de ser su hija. Y a veces me siento como el relegado de sus perros.

Heather comía espaguetis también, pero los suyos procedían del envase de un restaurante. Georgie prefirió no preguntar. Echó un vistazo al reloj: cuarto para las ocho.

—Miren, le prometí a Neal que lo llamaría antes de que se hiciera tarde —se lo había prometido a la contestadora, en todo caso—. Llamaré desde el teléfono de mi habitación, si te parece bien.

—Pero si no has terminado de cenar —protestó su madre.

Georgie ya había recorrido la mitad del pasillo.

—¡Vuelvo enseguida!

El corazón le latía desbocado cuando llegó a su habitación. ¿Sería que no estaba en forma? ¿O que estaba hecha un manojo de nervios?

Curvó los dedos bajo el gancho del teléfono amarillo y se sentó en la cama. Con el aparato apoyado en el regazo, esperó a que su respiración se normalizara.

*Por favor, contesta*, pensó mientras imaginaba los sombríos ojos azules de Neal, y el adusto gesto de su mandíbula. Mientras visualizaba su fuerte y pálido semblante. *Por favor. En estos momentos necesito oír tu voz.*

Empezó a llamarlo desde el celular, pero colgó y lo intentó por el fijo. A lo mejor Margaret era más accesible; la generación de sus padres se sentía moralmente obligada a contestar el teléfono.

Georgie escuchaba las señales de llamada al mismo tiempo que intentaba apaciguar las mariposas que le revoloteaban en el estómago. Trató de machacarlas, de convertirlas en pedacitos de mariposa.

—¿Sí?

Neal. Por fin.

Neal. Neal. Neal.

Las mariposas volvieron a cobrar vida y empezaron a revolotear por la garganta de Georgie. Tragó saliva.

—Hola.

—Georgie —Neal lo dijo como constatando un hecho. Con amabilidad.

—Hola —repitió ella.

—Pensaba que no volverías a llamar.

—Le dije a tu madre que lo haría. Y te lo dije a ti la última vez que hablamos. ¿Por qué no iba a hacerlo?

—No sé. Tampoco pensé que fueras a llamar entonces.

—Te quiero —le soltó.

—¿Qué?

—La última vez que… Me colgaste antes de que te dijera que te quería.

—¿Me llamaste para decirme que me querías?

—No, yo… —Georgie estaba confusa—. Te llamé para asegurarme de que hubieras llegado bien. Para saber cómo estaban. Para saber cómo estaban las chicas.

Neal se rio. En un tono desagradable. Era el efecto de sonido que se oía cuando sus defensas se disparaban.

—Las niñas —repitió él—. Las chicas están muy bien. ¿Te refieres a Dawn? Porque no la he visto.

—¿Qué? Pero tu madre me dijo que estuvieron hoy en su casa.

—¿Cuándo hablaste con mi madre?

—Hoy. Me dijo que Dawn les quería enseñar a su cotorra. Amadeus.

—La cotorra de Dawn se llama Falco.

Georgie levantó la barbilla, a la defensiva.

—Disculpa, no soy una experta en las cotorras de Dawn.

—Ni yo tampoco.

Ella negó con la cabeza, se quitó las gafas y se llevó la mano a los ojos.

—Neal. Mira. Perdón. No llamé por eso.

—Claro. Llamaste para decirme que me quieres.

—Sí. La verdad es que sí. Te quiero.

—Bueno, pues yo también te quiero. Ése no es el problema, Georgie.

Ahora hablaba casi en susurros.

Georgie susurró también:

—Neal. No sabía que estuvieras tan enojado. Deberías habérmelo dicho antes de irte. No habría dejado que te fueras; te habría acompañado.

Él se echó a reír otra vez y en esta ocasión el sonido fue más horrible aún.

—¿Cómo que debería habértelo dicho? Te lo dije. Te dije: "No puedo seguir así". Te dije: "Te quiero, pero no estoy seguro de que baste con eso, no sé si nunca será suficiente". Te dije: "No quiero vivir así, Georgie"... ¿No te acuerdas?

Georgie se quedó petrificada. No se acordaba. Pero...

—Espera un momento —dijo Neal con voz queda—. No quiero mantener esta conversación delante de mis padres —a continuación, su voz sonó amortiguada—. Papá, ¿puedes colgar cuando conteste allá arriba?

—Claro, saluda a tu chica de mi parte.

—Salúdala tú. Está aquí.

—¿Georgie? —dijo alguien en el teléfono. Alguien que no era el padre de Neal. Que no podía ser el padre de Neal.

—¿Señor Grafton?

—Sentimos mucho que no hayas podido pasar la Navidad con nosotros este año. La nieve te estaba esperando.

—Qué pena habérmelo perdido —repuso Georgie. Eso creía. Cuando menos, oyó su voz pronunciando las palabras.

—Bueno, a lo mejor el año que viene —sugirió aquel hombre, que no era, que no podía ser el padre de Neal. Porque estaba muerto; había fallecido en un patio de maniobras tres años atrás.

Sonó un chasquido y, a continuación, el ruido hueco de un segundo teléfono en la línea.

—Ya está, papá. Gracias.

—Nos vemos pronto, Georgie —se despidió el padre de Neal—. Feliz Navidad.

—Feliz Navidad —respondió ella. Como un robot.

Sonó otro chasquido.

Georgie se había quedado inmóvil.

—¿Georgie?

—¿Neal?

—¿Te encuentras bien? ¿Estás llorando?

Estaba llorando.

—Es que… estoy muy cansada. He dormido poco y, Neal, ay, Dios mío, estoy imaginando cosas raras. Me pareció que tu padre me deseaba feliz Navidad. ¿No es…?

—Te deseó feliz Navidad.

Ella ahogó una exclamación.

—No creo que debamos hablar ahorita.

—Georgie, espera.

—No puedo hablar, Neal. Es que… tengo que irme.

Georgie colgó a toda prisa, miró el teléfono durante un segundo, puede que dos, y lo empujó lejos de sí. El aparato cayó al suelo con estrépito. El auricular aterrizó en la mesita de noche.

Lo contempló horrorizada.

Algo iba mal. Todo iba mal.

El padre de Neal estaba muerto. Y Neal siempre le decía que la quería. Y sabía perfectamente quiénes eran "las niñas".

Y además..., además, por encima de todo, por encima de todo, todo, el padre de Neal estaba muerto.

Georgie estaba... Debía de estar sufriendo alucinaciones.

Agotada. Estaba agotada.

Y alterada. Demasiado estrés. Falta de sueño.

Y también era posible que la hubieran drogado. Podía ser. Eso era más probable que la eventualidad de que el padre de Neal hubiera regresado de entre los muertos para desearte felices fiestas. Algo que no acababa de pasar. Ni hablar.

¿Y qué más no había pasado hoy? ¿Había ido a trabajar siquiera? ¿Había pasado la noche anterior en el sofá? ¿Acaso seguía dormida?

*¡Despierta! ¡Despierta, Georgie, carajo!*

Quizás cuando despertara, cuando despertara de verdad, encontrara a Neal acostado a su lado. Puede que ni siquiera estuvieran enojados. (¿Estaban enojados?) Tal vez, en el mundo real, en la vigilia, Georgie y Neal nunca se peleran.

*Soñé que nuestra vida era igual que ahora,* le diría cuando despertara, *pero no éramos felices. Y era Navidad, y tú te marchabas...*

—¿Georgie? —su madre la llamaba desde la cocina. A menos que Georgie también estuviera soñando eso—. ¿Te pasa algo? —gritó.

—¡No! —vociferó ella.

Su madre acudió al dormitorio de todos modos.

—Oí un ruido —dijo desde el umbral. Miró al teléfono, que yacía descolgado en el suelo—. ¿Seguro que estás bien?

Georgie se frotó los ojos.

—Sí. Es que... —negó con la cabeza—. No sé, puede que esté sufriendo una crisis nerviosa.

—Pues claro que sí, cariño. Tu marido te dejó.

—No me dejó —replicó Georgie. Pero puede que sí. Tal vez por eso Georgie se estuviera derrumbando—. Necesito descansar.

—Buena idea.

—O mejor me tomo una copa.

La madre de Georgie entró en la habitación, recogió el teléfono y volvió a dejarlo sobre la mesita de noche.

—No creo que ahorita estés en condiciones de beber.

¿Había tenido Georgie problemas con la bebida? ¿Acaso ya le había pasado antes algo parecido? ¿Se le estaban borrando los recuerdos de la mente?

—¿Te acuerdas del padre de Neal? —le preguntó a su madre.

—¿De Paul? Claro. Neal es idéntico a él.

—¿Es? ¿O era?

—¿Qué?

—¿Qué sabes del padre de Neal? —insistió Georgie.

—¿De qué hablas? ¿No tuvo un ataque al corazón?

—Sí —Georgie alargó la mano para apoyarse en el brazo de su madre—. Sufrió un infarto.

Su madre adoptó una expresión todavía más preocupada.

—¿Crees que estás sufriendo un infarto?

—No —dijo Georgie. ¿Estaba sufriendo un infarto? ¿Un ictus, quizás? Sonrió y se tocó las mejillas. Las tenía tan firmes como de costumbre—. No. No, creo que sólo necesito descansar.

—No deberías manejar ahorita.

—No, no debería.

—Está bien —su madre la estudió con la mirada—. Lo superarás, Georgie. Cuando rompí con tu padre, pensaba que me quedaría sola el resto de mi vida.

—Lo dejaste por otro.

La mujer desdeñó el comentario con un gesto de la cabeza.

—Los sentimientos no atienden a razones. El matrimonio es cualquier cosa menos racional.

—Un infarto fatal, ¿no?

—¿A qué viene esa obsesión con el padre de Neal? Pobre hombre. Pobre Margaret.

—No sé —suspiró Georgie—. Necesito descansar.

—Sí, descansa.

La madre de Georgie apagó la luz al salir.

Ella permaneció una hora acostada en la oscuridad.

Lloró un poco más.

Y habló consigo misma.

—Sólo son imaginaciones. Estoy cansada. Sólo estoy cansada.

Cerró los ojos e intentó dormir.

Volvió a abrirlos y miró el teléfono amarillo.

Consideró la idea de volver a casa. Salió y pasó un rato sentada en el coche. Al final, conectó el celular e intentó llamar a Neal. (No contestó) (*Porque nunca contesta, maldita sea.* Y era posible que la hubiera dejado; quizás tenían tantos problemas de comunicación que Georgie ni siquiera se había dado cuenta de que la había abandonado de veras. O puede que se lo hubiera dicho y ella no lo hubiera escuchado.)

Sentada en el coche, se echó a llorar.

Luego intentó llamar al fijo de la madre de Neal, aunque ya era muy tarde. Georgie necesitaba volver a hablar con él. Con normalidad. Necesitaba mantener una conversación normal, que borrara la anterior.

El fijo de la madre estaba ocupado. Tal vez el padre de Neal estuviera manteniendo una importante conversación fantasma a media noche, hora de Omaha.

Georgie volvió a considerar la idea de echarse a dormir. Se dijo que ponerse histérica sólo servía para empeorar la situación, fuera cual fuese.

Por fin, volvió a entrar y rebuscó por los gabinetes de la cocina hasta encontrar una botella de licor de menta, seguramente un resto del último pastel de menta y chocolate que su madre había preparado. (Su madre y Kendri no bebían.) (¿Fumaban hierba? Neal sospechaba que sí.)

Georgie tomó directo de la botella. Fue como emborracharse a base de jarabe.

En algún momento debió de dormirse.

## SÁBADO,
## 21 DE DICIEMBRE DE 2013

# CAPÍTULO 8

Cuatro llamadas perdidas; todas de Seth.

Pasaba del mediodía, y Georgie se disponía ahora a dirigirse al trabajo. El celular sonó en cuanto lo conectó al encendedor del coche.

—Disculpa —dijo cuando respondió—. Me dormí.

—Por Dios, Georgie —exclamó Seth—. Estaba a punto de llamar a la policía.

—No es verdad.

—Puede que sí. Estaba a punto de agarrar el coche para ir a Calabasas a buscarte. ¿Qué carajos pasa?

—Me volví a quedar a dormir en casa de mi madre. Lo siento, olvidé conectar la alarma.

Aquella frase era una descarada simplificación. Georgie había despertado en el sofá de su madre hacía una hora, cuando uno de los pugs se había puesto a lamerle la cara. Luego había estado vomitando, cada veinte minutos. Y había pasado otros diez buscando ropa en el clóset de Heather (ninguna prenda le quedaba) antes de dirigirse al de su madre, para acabar conformándose con unos pantalones de velour y una camiseta escotada con piedritas. Georgie ni siquiera se había lavado los dientes. (Para qué; toda ella olía a menta.)

—Ya voy —le dijo a Seth—. Llevaré el almuerzo.

—Ya tenemos almuerzo. Y medio guion; es brutal, date prisa.

—Voy para allá.

Cortó la llamada y se dirigió a la 101.

Cuatro llamadas perdidas. Todas de Seth. Ninguna de Neal.

Georgie rozó la pantalla táctil con el pulgar. No pensaba en la noche anterior. Lo sucedido la víspera era algo de lo que Georgie no quería acordarse en ese momento.

Aquel era un nuevo día. Llamaría a Neal y empezaría de cero. Sostuvo el teléfono sobre el volante y buscó entre las llamadas recientes hasta llegar a un "CONTACTO DE EMERGENCIA".

Oyó la señal de llamada.

—*Good day, sunshine.*

—Hola, Alice. Soy mamá.

—Ya lo sé. Oí tu canción. Además, sale tu foto cuando llamas. La del último Halloween, donde vas disfrazada del hombre de hojalata.

Neal se disfrazó del león cobarde. Alice, de Dorothy. Noomi era el perrito Totó.

—¿Me puedes pasar a papá? —pidió Georgie.

—¿Estás conduciendo?

—Voy de camino al trabajo.

—Prometiste no hablar por teléfono cuando fueras en coche. Se lo diré a papá.

—Prometí esperar a haber entrado en la autopista. ¿Dónde está papá?

—No lo sé.

—¿No está ahí?

—No.

—¿Y la abuela?

—No lo sé.

—Alice.

—¿Sí?

—Por favor, ve a buscar a la abuela.

—Pero estamos viendo *Los rescatadores*.

—Pon la pausa.

—¡La abuela no tiene pausa!

—Sólo te perderás un momento. Yo te contaré lo que pasa.

—Mamá. No me la irás a destripar.

—Alice. Escucha mi voz. ¿Te parece que estoy de humor para discutir esto?

—No… —Alice parecía herida—. Me estás gritando.

—Ve a buscar a la abuela.

Alice dejó el teléfono. Un segundo después, alguien lo tomó.

—No le grites a Alice, mamá —era Noomi. Llorando. Un inconfundible llanto falso. Noomi casi nunca lloraba de verdad; tenía que fingir un buen rato para que le brotaran lágrimas auténticas.

—No le grité, Noomi. ¿Cómo estás?

—Muy triste.

—No estés triste.

—Pero es que estás gritando y no me gusta.

—Noomi —dijo Georgie, seguramente en un tono demasiado alto—. Ni siquiera hablaba contigo. Tranquilízate, por el amor de Dios.

—¿Georgie?

—¡Margaret!

—¿Pasa algo?

—No —repuso Georgie—. Es que... ¿Puedo hablar con Neal? Necesito hablar con él. Es urgente.

—Fue a hacer unas compras de última hora para las niñas.

—Ah —dijo Georgie—. Y no se llevó el teléfono, claro.

—No. ¿Seguro que no pasa nada?

—Sí. Sólo que lo extraño. Los extraño a todos —cerró los ojos y los volvió a abrir rápidamente—. También a ti y... a Paul.

Su suegra guardó silencio.

Georgie decidió proseguir. No estaba segura de adónde quería ir a parar.

—Siento que las niñas no llegaran a conocerlo tanto como yo.

Margaret inspiró profundamente.

—Gracias, Georgie. Y gracias por haber dejado que Neal las trajera a Omaha. Desde que perdimos a Paul, bueno, ésta es la época más dura del año.

—Pues claro —respondió Georgie mientras se secaba los ojos con la base del pulgar—. Dile a Neal que llamé.

Pulsó FINALIZAR LLAMADA y tiró el teléfono al asiento del copiloto.

Estaba claro.

Georgie había perdido la cabeza.

—Por Dios —exclamó Seth cuando Georgie entró en la oficina. La miró boquiabierto, seguramente para montar el número —. Madre del amor hermoso.

Scotty expulsó refresco dietético por la nariz.

—Ay, mierda —se lamentó—. Híjole, cómo duele.

—¿Podemos...? —intentó decir Georgie.

—Pero ¿qué te pasó? —Seth se había levantado y ahora caminaba despacio alrededor de Georgie—. Pareces Britney Spears cuando salía con bailarines de tercera y se paseaba descalza por las gasolineras.

—Le agarré ropa a mi madre. Pensaba que no te haría ninguna gracia que me retrasara otra hora porque había pasado por mi casa para cambiarme.

—O bañarte —apostilló Seth mirándole el pelo.

—¿Esas prendas son de tu madre? —preguntó Scotty.

—Es muy liberal —explicó Georgie—. Pongámonos a trabajar, ¿sí? Por fin estoy aquí y vamos a poner manos a la obra, ¿de acuerdo?

—Llevas algo verde en la cara —dijo Seth, y le tocó la barbilla—. Es pegajoso.

Georgie se apartó y ocupó su asiento en la gran mesa de reuniones.

Scotty reanudó el almuerzo.

—¿Eso es lo que haces cuando Neal te deja sola? No me extraña que te traiga tan cortita.

—No me trae cortita —replicó Georgie—. Sólo estoy casada.

Seth empujó un recipiente desechable en su dirección. Georgie lo abrió. Tacos coreanos caldosos. Aguardó un segundo con el fin de decidir si el hambre superaba las náuseas. Las superaba.

Seth le tendió un tenedor.

—¿Te encuentras bien?

—Sí. Enséñame lo que tienen de momento.

No se encontraba bien. En absoluto.

¿Cómo que debería habértelo dicho? Te lo dije. Te dije: *"No puedo seguir así". Te dije: "Te quiero, pero no estoy seguro de que baste con eso, no sé si nunca será suficiente". Te dije: "No quiero vivir así, Georgie"...*

Era lógico. Si Georgie estaba sufriendo un trastorno nervioso de tipo paranoide con delirios de que su marido la abandonaba, era lógico que su imaginación la hubiera transportado al único momento que Neal la había dejado realmente.

O estuvo a punto.

Poco antes de que se casaran.

Sucedió durante las vacaciones de Navidad del último curso de universidad. Habían acudido a la fiesta de una cadena de televisión que, en aquel entonces, les parecía importantísima. Seth había empezado a trabajar en una telecomedia de la Fox y quería que Georgie conociera a los demás guionistas; incluso la estrella de la serie había prometido acudir. Se trataba sólo de una reunión informal que alguien había organizado en su jardín, con piscina, cerveza y luces de Navidad colocadas entre los limoneros.

Neal se pasó toda la noche plantado junto a la cerca, decidido a no conversar con nadie. Por principio. Como si considerara que hablar del tiempo, como si hacer gala de un mínimo de educación, fuera a hacer concesiones. (Concesiones a Seth. A California. Al hecho de que Georgie iba a trabajar con este tipo de gente y Neal tendría que tragar.)

De ahí que se quedara junto a la cerca con la cerveza más barata que encontró y sin decir ni pío.

Aquel pequeño acto de protesta enfureció tanto a Georgie que se aseguró de que Neal y ella fueran de los últimos invitados en abandonar la fiesta. Dejó que Seth le presentara a sus nuevos colegas, del primero al último, y charló con todos ellos. Interpretó a la perfección su papel en "el show de Seth y Georgie". (Fue una buena interpretación; Georgie se quedó con los mejores chistes.) Se aseguró de que los invitados la adoraran.

Luego se subió al viejo Saturn de Neal y él la llevó a su casa. Y le dijo que estaba harto.

—*No puedo seguir así,* le dijo.

—*Te quiero* —le dijo—, *pero no estoy seguro de que baste con eso, no sé si nunca será suficiente.*

—*No quiero vivir así, Georgie* —le dijo.

Al día siguiente, se marchó a Omaha sin ella.

No supo nada de él en toda la semana. Creyó que Neal la había dejado.

Georgie pensó que tal vez tuviera razón; puede que estuvieran mejor separados.

Y entonces, la mañana de Navidad de 1998, Neal se plantó a su puerta y se arrodilló en el tapetito de la entrada con la alianza de su tía abuela en la mano.

Le pidió a Georgie que se casara con él.

—*Te quiero*—, declaró—. *Te quiero más de lo que detesto cualquier otra cosa.*

Y Georgie se rio, porque sólo Neal podía considerar románticas aquellas palabras.

Y dijo que sí.

Georgie conectó el celular a la laptop y se aseguró de que el volumen de llamada estuviera al máximo.

—¿Qué haces? —preguntó Seth—. En la sala de los guionistas no se permiten celulares, ¿recuerdas? Tú pusiste esa regla.

—En teoría, no estamos aquí —replicó Georgie.

—Tú ni siquiera estás aquí en la práctica —le espetó él.

—Perdón. Tengo muchas cosas en la cabeza.

—Sí, yo también. Cuatro guiones. ¿Te acuerdas?

Georgie se frotó los ojos. Lo había soñado. El incidente de la noche anterior. Aunque no hubiera tenido la sensación de estar soñando… no podía ser nada más. Un lapsus mental.

Podía pasarle a cualquiera. A personas normales y corrientes. Sufrían lapsus mentales. Entonces se colocaban un paño húmedo sobre los ojos y planeaban unas vacaciones junto al mar.

Tenía a Neal en la cabeza. Tenía al padre de Neal en la cabeza… y su cerebro había hecho el resto. El cerebro de Georgie estaba especializado en eso. En inventar historias absurdas.

—La semana más importante de toda tu vida profesional —murmuraba Seth— y a ti se te ocurre desconectarte.

—Yo no me desconecté —intervino Scotty.

—No estoy hablando de ti —le soltó Seth—. Nunca hablo de ti.

Scotty se cruzó de brazos.

—¿Sabes?, no me gusta ser el blanco de tu mala sombra cuando no tienes a nadie más a tu alrededor. No soy el cartero de Cheers, para que te enteres.

—Ay, Dios mío —Seth lo señaló—, pero si eres igualito a Cliff Clavin. A partir de ahora, no podré mirarte sin pensar en él. ¿Has visto *Lazos familiares*? También eres un poco nuestro Skippy.

—Soy demasiado joven para haber visto *Lazos familiares* —declaró Scotty.

—Y también para haber visto *Cheers*.

—Lo vi en Netflix.

—Incluso te pareces a Skippy. ¿Georgie, tú que crees? ¿A quien se parece más? ¿A Skippy o a Cliff?

Georgie nunca había sufrido un lapsus mental.

Aunque tenía la sensación de estar sufriendo otro en este momento. Se desplazó las gafas a la frente y se pellizcó el puente de la nariz.

—Georgie —Seth le pinchó el brazo con la goma del lápiz—. ¿Me estás escuchando? ¿A quién se parece más Scotty? ¿A Skippy o a Cliff?

Ella volvió a ponerse las gafas.

—Es nuestro Radar O'Reilly.

—Ay, Georgie —Scotty sonrió—. Calla, que me vas a hacer llorar.

—Eres demasiado joven para haber visto *M*A*S*H* —gruñó Seth.

Scotty se encogió de hombros.

—Tú también.

Se pusieron a trabajar.

Cuando trabajaba, le resultaba más fácil. Le resultaba más fácil fingir que las cosas iban bien.

Las cosas iban bien. Acababa de hablar con Alice y con Noomi, hacía sólo unas horas; eran las de siempre. Y Neal había salido a comprar regalos de Navidad.

Así que no estaba ansioso por hablar con ella, aunque tampoco era de extrañar. No tenían ningún asunto pendiente. Georgie y Neal habían hablado a diario desde que se conocieron. (Casi a diario.) No era lo que se dice urgente que se pusieran al día.

Georgie siguió trabajando en el guion. Su guion. Seth y ella se inspiraron y se pasaron una hora entera escribiendo diálogos, disparándose frases como pelotas de ping-pong. (Era así como solía sacar el trabajo adelante. Colaboración competitiva.)

Seth fue el primero en volver a la realidad. Fue incapaz de responder a una broma especialmente tonta de Georgie, del tipo "mamá, mamá", y se recostó en la silla entre risas.

—No puedo creer que lleven veinte años haciendo esto —comentó Scotty con sinceridad cuando acabó de aplaudirles.

—No llevamos tanto tiempo —señaló Georgie.

Seth levantó la cabeza.

—Diecinueve.

—¿En serio?

—Terminaste la prepa en el noventa y cuatro, ¿no?

—Sí.

—Estamos en 2013. Diecinueve años.

—Vaya.

Por Dios. ¿De verdad hacía tanto tiempo?

Sí.

Habían pasado diecinueve años desde el día que Georgie se había topado con Seth en las oficinas de *La cucharada*.

Diecisiete desde que se había fijado en Neal.

Catorce desde que se había casado con él, junto a una hilera de lilos en el jardín trasero de sus padres.

Georgie pensaba que nunca llegaría a ser tan mayor como para contar su vida así, en largas décadas.

No porque pensara que moriría joven; sencillamente, jamás imaginó que se sentiría así. Abrumada por el recuento. Veinte años albergando el mismo sueño. Diecisiete con el mismo hombre.

Pronto llevaría más años con Neal que sola. Su identidad de esposa pesaría más que cualquier otra.

Le parecía excesivo. No tanto el hecho de vivirlo como el de asimilar la idea. Compromisos como losas demasiado pesadas para cargar con ellas.

Catorce años desde su boda.

Quince desde que Neal intentó dejarla. Quince desde que volvió.

Diecisiete desde la primera vez que lo vio y ya no pudo despegar la vista.

Seth seguía mirándola con una ceja enarcada.

¿Qué diría si le revelara lo que había vivido a lo largo de las últimas treinta y seis horas?

*Por Dios, Georgie, ya te volverás loca la semana que viene. La próxima semana puedes hacer lo que te dé la gana. Dormir. Celebrar la Navidad. Sufrir una crisis nerviosa. Esta semana, estamos cumpliendo nuestro sueño.*

—Prepararé café —decidió Georgie.

# CAPÍTULO 9

Siguieron trabajando mientras comían. Iban a buen ritmo, hacían progresos.

Y, de repente, se dieron cuenta de que avanzaban deprisa porque estaban convirtiendo el guion en un episodio de *Los desastres de Jeff.*

—Oh, no. No, no, no —se lamentó Seth—. Esa serie nos ha sorbido el seso.

—Es patééééético —exclamó Scotty.

Seth borró el pizarrón con ambos brazos. Se arrepentiría más tarde, cuando viera el estado de su camisa a cuadros.

Decidieron mirar unos cuantos episodios de *Vida y milagros del capitán Miller* para despejarse. Seth guardaba en la oficina la serie completa en VHS. También tenían un reproductor de video, encajado en un rincón bajo un viejo televisor.

—Podríamos verla en internet —sugirió Scotty al tiempo que se sentaba en la hamaca de IKEA.

Seth se arrodilló delante del reproductor e introdujo una cinta.

—No es lo mismo. El vudú no funcionaría.

Georgie agarró la laptop, todavía con el celular conectado, e intentó llamar a Neal desde la puerta. (Sin resultado.)

Tan pronto como empezó a sonar la sintonía de *Vida y milagros del capitán Miller*, Seth suspiró. Obsequió a Georgie con una deslumbrante sonrisa.

—Lo vamos a conseguir —le aseguró.

Ella le devolvió la sonrisa, no pudo evitarlo, y se acomodó a su lado, en el suelo.

Así había pasado Georgie sus dos primeros años de universidad. Cuando no estaban trabajando en *La cucharada*, se encontraban en el dormitorio de Seth de la fraternidad, viendo *Vida y milagros*, *Taxi* o *M*A*S*H*. En la habitación de Seth había montones de videocasetes.

—¿Por qué te apuntaste a una fraternidad? —le había preguntado ella—. Los guionistas no encajan en las fraternidades.

—No quieras encasillarme, Georgie. Soy infinito.

—De acuerdo, pero ¿por qué?

—Por lo mismo que todo el mundo. Apoyo, chamarras de mangas blancas... Además, puede que algún día me dedique a la política.

Habían redactado el primer borrador de *Con el paso del tiempo* en la habitación de Seth. Y el segundo en *La cucharada*. Georgie se había encargado de pasarlo al papel.

¿Cómo era posible que no hubiera reparado en Neal hasta el penúltimo año de carrera? Empezó a trabajar en *La cucharada* en primero, igual que ella. Georgie debía de haberlo visto montones de veces sin fijarse en él. ¿Tan pendiente estaba de Seth? Es cierto que Seth era superabsorbente, avasallador y escandaloso, y que siempre estaba intentando acaparar su atención...

Sin embargo, en cuanto Georgie se fijó en Neal, empezó a verlo a todas horas. Intentaba no clavarle la vista cuando pasaba por delante de su escritorio, de camino a la oficina de producción. A veces, si tenía suerte, él la miraba a su vez y la saludaba con un gesto de la cabeza.

—No entiendo a qué viene tanta atracción —dijo Seth, cuando el asunto ya venía prolongándose un mes.

—¿Qué atracción?

Estaban sentados en el escritorio que compartían y Seth se estaba comiendo el pollo con verduras de Georgie, clavando los trozos con un palillo.

—La tuya. Por el gordito de los dibujos.

Georgie tampoco acababa de entenderla. ¿Por qué de repente sólo le interesaba Neal?

—Sólo somos amigos —respondió.

—Ya —repuso Seth.

—Conocidos tirando a amigos.

—Sí, pero ésa es la cuestión, Georgie. Él no es amistoso. Si la gente se le acerca demasiado, gruñe, literalmente.

—A mí no me gruñe —replicó ella.

—Claro que no.

—¿Por qué lo dices?

—Porque eres una chica guapa. Debes de ser la única chica guapa que le ha dirigido la palabra en su vida. Está demasiado sorprendido como para gruñirte.

Georgie intentaba no estar al pendiente de Neal. Procuraba hacerse la dura cuando lo veía. Pero casi siempre acababa por buscar una excusa para entrar en la sala de producción pocos minutos después de que él hubiera llegado. A veces fingía que tenía que hablar con algún otro dibujante. Otras se encaminaba directamente a la mesa de dibujo de Neal y se recostaba contra la pared hasta que él le dirigía la palabra.

Seth era un idiota; Neal no estaba gordo. Sólo era blandito. Bajito y fornido, sin ángulos.

—Estás merodeando —le dijo Neal aquella noche. La noche del pollo con verduras.

Georgie había deambulado hasta la sala de producción y se había apoyado contra una columna de las inmediaciones de su mesa con aire indolente.

—No merodeo. Es que no quería darte un susto.

—¿Asustas a los chicos?

La tira de aquella semana era más compleja que de costumbre. Se trataba de una sola viñeta con montones de personajes. Neal había empezado a entintar una esquina.

Ella alargó el cuello para mirar.

—Imagínate que te sobresaltas y derramas tinta sobre el dibujo.

Él negó con la cabeza.

—Eso no va a pasar.

—Podría pasar —insistió ella.

—Yo no me sobresalto.

—Nervios de acero, ¿eh?

Neal se encogió de hombros.

—O sea —prosiguió ella— que podría acercarme sigilosamente por detrás y gritar o qué se yo y tú ni te inmutarías.

—Seguramente no.

Georgie acercó un taburete y se sentó delante de él.

—Pero podría ser una asesina psicópata.

—No, no podrías.

—Sí podría.

—Georgie McCool, la asesina psicópata... —ladeó la cabeza, como si contemplara la posibilidad—. No. No podrías.

—Pero tú no sabrías que era yo la que se estaba acercando sigilosamente. Podría ser otra persona —insistió ella.

—Sabría que eras tú.

—¿Cómo?

Él la miró durante un segundo y luego devolvió la atención a su trabajo.

—Tu presencia es muy evidente.

—¿Evidente?

—Palpable.

Georgie intentó no sonreír.

—¿Eso es un cumplido?

—No sé, ¿quieres que lo sea?

—¿Si quiero que la gente se percate de mi presencia?

—Si quieres que yo me percate.

—Pues yo…

Neal miró por encima del hombro de Georgie y volvió a bajar la vista.

—Tu novio te busca.

Georgie se giró a medias. Seth estaba en el umbral, fingiendo una sonrisa deslumbrante.

—Eh, Georgie. ¿Puedes venir un momento?

Ella entornó los ojos mientras trataba de discernir si Seth de verdad necesitaba su ayuda o únicamente pretendía interferir.

—Este… claro —dijo—. Enseguida voy.

Seth se quedó esperando en la puerta.

—Te digo que voy enseguida —repitió Georgie al tiempo que enarcaba las cejas con ademán elocuente.

Seth asintió, ahora enojado, y se marchó.

Georgie se levantó.

—No es mi novio.

—Ah —dijo Neal mientras entintaba la sonrisa de un conejo—. ¿Son gemelos siameses?

—Colegas de redacción.

De mala gana, Georgie se encaminó a la puerta.

—Colegas de redacción —repitió él entre dientes

Seth no necesitaba su ayuda, por supuesto que no. (Y se había acabado el pollo.)

—Ya sabía yo que me estabas enredando —protestó Georgie, y atrajo el recipiente de comida china hacia su zona del escritorio—. La próxima vez no pienso hacerte ni caso.

—No te estaba enredando —Seth arrastró la silla hacia la de Georgie—. Te estaba rescatando de las garras del hobbit.

—¿Qué pensarías si yo te hiciera algo así cuando estás ligando?

—Ay, Dios. Georgie, retráctate. No puedes estar ligando con el hobbit de los dibujitos.

—Yo nunca he criticado a tus novias.

—Porque son geniales y guapísimas. Todas por igual. De hecho, hasta podrían llevar uniforme. ¿No te parece una idea maravillosa?

—La cuestión es, Seth, que no voy a dejar de hacerlo. No voy a dejar de hablar con chicos. ¿Quieres que pase sola el resto de mi vida?

—Claro que no. No digas tonterías.

—Pues no molestes.

Seth se inclinó hacia Georgie para apoyarse en el brazo de su silla.

—¿Te sientes sola, Georgie? ¿Necesitas compañía?

—Te dije que no molestaras.

—Porque si necesitas compañía, deberías decírmelo —prosiguió Seth sin hacerle caso—. Estamos listos para llevar nuestra amistad a un nuevo estadio.

—Te odio.

—¿En el sentido de "te quiero" y "no puedo vivir sin ti"?

—Me vale.

—Espera, de verdad, tienes que ver esto —giró el monitor hacia ella y señaló la pantalla—. ¿Te parece gracioso? Es una especie de Snoopy/Snoop Dog y cada vez que Carlitos le da de comer se pone en plan: "Gracias, amigo".

La siguiente vez que Seth intentó interrumpirla mientras platicaba con Neal, Georgie no le hizo ni caso. Lo mandó a volar con un "seguro que puede esperar".

Con esa respuesta, prácticamente consiguió que Neal apartara la vista por completo de su tira cómica. Enarcó una ceja y sonrió con la boca cerrada.

Neal tenía unos labios muy bonitos.

A lo mejor todo el mundo tenía los labios bonitos y sólo te dabas cuenta cuando les mirabas la boca con atención.

Georgie siempre estaba mirando la boca de Neal.

Podía observar a Neal a sus anchas, porque él siempre tenía los ojos clavados en su cómic; era imposible que la cachara. Y lo observaba porque Neal atraía la mirada.

Tal vez no fuera de esos chicos que quitan el aliento. No como Seth cuando se esmeraba en su atuendo, se colocaba en pose y se pasaba los dedos por el cabello.

Neal no le robaba el aliento a Georgie. Más bien lo contrario. Pero en el buen sentido; le sentaba de maravilla eso de estar con alguien que le permitía respirar a sus anchas.

A Georgie le gustaba mirar a Neal y punto. Le encantaba su cabello, oscuro pero no demasiado. Su piel pálida. Neal era de una palidez extrema, incluidos el rostro y el dorso de las manos pequeñas y cuadradas. Georgie no acababa de entender cómo alguien que recorría el campus de acá para allá se las ingeniaba para permanecer tan pálido. A lo mejor llevaba sombrilla. En cualquier caso, el color de su tez contrastaba con sus labios, que lucían aún más rosados por contraste.

Los labios de Neal eran alucinantes. Pequeños, bien dibujados y simétricos. Horizontalmente simétricos; el labio superior casi del mismo grosor que el inferior. Incluso sus hendiduras eran idénticas, una sobre el labio superior y otra bajo el inferior. Como un mohín al veinte por ciento, permanente.

Y Georgie se moría por besarlos, claro.

Seguro que todo el mundo fantaseaba con la idea de besar a Neal cuando se fijaban en él. Tal vez por eso fuera tan reacio a mirarte a los ojos: para mantener a raya a las multitudes.

Ahora Neal dibujaba algo en el margen de la tira cómica. Una chica. Con gafas y el rostro acorazonado; rizos disparados en todas direcciones. Añadió un globo de los que indican un pensamiento: *No me puedo quedar aquí todo el día. La comedia me necesita.*

Georgie temió haberse sonrojado.

—¿Te molesto?

Neal negó con la cabeza.

—No puedo creer que te divierta verme dibujar.

—No es divertido, es… hipnótico. Como ver a alguien haciendo magia.

—Estoy dibujando un erizo con monóculo.

—Pero tus manos son capaces de crear cualquier cosa —dijo ella—. Eso es mágico.

—Lo sería si estuviera creando un erizo de verdad.

—Disculpa —Georgie se levantó—. Será mejor que te deje trabajar.

—Tu presencia no me impide trabajar.

Neal no alzó la vista.

—Pero…

—Ni siquiera tu conversación.

Georgie volvió a sentarse con ademán inseguro.

—Bueno.

Neal agregó otro globo a la caricatura: *¡¿Y ahora qué digo?!*

Luego dibujó otro globo de pensamiento en la parte inferior de la página, como si procediera de sí mismo: *Lo que tú quieras, Georgie McCool.*

A continuación, en un globo más pequeño: *Si de verdad te llamas así…*

Georgie notó que se estaba ruborizando. Lo vio devolver la mano al cómic y carraspeó:

—No eres de por aquí, ¿verdad?

La pregunta arrancó una sonrisa a Neal, una sonrisa de verdad, con toda la boca.

—Soy de Nebraska —dijo.

—¿Y eso se parece a Kansas?

—Más que otros sitios, supongo. ¿Conoces bien Kansas?

—He visto *El Mago de Oz* montones de veces.

—Bueno —prosiguió él—. Pues Nebraska es como Kansas, pero en colores.

—¿Y qué estás haciendo aquí?

—Hipnotizarte.

—¿Viniste a California a hipnotizarme?

—Más me valdría —dijo Neal— Ese motivo supera con creces al que me trajo aquí.

—Que es…

—Vine a California a estudiar oceanografía.

—Pues a mí me parece una razón excelente —arguyó ella.

—Bueno —Neal dibujó breves trazos alrededor de la cara del erizo—, descubrí que no me gusta el mar.

Georgie se echó a reír. Los ojos de Neal reían con ella.

—Lo vi por primera vez al llegar aquí —explicó a la vez que le echaba a Georgie un vistazo rápido—. De lejos, parecía increíble.

—¿Y no lo es?

—Es muy húmedo —repuso él—. Y además está al aire libre.

Georgie siguió riendo. Neal continuó entintando.

—Quemaduras del sol… —dijo—, mareos…

—¿Y ahora qué estudias?

—Sigo estudiando oceanografía —respondió él, asintiendo en dirección al dibujo—. Estoy aquí gracias a una beca en oceanografía, y eso estudio: oceanografía.

—Pero eso es terrible. No puedes estudiar oceanografía si no te gusta el mar.

—¿Por qué no? —estaba casi sonriendo otra vez—. Tampoco he encontrado nada que me guste más.

Georgie se rio.

Neal añadió otro globo a la parte inferior de la página: *Casi nada.*

—No puedes marcharte aún.

Seth se había plantado en el quicio de la puerta con los brazos cruzados.

—Seth, son las siete.

Las nueve en Omaha. O quizás 1998 en Omaha.

—Ya lo sé —dijo Seth—, y llegaste a la una, y fuiste un cero a la izquierda durante buena parte del día.

—A, eso no es verdad —arguyó Georgie—. Y B, si tan inútil soy, da igual que me vaya, ¿no?

—No —suplicó él—. Quédate. A lo mejor estás a punto de hacer algo de provecho.

—Estoy agotada —insistió ella—. Y todavía me dura la resaca. ¿Y sabes qué? Tú también has sido un cero a la izquierda durante las tres últimas horas. ¿Cuál es tu excusa?

—Cuando tú no sirves para nada, yo no sirvo para nada, Georgie —Seth levantó una mano con ademán de impotencia—. Quedó claro hace tiempo.

Ella desconectó el celular.

—Puede que mañana seamos más productivos.

—¿Por qué no me hablas de eso? —suplicó él, ahora en tono quedo y sin artificios—. De lo que sea que te pasa. Hoy. Esta semana.

Georgie alzó la vista para mirarlo. Sus ojos color café, su cabello todavía sin canas. Como recién salido del cascarón.

Era su mejor amigo.

—No —dijo—. No puedo.

# CAPÍTULO 10

Con el teléfono conectado al encendedor del auto, Georgie se dispuso a llamar a Neal de camino a casa, pero luego cambió de idea. Neal llevaba todo el día sin contestar a sus llamadas.

La última vez que había hablado con él seguía siendo... la última vez que había hablado con él.

No quería pensar en ello.

No podía aceptarlo.

Georgie imaginó su hogar, grande, oscuro y desierto..., ese caserón que empezaba a considerar embrujado...

Y en lugar de regresar a su casa, tomó la desviación a Reseda.

No tenía llave de la casa de su madre, así que llamó a la puerta.

Abrió Heather, mucho más acicalada que de costumbre. Se había aplicado lápiz de labios y tres tonos de sombra de ojos.

—Ah —dijo—. Eres tú —arrastró a Georgie al interior—. Pasa, date prisa. Y aléjate de las ventanas.

—¿Por qué? ¿Hay alguien acechando la casa?

—Tú entra.

Georgie obedeció. Sus padres (su madre y Kendrick) veían la televisión en el sofá, acariciando a cuatro manos a la perrita pug, la hembra barrigona, que se había acomodado entre los dos.

—Georgie —la saludó su madre—. No sabíamos que venías.

—Es que no tenía ganas de manejar hasta Calabasas. Ustedes viven mucho más cerca de los estudios.

—Pues claro —la mujer adoptó una expresión preocupada. Georgie no supo si estaba inquieta por ella o por la perra—. ¿Te sientes mejor?

—Sí, yo...

Sonó el timbre. Georgie se encaminó hacia la puerta.

—¡No! —la detuvo su madre.

La perra ladró. Heather empujó a Georgie mientras le suplicaba con frenéticos gestos que no abriera la puerta.

—Es el repartidor de pizzas —susurró su madre.

—¿Y qué? —preguntó Georgie, también cuchicheando.

Heather echó una ojeada furtiva por la ventana. Salió al porche y cerró la puerta a su espalda, no sin antes alisarse la ceñida camiseta.

—Está loca por él —explicó su madre al tiempo que rascaba el hinchado vientre de la pug—. ¿Te acuerdas de lo que es eso? —le preguntó a la perrita como si hablara con un bebé—. ¿Sí? ¿Te acuerdas, mami?

—No creo que se acuerde —le soltó Georgie—. La cruzaste con un perro de Tarzana al que no había visto en su vida.

—¡Shhh! —la reprendió su madre a la vez que le tapaba los ojos a la perrita—. Tuve que hacerlo. Las balas de su marido son de salva.

—Puaj —Georgie se estremeció.

—Hoy tienes mejor aspecto —comentó la madre, todavía con voz melosa y sin dejar de sonreírle al perrita.

—Sí, me encuentro mejor —asintió Georgie.

Era verdad. Más o menos. Ya no estaba borracha ni tenía resaca. Y llevaba casi veinticuatro horas sin hablar con fantasmas, lo que ya era ganancia.

—Qué bien —se alegró la mujer—. Queda algo de guisado de ternera en el refrigerador, por si tienes hambre.

—Y pizza —intervino Heather a su regreso. Estaba radiante. Cerró la puerta de la sala y apoyó la espalda contra la hoja, sosteniendo la caja contra la barriga.

Georgie miró la caja.

—Ni hablar. Esa pizza es muy especial. Ni soñarlo. De todas formas, cené en el trabajo. Voy a acostarme.

Echó a andar por la sala hacia el pasillo.

—Ahora que lo pienso... —volteó a ver a su madre—. ¿Te importa que use tu celular?

—Claro que no, está en mi bolso —la madre de Georgie empujó a la perra al regazo de Kendrick y se levantó—. Te lavé los jeans —le dijo mientras agarraba el bolso y rebuscaba por el interior—, aunque esos pantalones te quedan tan bien... Deberías llevar prendas más informales.

Le tendió a Georgie su teléfono, un enjoyado Android no-sé-cuántos con un pug en el salvapantallas.

Georgie marcó el número de Neal y colgó cuando entró el buzón de voz. Conteniendo el aliento, probó en el fijo. Ocupado.

—Gracias —dijo, y le devolvió el celular a su madre—. ¿Kendrick? ¿Me dejas usar tu teléfono?

Georgie tenía la sensación de estar buscando demostrar algo, aunque no sabía qué exactamente.

El celular de Kendrick era negro y sencillo, con salpicaduras de yeso. Otra vez el buzón de voz. Y el fijo estaba ocupado también.

—Gracias —repitió Georgie cuando se lo tendió a su padrastro.

La madre miró su propio teléfono, seguramente para saber a quién había llamado su hija.

—Ay, cariño, ¿de verdad crees que Neal está filtrando las llamadas?

—No lo sé —respondió Georgie con sinceridad—. Gracias. Y gracias por dejar que pase aquí la noche.

Su madre le rodeó los hombros con el brazo y le besó la sien. Georgie se fundió en ese medio abrazo durante un minuto antes de encaminarse a su habitación.

Tenía la sensación de haber vuelto a casa de la escuela tras un día especialmente duro. Su madre había doblado los jeans y la camiseta de Neal y los había dejado sobre la almohada, como si ya supiera que su hija iba a volver. (Como si Neal hubiera abandonado a Georgie y además la hubiera echado de casa.) Incluso había cambiado las sábanas de su antiguo lecho.

Consideró la idea de bañarse, pero al final se sentó en la cama y se colocó el teléfono en el regazo. No tenía sentido volver a llamar a Neal. Acababa de intentarlo; él no había respondido.

¿La estaba evitando?

Eso parecía. Sólo respondían a sus llamadas cuando Neal no estaba en casa…, en teoría. Puede que su madre le estuviera cubriendo las espaldas. Tal vez supiera algo que Georgie ignoraba.

No, Margaret no tomaría parte en algo así. Georgie le caía bien y no querría eso para las niñas. (Georgie prefería llamarlo *eso*. Se negaba a expresar en palabras el peor de los escenarios posibles.)

Margaret no cooperaría en ese juego…

Aunque, por otro lado, Neal era su hijo. Y sabía que se sentía desgraciado.

Eso era un hecho.

Georgie no estaba dramatizando ni poniéndose paranoica ni desvariando. Estaba afrontando la realidad.

Neal no era feliz. Neal llevaba mucho tiempo sin ser feliz.

No se quejaba. No decía: *Qué infeliz soy*. (Dios mío, en parte sería un alivio oírselo decir.) Sencillamente irradiaba infelicidad, la exudaba. La esgrimía entre ambos. Le daba la espalda cuando dormía.

Neal no era feliz y Georgie tenía la culpa.

Y no porque hubiera dicho o hecho nada en concreto, sino por ser quien era.

Georgie era el ancla de Neal. (Y no en el buen sentido. No el tipo de ancla que te proporciona estabilidad y seguridad, esa que te tatúas en el pecho). Georgie era… un peso muerto.

Vaya. Ahora sí estaba dramatizando.

Por eso nunca se concedía permiso para pensar en *eso*. Porque, si lo hacía, su pensamiento se hundiría cada vez más hondo sin llegar nunca al fondo. No se concedía permiso para pensar en el asunto, pero era muy consciente de ello. Todo el mundo lo sabía. Margaret debía de saberlo. Que Neal se sentía desgraciado. Que odiaba California y que, aquí, navegaba entre la frustración y el desconcierto. Que se sentía atrapado.

Y todo el mundo sabía también que Georgie necesitaba mucho más a Neal que a la inversa. Que las niñas necesitaban a Neal mucho más que a ella.

Pues claro que le darían a Neal la custodia de sus hijas. Ya la tenía. Neal, Alice y Noomi; los tres constituían un circuito cerrado, un organismo independiente.

Neal las llevaba a la escuela. Neal las llevaba al parque. Neal las bañaba.

Georgie llegaba a casa a la hora de cenar.

Casi todas las noches.

Cuando Georgie llevaba a Alice a clase de natación, la niña siempre temía que se perdiera. *Si no encontramos el club, siempre podemos llamar a papá.*

Si Neal salía a hacer algún recado el domingo por la mañana, las chicas esperaban a que su padre hubiera vuelto para pedir el desayuno. Si se caían y se hacían daño, gritaban: *¡Papá!*

Georgie no era imprescindible. Era la cuarta rueda (de un vehículo de tres: la cuarta rueda de un triciclo).

Ella no era nada sin su familia. Nada. Pero ¿a la inversa? Ellos ni siquiera notarían su ausencia. Y tal vez… Neal fuera más feliz.

La invadieron las náuseas.

Descolgó el auricular amarillo pero dejó un dedo sobre la horquilla. No estaba lista para oír el pitido que cede el paso a la llamada. No tenía sentido volver a llamar a Neal; acababa de intentarlo.

Al día siguiente, de camino al trabajo, compraría un cargador de pared para el celular.

*También podrías arreglar la batería*, le gritó el cerebro. *O ir a casa, donde hay montones de cargadores de pared.*

*No pienso volver a casa hasta que Neal esté allí*, aulló Georgie en respuesta. Por primera vez, se dio cuenta de que así lo había decidido.

Soltó la horquilla y oyó el pitido.

No volverá a suceder, se dijo. Al fin y al cabo, el día había transcurrido con absoluta normalidad. Neal la estaba evitando, pero eso no tenía nada de particular. Era horrible, nada más.

No volvería a pasar. Georgie tenía la mente despejada. Los pies en el suelo. Se sentía desgraciada, nada más. Se golpeó la frente con el auricular para demostrarse que le dolía. Recorrió con el dedo índice el rostro plástico del auricular y empezó a marcar el número de la madre de Neal.

Porque…

Quería hacerlo.

Porque ya había contactado dos veces con Neal de fijo a fijo, por rara que hubiera sido la experiencia.

*Uno,* marcó, *cuatro, cero, dos…*

Marcar un teléfono de disco se parece un poco a meditar. Te obliga a tranquilizarte y a concentrarte. Si marcas el siguiente número demasiado pronto, tienes que volver a empezar desde el principio.

*Cuatro, cinco, tres…*

No se repetiría. La alucinación. El delirio. Con toda probabilidad, Neal ni siquiera contestaría.

*Cuatro, tres, tres, uno…*

# CAPÍTULO 11

—¿Sí?

Georgie respiró aliviada cuando oyó la voz de Neal y luego resistió el impulso de preguntarle quién era el presidente de los Estados Unidos.

—Hola —dijo.

—Georgie —parecía aliviado: parecía el Neal de siempre, el paraíso—. Llamaste.

—Sí.

—Discúlpame por lo de anoche. Me porté como un idiota —se apresuró a decir.

Anoche. La invadió el pánico. Anoche, anoche, anoche. Neal no debería recordar lo sucedido ayer por la noche, porque únicamente habían hablado en la delirante mente de Georgie.

—¿Georgie? ¿Sigues ahí?

—Sí.

—Mira, siento haberme comportado así —Neal hablaba como si tuviera el discurso preparado—. Llevo todo el día pensando en eso.

—Yo también lo siento —se atragantó Georgie.

—Es que me tomaste por sorpresa —dijo—. Eh..., ¿estás llorando otra vez?

—Yo...

¿Estaba llorando? ¿O quizás hiperventilando? Puede que un poco de los dos.

La voz de Neal se suavizó.

—Eh. No llores, tesoro. Perdóname. No llores.

—No estoy llorando —dijo Georgie—. O sea, ya no. Lo siento, yo...

—Empecemos de cero, ¿va?

Gegorgie soltó una risa amarga entre sollozo y sollozo.

—¿Empezar de cero? ¿Y cómo se hace eso?

—Me refiero a esta conversación —aclaró él—. Empecemos de cero esta conversación. Y la de ayer por la noche. Volvamos al principio, ¿sí?

—Tengo la sensación de que tendríamos que remontarnos mucho más atrás —confesó Georgie.

—No.

—¿Por qué no?

Neal hablaba en susurros.

—No quiero remontarme más atrás. No quiero olvidar ni un segundo del resto.

—De acuerdo —accedió ella, y se enjugó los ojos.

Qué locura. La situación era rara y delirante a más no poder. No podía estar pasando. Y sin embargo, estaba sucediendo. Si Georgie colgara, ¿cesaría?

¿O debía llevar adelante aquella locura, para poder localizar la llamada?

—De acuerdo —repitió.

—Bien —dijo Neal—. Pues... llamaste para saber si había llegado bien. Y sí. Fue un viaje muy largo y sólo tenía tres CD, así que escuché un programa de radio en mitad de la noche, *De costa a costa*, y desde entonces creo en los extraterrestres.

Georgie decidió seguirle la corriente. Si estaba sufriendo alucinaciones, éstas debían de obedecer a algún motivo. Quizás, si continuaba hablando con Neal como si nada, averiguaría la razón y el fenómeno avanzaría al siguiente estadio. (¿O eso sólo funcionaba con los fantasmas?)

—Siempre has creído en los extraterrestres —respondió Georgie.

—No es verdad —replicó Neal—. Soy un escéptico. Era un escéptico. Ahora creo en los extraterrestres.

—¿Viste alguno?

—No, pero vi un arcoíris doble en Colorado.

Georgie se echó a reír.

—¡Por John Denver bendito!

—Fue alucinante.

—¿Hiciste el viaje directo, sin parar a descansar?

—Sí —asintió él—. Tardé veintisiete horas.

—Fue una tontería de tu parte.

—Ya lo sé, pero tenía muchas cosas en las que pensar... Supuse que eso me mantendría despierto.

—Me alegro de que llegaras bien.

Para ser una alucinación, la plática se estaba desarrollando en términos sumamente racionales. (Lo que era lógico. Georgie siempre había tenido facilidad para escribir diálogos.)

Había acertado en sus suposiciones. Estaba hablando con Neal (o imaginando que hablaba con Neal) justo después de la gran pelea de Navidad, cuando aún estudiaban en la universidad.

Sin embargo, no habían hablado después de aquella pelea.

Neal no llamó a Georgie desde Omaha, así que ella tampoco lo hizo. Él se había presentado en su casa hacia el final de la semana, la mañana de Navidad, con un anillo de compromiso...

—Aún pareces disgustada —observó Neal. El Neal que no era Neal. El delirio auditivo, la alucinación.

—He tenido un día raro —explicó Georgie—. Además... me parece que hace unos días cortaste conmigo.

—No —se apresuró a replicar él.

Ella negó con la cabeza. Aún estaba mareada.

—¿No? ¿Seguro?

—No. O sea..., sí, me enojé y te dije unas cosas horribles. Y las decía en serio. Pero no corté contigo.

—¿No hemos roto? —se le quebró la voz al decir "roto".

—No —insistió Neal.

—Pero siempre pensé que habías cortado conmigo.

—¿Siempre?

—Siempre..., desde que nos peleamos.

—No quiero cortar contigo, Georgie.

—Pero dijiste que no podías seguir así.

—Ya lo sé —repuso él.

—E iba en serio.

—Sí.

—¿Pero estamos juntos?

Neal gruñó, pero Georgie sabía que su impaciencia no iba dirigida a ella. Neal solía gruñir cuando se impacientaba consigo mismo.

—No puedo seguir así —dijo—, pero espero que eso cambie porque... tampoco puedo vivir sin ti.

—Claro que puedes —Georgie no bromeaba.

Neal se rio de todos modos. (Bueno, tanto como reírse, pues no; Neal rara vez se reía. Pero lanzó una mezcla de ronquido y bufido que podía considerarse una risa.)

—¿De verdad crees que puedo vivir sin ti? Porque hasta ahora no se me ha dado demasiado bien.

—No es verdad —objetó Georgie. ¿Por qué no decirlo? La conversación no se estaba produciendo. No se jugaba nada. De hecho, puede que ésa fuera la razón de aquella extraña llamada, una ocasión de expresar aquello que jamás se atrevería a confesarle al verdadero Neal. La oportunidad de desahogarse—. Viviste muy bien durante veinte años, antes de que nos conociéramos.

—Eso no cuenta —contestó él como si nada. (*No, soy yo la que finge que no pasa nada*, pensó Georgie. *Usted, caballero, es una alucinación.*)—, antes de conocerte no sabía lo que me estaba perdiendo.

—Frustración —aclaró ella—. Impaciencia. Fiestas con un montón de taradas de la televisión.

—No sólo eso.

—Esperarme hasta las tantas —prosiguió ella—. Cenas canceladas. El tono de voz que pongo cuando quiero impresionar a alguien...

Neal odiaba esa voz.

—Georgie.

—... Seth.

Neal volvió a resoplar. Esta vez, el sonido no recordó a una risa.

—¿Por qué te esfuerzas tanto en ahuyentarme?

—Porque... —continuó ella sin ceder ni un ápice—. Porque fue eso lo que me dijiste antes de irte. Que lo nuestro no funcionaba y que no eras feliz, que no creías que pudieras seguir así. No dejo de darle vueltas a tus palabras. No he dejado de pensar en eso. Y no puedo rebatir ninguno de tus argumentos. Tenías razón, Neal. No voy a cambiar. Estoy inmersa hasta las cejas en un mundo que detestas y mientras estés conmigo seguirás atrapado en él. Puede que debas irte ahora que estás a tiempo.

—¿Piensas que debería romper contigo? —dijo él—. ¿Eso quieres?

—Son dos preguntas distintas.

—¿Crees que estaría mejor sin ti?

—Seguramente —*Díselo*, se urgió a sí misma. *Díselo y ya está*—. O sea…, sí. Piensa en lo que dijiste después de la fiesta. Las pruebas están ahí.

—Han pasado muchas cosas desde que te dije todo eso.

—Viste un arcoíris doble —se burló ella— y ahora crees en los extraterrestres.

—No. Me has llamado tres veces para decirme que me quieres.

Georgie contuvo el aliento para no replicar. No había llamado tres veces a Neal sino muchísimas más.

Ahora, la voz de Neal sonaba como si sostuviera el teléfono muy cerca de la boca.

—¿Me quieres, Georgie?

—Más que a nada en el mundo —respondió ella. Porque, puestos a decir la verdad, al diablo con todo—. Más que a nada.

Neal volvió a resoplar, quizás de alivio.

—Pero —siguió insistiendo ella— dijiste que eso no era suficiente.

—Puede que no.

—¿Entonces…?

—Entonces, no sé —reconoció Neal—, pero no quiero cortar contigo. Ahorita, no puedo. ¿Estás rompiendo conmigo?

—No.

—Pues volvamos a empezar —suplicó él con voz queda.

—¿A partir de dónde?

—Del principio de esta conversación.

Georgie inspiró profundamente.

—¿Qué tal el viaje?

—Bien —respondió él—. Lo hice de una tirada. En veintisiete horas.

—Idiota.

—Y vi un arcoíris doble.

—Alucinante.

—Y cuando llegué, mi madre había preparado mis galletas de Navidad favoritas.

—Qué suerte.

—Ojalá estuvieras aquí, Georgie... Ha nevado en tu honor.

Aquello no estaba pasando. Georgie estaba sufriendo una alucinación. O un episodio psicótico. O... estaba soñando.

Se desplomó contra la cabecera de la cama y, llevándose el ensortijado cordón telefónico a la boca, mordió el hule.

Cerró los ojos y siguió hablando como si nada.

# CAPÍTULO 12

—No puedo creer que hicieras el viaje de un jalón.

—No es para tanto.

—Te pasaste veintisiete horas seguidas al volante. Seguro que es ilegal.

—Sólo si conduces un camión.

—Por algo será.

—No es para tanto. Me entró sueño a la altura de Utah, pero paré y estiré las piernas.

—Podrías haber muerto allí mismo, en Utah.

—Lo dices como si morir en Utah fuera particularmente horrible.

—Prométeme que no lo volverás a hacer.

—Te prometo no volver a estar al borde de la muerte en Utah. De ahora en adelante, seré supercuidadoso cuando atraviese territorio mormón.

—Cuéntame más cosas de los extraterrestres.

*Cuéntame más cosas del viaje.*

*Cuéntame más cosas de tus padres.*

*Cuéntame más cosas de Omaha.*

Georgie sólo quería oír su voz, no quería dejar de oírla. No quería que Neal se callara.

Había momentos en que la abrumaba la magnitud de lo que estaba sucediendo. El mundo al que había conseguido acceder, tanto si era real como si no. Neal. 1998. La enormidad del suceso, la improbabilidad, reptaba por la nuca de Georgie como un escalofrío, pero ahuyentaba la sensación una y otra vez.

Tenía la impresión de haberlo recuperado. A Neal. (Al viejo Neal.)

Estaba allí mismo, y ella podía preguntarle lo que quisiera.

—Cuéntame más cosas de las montañas —le dijo Georgie, porque ya no sabía qué preguntar. Porque *dime en qué me he equivocado* podría romper el hechizo.

Y porque deseaba seguir escuchando su voz, por encima de cualquier otra cosa.

—Fui a ver *Salvando al soldado Ryan* sin ti.

—Bien hecho.

—Y mi padre y yo hemos quedado en ver *La vida es bella.*

—Bien. También deberías rentar *La lista de Schindler* sin mí.

—Ya hablamos de eso—protestó él—. Tienes que ver *La lista de Schindler*. Todo el mundo debería ver *La lista de Schindler*.

Georgie aún no la había visto.

—Sabes que no soporto nada que tenga que ver con los nazis.

—Pero te gusta *Los héroes de Hogan*…

—Fue entonces cuando decidí dar carpetazo.

—¿Carpetazo a los nazis?

—Sí.

—Con el coronel Klink.

—Obviamente.

Georgie ya no lloraba. Neal ya no gruñía.

Ella se había acurrucado debajo del edredón, con el auricular apoyado en la almohada.

Él seguía allí…

—Así que el hombre de la piscina pasará la Navidad en tu casa, ¿eh?

—Dios —exclamó Georgie—. Ya no me acordaba de que lo llamaba así.

—¿Cómo pudiste olvidarlo? Llevas seis meses llamándolo así.

—Kendrick no es tan malo.

—No, no parece mala persona… A mí me cae bien. ¿De verdad crees que se casarán pronto?

—Sí. Seguramente.

Dentro de nada.

—¿Y desde cuándo te lo tomas en plan zen?

—¿Qué quieres decir?

—La última vez que hablamos de eso no parabas de despotricar. No te latía compartir mercancía con tu madre.

Ah. Sí. Georgie se rio.

—Y tú dijiste: "No, no compartes mercancía con tu madre. Compartes piscina". Ya me acuerdo.

Neal prosiguió:

—Y entonces tú dijiste que si tu madre seguía por ese camino, tu próximo padrastro sería un niño de sexto. Tuvo gracia.

—¿Tuvo gracia?

—Sí —asintió él.

—No te reíste.

—Ya sabes que no me río, tesoro.

Georgie se dio media vuelta y se cambió el auricular de oreja antes de volver a acurrucarse.

—Aún no puedo creer que mi madre, a sus cuarenta años, les echara el ojo a los chicos de veinte. Que mirara a los universitarios y pensara: "Sí, por qué no. Están a mi alcance". No creo que nunca, hasta ahora, me haya percatado de hasta qué punto es inquietante esa actitud —igual que si Georgie estuviera saliendo con Scotty. O con un amigo de Heather; con el repartidor de pizzas—. Los chicos de veinte años son niños de pecho —dijo—. Prácticamente imberbes. No han dejado atrás la pubertad, literalmente.

—Eh, ya está bien.

—Ay, perdón. No me refería a ti.

—Claro. Yo soy distinto. A diferencia de la mayoría de los chicos de mi edad, soy lo bastante maduro para salir con tu madre.

—¡Neal! ¡Calla! No digas eso ni en broma.

—Ya sabía yo que ese rollo zen era un cuento.

—Por Dios. Mi madre es una pervertida. Una viciosa.

—A lo mejor sólo está enamorada.

—Perdóname por lo de la fiesta —se disculpó ella.

—No quiero hablar de eso, Georgie.

—Perdóname de todas formas.

—¿Por haber ido? ¿Por haber triunfado?

—Por haberte obligado a ir.

—No me obligaste a ir —objetó él—. No me puedes obligar a hacer nada. Soy un hombre adulto. Y mucho más fuerte que tú.

—No todo es cuestión de bíceps. Yo tengo mis recursos.

—En realidad, no.

—Sí los tengo. Soy mujer. Las mujeres emplean artimañas.

—Sólo algunas. No todas son astutas de nacimiento.

—Y si yo no lo soy —arguyó ella—, ¿cómo me las ingenio para salirme casi siempre con la mía?

—No te sales con la tuya. Es que me gusta complacerte. Porque te quiero.

—Ah.

—Por Dios, Georgie, pareciera que te sabe mal.

—Neal… Lo siento mucho. Lo de la fiesta.

—No quiero hablar de eso.

—De acuerdo.

—Y no sólo tengo bíceps —señaló él—. Tengo más fuerza que tú en todo el cuerpo. Podría inmovilizarte en treinta y cinco segundos.

—Es que me gusta complacerte —replicó ella—. Porque te quiero.

—Ah, va.

—Parece que te sabe mal, Neal.

—Lo dudo mucho.

Georgie se hundió todavía más en la almohada. Se tapó con el edredón hasta la barbilla. Cerró los ojos.

Si aquello sólo era un sueño, ojalá pudiera soñar lo mismo cada noche. Soñar que Neal le hablaba con voz queda, casi en susurros.

—Mis padres lamentaron mucho que no hayas venido.

—Me juego algo a que tu madre está encantada de tenerte sólo para ella.

—A mi madre le caes bien.

No era verdad. No en 1998.

—Me parece que exageras —afirmó Georgie—. Frunce el ceño a propósito cada vez que bromeo; como si no le bastara con no reírse para demostrar la poca gracia que le hago.

—Es que no sabe cómo tratarte... pero le caes bien.

—Cree que quiero ganarme la vida escribiendo chistes.

—Y tiene razón.

—Chistes de *Se abre el telón*.

—A mi madre le caes bien —insistió él—. Le gustas porque me haces feliz.

—Estás poniendo palabras en boca de tu madre.

—Claro que no. Me lo dijo la última vez que fueron a verme a Los Ángeles, cuando fuimos a cenar al restaurante de los tamales.

—¿En serio?

—Dijo que no me había visto sonreír tanto desde que era un niño.

—¿Y cuándo sonreíste? En tu familia nadie sonríe. No sé para qué quieren los hoyuelos.

—Mi padre sonríe.

—Bueno...

—Les caes bien, Georgie.

—¿Les dijiste por qué me quedé?

—Les dije que tu madre quería que pasaras la Navidad con ellos.

—Supongo que es verdad —opinó Georgie.

—Sí.

Era la una de la madrugada. Las tres en Omaha. O dondequiera que estuviera Neal.

La mano con la que sostenía el auricular se le estaba durmiendo, pero Georgie no cambió de postura.

Debería dejar que Neal se fuera a dormir. Estaba bostezando. Seguramente se le cerraban los ojos; Georgie había tenido que repetirle las últimas preguntas.

Pero no quería despedirse aún.

Porque…

Bueno, porque no sabía si volvería a repetirse. Lo que estaba pasando. Fuera lo que fuese. Aquello que a lo largo de estas últimas horas empezaba a considerar un don del cielo.

Y porque… no estaba segura de cuándo volvería a oír la voz de Neal.

—Neal. ¿Ya te dormiste?

—Mmm —respondió él—. Casi. Lo siento.

—No pasa nada. Es que… ¿por qué evitas algunos temas?

—Algunos temas. ¿Me estás preguntando por qué no quiero discutir?

—Sí.

—Yo… —ahora Neal se estaba moviendo, quizás para sentarse—. Me sentí fatal cuando me fui de California, y volví a sentirme un cerdo cuando te contesté de mala manera ayer por la noche y… No sé, Georgie, puede que lo nuestro nunca funcione. Cuando pienso que tendré que volver a Los Ángeles, me da coraje. Me siento atrapado y frustrado, y quiero alejarme lo más posible de allí. De ti, sinceramente.

—Dios mío, Neal…

—Espera, no he terminado. Eso es lo que siento. Hasta que oigo tu voz. Y entonces… no quiero cortar contigo.

Ahora, no. Desde luego, no esta noche. Esta noche, sólo quería fingir que lo demás no existía. Esta noche, sólo quería disfrutar del amor que siento por ti.

Georgie se pegó el auricular a la oreja.

—¿Y mañana?

—¿Te refieres a hoy?

—Sí —asintió ella.

—Ya lo pensaremos en su momento.

—¿Quieres que te llame luego? ¿Más tarde?

Neal bostezó.

—Sí.

—De acuerdo. Te dejo dormir.

—Gracias —dijo él—. Disculpa que esté tan cansado.

—No te preocupes. Es la diferencia horaria.

—Dímelo otra vez.

—¿Qué?

—Por qué llamaste.

Georgie apretó el teléfono.

—Para asegurarme de que estabas bien. Para decirte que te quiero.

—Yo también te quiero. Nunca lo dudes, ni por un momento.

Una lágrima le resbaló a Georgie por el puente de la nariz hasta estrellarse en el ojo del otro lado.

—Nunca lo hago —le aseguró—. Nunca.

—Buenas noches —se despidió Neal.

—Buenas noches —respondió Georgie.

—Llámame.

—Lo haré.

# DOMINGO,
# 22 DE DICIEMBRE DE 2013

# CAPÍTULO 13

Georgie se desperezó y chocó con el cuerpo de alguien. ¿Neal?

A lo mejor, todo había terminado. Puede que Georgie acabara de despertar de aquel extraño sueño o lo que fuera, y que Neal estuviera allí... junto con el tío Henry y la tía Em.

No se atrevía a abrir los ojos.

Un teléfono sonó junto a su cabeza. El tono pertenecía a alguna canción de Beyoncé.

Georgie se dio media vuelta y miró a Heather, que hablaba por el celular sentada en la cama.

—Mamá —dijo Heather—, estamos en la misma casa. Esto es el colmo de la vagancia, incluso tratándose de ti... Está bien. Un momento. Se lo preguntaré —miró a Georgie—. ¿Quieres waffles?

Georgie negó con la cabeza.

—No —informó Heather—. Dice que no... No sé, acaba de despertarse. ¿Trabajas hoy? —le propinó un codazo a su hermana—. Eh. ¿Tienes que ir a trabajar?

Georgie asintió y miró el reloj. Aún no habían dado las nueve. Seth todavía no habría llamado a la policía.

—Okey —dijo Heather en dirección al teléfono, y suspiró—. Yo también te quiero… No, mamá. No me molesta decirlo, pero estás aquí mismo… Está bien. Te quiero. Adiós.

Puso fin a la llamada y se desplomó junto a Georgie.

—Buenos días, dormilona.

—Buenos días.

—¿Cómo estás?

En pleno delirio. Seguramente psicótica perdida. Contenta, sin saber por qué.

—Bien —dijo Georgie.

—¿En serio?

—¿Por qué dices "en serio"?

—O sea —aclaró Heather—, ya sé que le dijiste a mamá que estás bien, pero de ser así no te habrías quedado a dormir.

—Estoy bien, es que no me late llegar a una casa desierta.

—¿De verdad te dejó Neal?

—No —replicó Georgie, y gimió—. Bueno, no creo —buscó las gafas. Las había dejado en precario equilibrio sobre la cabecera—. Cuando se marchó estaba enojado pero… yo creo que si me hubiera dejado, me lo diría. ¿No te parece? —lo preguntaba en serio.

Heather hizo una mueca.

—Caray, Georgie, yo qué sé. Neal no habla mucho que digamos. Ni siquiera sabía que tuvieran problemas.

Georgie se frotó los ojos.

—Siempre tenemos problemas.

—Pues no lo parece. Cada vez que te llamo, Neal te está llevando el desayuno a la cama o dibujándote una tarjeta desplegable de cumpleaños.

—Sí.

A Georgie no le daban ganas de explicarle a Heather que las cosas no eran tan sencillas. Que Neal le preparaba el desayuno aun estando enojado. Era su manera de decirle que seguía implicado en la relación, aunque por lo demás la tratara con absoluta frialdad y apenas le dirigiera la palabra.

—Cuando era pequeña —confesó Heather—, siempre pensaba que Neal era tu príncipe azul.

La sensación de felicidad de Georgie se estaba esfumando a marchas forzadas.

—¿Por qué?

—Porque me acordaba de tu boda... De tu enorme falda blanca y de las flores, y Neal estaba guapísimo. Llevaba el cabello como el príncipe azul y aún lo lleva, como el príncipe de Blancanieves. Y te llamaba "tesoro". ¿Todavía te llama así?

—A veces —respondió Georgie, ahora mirando el teléfono.

—Me parecía un chico tan romántico...

—Hazme un favor.

Heather la miró con recelo.

—¿Qué?

—Llama a casa.

—¿Qué?

—Al teléfono fijo —se explicó Georgie—. Llama al teléfono fijo.

Su hermana frunció el ceño, pero tomó el celular y llamó.

Georgie contuvo el aliento sin despegar la vista del teléfono amarillo. Sonó. Respiró y lo tomó.

—¿Sí? —dijo Georgie mirando a Heather. Sabía que se estaba comportando como una pirada.

—Hola —respondió Heather—. ¿Se te antojan unos waffles?

—No —rehusó Georgie—. Te quiero, adiós.
Heather sonrió.
—Te quiero, adiós.

Georgie se dio un regaderazo en el cuarto de baño de su madre. El champú de la mujer apestaba todavía más que el de Heather. Olía como a mazapán.

Volvió a ponerse los jeans y la camiseta negra de Neal. Su bra había conocido tiempos mejores, pero podía usarse. Decidió que llevaba demasiados días sin cambiarse de calzones como para contarlos, así que los empujó al fondo del cesto de la ropa sucia y prescindió de ellos.

*No sería mala idea que te pusieras unos limpios cuando pasaras por casa a buscar el cargador de pared*, le dijo su cerebro.

*No sería mala idea que te callaras*, replicó Georgie también con el pensamiento.

Cuando se hubo vestido, se sentó en la cama y miró el teléfono de disco.

Tenía que solucionar el misterio.

Descolgó y marcó con decisión el número de los padres de Neal.

La madre respondió al tercer timbrazo.

—¿Sí?

—Soy Georgie.

—Ah, hola, Georgie. Neal aún está durmiendo. Debió de quedarse despierto hasta muy tarde. ¿Quieres que le diga que te llame cuando se levante?

—No. O sea, dígale que lo llamaré más tarde. En realidad, ya se lo dije yo. Es que… quería preguntarle una cosa —no podría preguntar quién era el presidente. La madre de

Neal pensaría que se había vuelto loca—. ¿Por casualidad no sabrá quién es el presidente de la cámara de diputados?

La madre de Neal murmuró para sí.

—Newt Gingrich, ¿no? ¿O cambió?

—No —dijo Georgie—. Me parece que es ése. Tenía el nombre en la punta de la lengua —se inclinó hacia el soporte del teléfono—. Gracias. Este…, adiós. Gracias.

Colgó y se levantó bruscamente antes de alejarse unos pasos.

Entonces se arrodilló, reptó por debajo de la cama hasta alcanzar el puerto telefónico y desconectó la clavija. Jaló el cable, salió a rastras y gateó hasta la pared de enfrente, donde se quedó mirando la mesita de noche.

Tenía que desentrañar el misterio.

La historia continuaba.

Tenía que desentrañar el misterio.

*Posibilidades:*

1. *Una alucinación persistente.*
2. *Un sueño más largo de lo normal (¿o quizás un sueño normal y corriente que, desde dentro, se percibe como un sueño anormalmente largo?).*
3. *Un brote esquizofrénico.*
4. *Una circunstancia al estilo de* En algún lugar del tiempo, *en este caso no inducida.*
5. *¿Habré muerto y no lo sé? ¿Como en* Lost*?*
6. *Un estado inducido por las drogas. Que no recuerdo haber consumido.*
7. *Un milagro.*
8. *Una puerta a otra dimensión.*

9. ¡Qué bello es vivir! *(Sólo que no hay ángel. Sólo que no hay suicidio. Sólo que no hay explicación casi racional.)*
10. *Un puto teléfono mágico.*

Tenía que desentrañar el misterio.

Se sentó en el coche y conectó el iPhone. No tenía llamadas perdidas de Neal. Del auténtico Neal, de treinta y siete años. (*¿Por qué no la llamaba? ¿Tan enojado estaba? Neal, Neal, ¡Neal!*)

Georgie probó en el celular y ni siquiera parpadeó cuando respondió su madre.

—¿Georgie?

—Margaret.

—Esta vez sabía que eras tú —explicó la madre de Neal—, porque vi tu foto en el teléfono. ¿Quién iba a ser si no? ¿Un robot?

—El hombre de hojalata. Hola, Margaret, ¿quién es el presidente de la cámara de diputados?

—Ay, no lo sé. ¿No es el republicano ése de mirada penetrante?

—No sé —respondió Georgie, y se dio cuenta de que de verdad no lo sabía. ¿Quién ocupó el cargo después de Nancy Pelosi?—. Pero no es Newt Gingrich, ¿verdad?

—No, no —repuso Margaret—. ¿No acaba de postularse para presidente? ¿Estás haciendo un crucigrama?

Qué buena idea. Una tapadera excelente. Debería haberle dicho a la otra Margaret que estaba haciendo un crucigrama.

—Sí —asintió Georgie—. Oye, ¿puedo hablar con Neal?

—Acaba de salir.

*Por supuesto que salió.*

—¿No te llamó ayer? —preguntó Margaret—. Le dije que habías llamado.

—No debí de oír el celular —respondió Georgie.

—Alice está aquí. ¿Quieres hablar con ella? Alice, ven a decirle hola a tu madre.

—¿Hola? —la voz de Alice sonaba muy lejos.

—¿Alice?

—Habla más alto, mamá. No te oigo.

Debía de estar sentada en la otra punta de la sala.

—¡Alice! —Georgie se alejó el celular de la oreja y gritó—: ¡Agarra el teléfono!

—¡Bueno! —vociferó Alice—. ¡Pero dice Dawn que si te acercas los celulares a la cabeza te puedes enfermar de cáncer!

—No es verdad.

—¿Qué?

—¡Que no es verdad! —gritó Georgie.

—¡Lo dice Dawn! ¡Es enfermera!

—¡Miau!

—¿Ésa es Noomi? ¡Dile que conteste!

—No quiero que Noomi tenga cáncer.

—Pon el altavoz, Alice.

—No sé.

—El ícono que dice "altavoz".

—Ah… ¿Así?

Georgie volvió a llevarse el celular a la oreja.

—¿Me oyes?

—Ajá.

—Alice, hablar por el celular no provoca cáncer. En particular si sólo hablas unos minutos de vez en cuando.

—Miau.

Alice suspiró.

—No te ofendas, mamá, pero tú no eres enfermera, ni médico, ni científica.

—¡Científica! —dijo Noomi entre risitas—. Los científicos hacen pócimas.

—¿Cómo están? —preguntó Georgie.

—Muy bien —respondieron ambas.

¿Por qué Georgie les hacía siquiera esa pregunta? Sólo servía para que se cerraran en banda. Habría sido mejor seguir discutiendo con ellas sobre el cáncer cerebral.

—¿Dónde está papá?

—En el súper —contestó Alice—. Vamos a preparar las famosas galletas navideñas de la abuela. Incluso esas que llevan los Kisses de chocolate que parecen ratones.

—Y llevan una cereza en las pompis —apuntó Noomi.

Alice siguió hablando por encima de su hermana.

—Y vamos a hacer pelotitas de crema de cacahuate y árboles de Navidad verdes, y la abuela dijo que me dejará usar el procesador de alimentos. Noomi nos ayudará, pero tendrá que pararse en la silla y Dawn dice que eso es peligroso, pero no le pasará nada porque papá la sujetará.

Dawn, la enfermera.

—Qué bien —dijo Georgie—. ¿Me guardarán algunas galletas?

—¡Miau!

—Claro —prometió Alice—. Tendré que buscar una caja.

—¡Miau, mami!

—Miau, Noomi.

—Ahora tenemos que irnos porque estamos preparando las cosas en la cocina.

—Alice, espera… ¿Le puedes dar un recado a papá?

—Ajá.

—¿Le dirás que llamé para decirle que lo quiero?

—Yo también te quiero —respondió Alice.

—Y yo a ti, cariño. Pero dile a papá que lo quiero. Dile que llamé por eso.

—Sí.

—Te quiero mucho, Alice. Y a ti, Noomi.

—Noomi ya está en la cocina con la abuela.

—Está bien.

—Adiós, mami.

Georgie empezó a despedirse, pero Alice ya había cortado la llamada.

Alguien estaba golpeando en el parabrisas.

Georgie levantó la cabeza, que había apoyado contra el volante. Era Kendrick. No oía lo que le decía. Bajó la ventanilla.

—¿Estás bien? —preguntó él.

—Sí.

—Okey —Kendrick asintió—. Porque me pareció que estabas llorando en el coche.

—Ya no estoy llorando —afirmó Georgie—. Ahora sólo estoy en el coche.

—Ah, de acuerdo. Muy bien.

Georgie volvió a subir la ventanilla antes de enterrar la cara en el volante otra vez.

Más golpes. Alzó la vista.

—¡No puedo pasar! —le gritó Kendrick (para que lo oyera, no porque estuviera enojado) y señaló el garaje abierto, donde su camioneta aguardaba con el motor encendido.

—Lo siento —se disculpó Georgie—. Ahora…
Dio marcha atrás y despejó el camino de entrada.
Se dirigió al trabajo.

1. *Llamar al médico. (¿Le recetaría antidepresivos? Tal vez acabara internada… Lo que, por lo menos, despertaría la compasión de Neal.)*
2. *Consultar a una médium.* (Pros: *igual que en una comedia romántica. Contras: requiere mucho tiempo; nunca me han gustado los salones de los desconocidos.)*
3. *Fingir que nada ha sucedido. Sólo tengo que dejar de usar el teléfono amarillo, por lo que parece…*
4. *¿Destruir el teléfono amarillo? (Usar un túnel al pasado es muy peligroso. Posibles consecuencias catastróficas, por ejemplo, ¿y si el padre de Marty McFly no lleva a su madre al baile?)*
5. *POR DIOS SANTO. NO HAY NINGÚN TÚNEL AL PASADO.*
6. *¿Llamar al médico?*
7.
7.
7. *¿Seguir como si nada?*

—¿Señora?
—Perdón, ¿sí?
—Eso es un venti latte vainilla, ¿no?
—Sí —respondió Georgie.
—Pues ya puede seguir circulando.

Alguien tocó el claxon y Georgie miró por el espejo retrovisor. Detrás de ella había una cola de cinco coches como mínimo.

—Sí —dijo Georgie—. Perdón.

*Si esto fuera una película…*

*Si hubiera un ángel…*

*O una máquina que adivinara el futuro…*

*O una fuente mágica…*

Si esto fuera una película, no estaría sucediendo porque sí. No estaría llamando al azar a una época cualquiera del pasado. Significaría algo. Entonces, ¿qué significaba?

Navidad de 1998.

Georgie y Neal van a una fiesta. Se pelean. Neal la deja. Como mínimo, Georgie cree que Neal cortó con ella. Y entonces, una semana más tarde, él le pide matrimonio.

Y ahora ella estaba hablando con él, precisamente durante aquella semana, aquella semana perdida… ¿Por qué?

¿Se suponía que debía hacer algo? Si esto fuera *Viajeros en el tiempo*, el contacto se estaría produciendo porque, en teoría, ella tendría la misión de modificar un hecho concreto del pasado. (Esto no es *Viajeros en el tiempo*, Georgie. Es tu vida. No eres Scott Bakula.)

*Pero y si…*

Navidad de 1998. Se pelearon. Neal se fue a casa de sus padres. Regresó. Le pidió que se casara con él. Y vivieron no del todo felices por siempre jamás. Un momento, ¿no sería eso lo que tenía que cambiar? ¿Eso de "no del todo" felices?

¿Y cómo iba a cambiar algo por teléfono si ni siquiera estaba segura de que su matrimonio tuviera arreglo?

Navidad de 1998. Una semana sin Neal. La peor semana de su vida. La semana que él decidió casarse con Georgie…

¿Acaso ella tenía que asegurarse de que no lo hiciera?

# CAPÍTULO 14

—No sé qué decir —empezó Seth. Estaba de espaldas al pizarrón, mirando con desconcierto la camiseta de Metallica—. Por un lado, llevas el pelo mojado, señal de que te bañaste y te cambiaste. Bravo por ti. Por otra, extraño los pants… ¿Georgie? ¿Hola? ¡Eh!

Georgie dejó de golpetear el celular, que intentaba enchufar a la computadora, y alzó la vista hacia su amigo. Éste caminó hacia ella y le puso una mano en el hombro.

—Ya sé que llevo toda la semana preguntándote lo mismo —dijo—, pero lo intentaré una vez más. ¿Te encuentras bien?

Ella se enrolló el cable USB a los dedos.

—Si pudieras viajar al pasado y reparar un error, ¿lo harías?

—Sí —le espetó él sin pararse a pensarlo siquiera—. ¿Estás bien?

—Sí, ¿lo harías? ¿Cambiarías el pasado?

—Desde luego. Si hubiera cometido un error, como dices, lo repararía.

—Pero ¿y si al hacerlo trastocaras el mundo? —preguntó Georgie—. O sea, ¿y si ese único acto lo cambiara todo?

—¿Como en *Volver al futuro*?

—Sí.

Seth se encogió de hombros.

—Bah. No lo creo. Yo volvería y repararía el error; el resto ya se iría resolviendo. No va a estallar la Tercera Guerra Mundial sólo porque yo saque una nota más alta en la selectividad.

—Pero si hubieras sacado una nota más alta, puede que no hubieras estudiado en la ULA, y entonces no me habrías conocido y en ese caso no estaríamos hablando ahorita.

—Pufff —resopló él enarcando una ceja—. ¿De verdad crees que el azar fue lo único que nos unió? ¿Las circunstancias? ¿La ubicación? —negó con la cabeza—. Tu concepción del espacio-tiempo me parece muy limitada.

Georgie de nuevo se puso a tocar repetidamente la laptop. Seth le arrebató el cargador y lo conectó.

—Imprimí lo que escribimos ayer —dijo—. ¿Quieres echarle un vistazo?

Neal se había dado cuenta de que a Georgie le pasaba algo; anoche, cuando hablaron por teléfono. Lo había mencionado. ¿Y si había adivinado lo que sucedía?

No, era imposible que lo hubiera adivinado.

¿Por qué iba a sacar Neal la conclusión, absolutamente inverosímil por más acertada que fuera, de que estaba hablando con la Georgie del futuro?

Gegorgie no había mencionado nada que la ubicara en una época concreta. No se había referido a internet, ni a la guerra, ni a sus hijas. No le había advertido sobre la crisis ni sobre el once de septiembre.

—Esta noche no pareces la de siempre —le había dicho. Llevaban cosa de media hora en el teléfono.

—¿Por qué no? —había preguntado Georgie. Dios mío, se sentía como si estuviera hablando con un fantasma. Algo aún más raro que un fantasma... un enviado tal vez.

—No sabría decirte.

—¿Notas mi voz más grave? —sería lógico. Estaba quince años más cerca de la menopausia—. Será porque lloré.

—No —repuso él—. No creo que sea eso. Parece como si... fueras con pies de plomo.

—Voy con pies de plomo.

—Parece como si ya no estuvieras segura de nada.

—No lo estoy —dijo ella.

—Sí, pero, Georgie, la seguridad en ti misma es tu marca personal.

Ella se rio.

—¿Eso ha sido una referencia a *Magnolias de acero*?

—Ya sabes que Sally Field es mi amor platónico —reconoció él—. No voy a disculparme por ello a estas alturas.

Georgie había olvidado que Sally Field era su amor platónico.

—Estoy al corriente de tus secretitos sucios con *Gidget*.

—Todo comenzó con *La novicia voladora*.

¿Tan segura de sí misma estaba Georgie a los veintidós?

Tenía su futuro planeado de principio a fin.

Siempre había tenido el futuro planeado de principio a fin. Le parecía la postura más inteligente: traza un plan y cíñete a él a menos que tengas razones de peso para modificarlo.

La postura de Neal era la opuesta. Su único plan a gran escala, la oceanografía, le había salido mal y desde entonces su estrategia consistía en mantener los ojos bien abiertos hasta que surgiera algo mejor.

Georgie pensaba que ella le solucionaría las cosas. Se le daba de maravilla hacer planes, y Neal era un fenómeno en todo lo demás; sería pan comido.

—Podrías ganarte la vida con esto —le dijo a Neal una noche en *La cucharada*, antes de que empezaran a salir juntos.

—¿Entreteniéndote? —preguntó Neal—. No suena mal. ¿Cuánto me pagarás?

Ella estaba sentada delante de él (siempre se sentaba delante de él), con los codos apoyados en la mesa de dibujo.

—No. Con esto. *Detengan el sol*. Eres muy bueno; pensaba que ya trabajabas para una agencia.

—Eres muy amable —respondió él—. Te equivocas totalmente, pero eres muy amable.

—Lo digo en serio.

—No puedo ganarme la vida con esto —le añadió un puro a la marmota que estaba dibujando—. Es una bobada. Sólo son garabatos.

—Entonces, ¿no te gustaría ser el nuevo Matt Groening?

—Con todo respeto, no.

—¿Por qué no?

Neal se encogió de hombros.

—Quiero hacer algo auténtico. Algo relevante.

—Hacer reír a la gente es relevante.

Neal torció la comisura del labio.

—Te cedo el honor.

—¿También crees que escribir comedia es una bobada?

—¿Sinceramente? —preguntó él.

—Claro, sinceramente.

—Pues sí.

Georgie se irguió y cruzó los brazos sobre la mesa.

—¿Piensas que mis sueños son una pérdida de tiempo?

—Pienso que tus sueños serían una pérdida de mi tiempo —respondió él—. No sería feliz.

—¿Y qué te haría feliz?

—Bueno, si lo supiera, me dedicaría a eso —en ese momento la miró con una expresión triste y casi demasiado sincera para esas circunstancias, para las luces estridentes y el sótano del centro estudiantil. Sostuvo el tiralíneas sobre el margen del cómic y lo dejó caer—. Va en serio. Si descubro lo que me hace feliz, no perderé más tiempo. Iré por ello. Lo haré.

Georgie asintió.

—Te creo.

Neal sonrió y bajó la vista, ahora moviendo la cabeza de lado a lado con aire tímido.

—Lo siento. Últimamente paso mucho tiempo a solas con mis pensamientos.

Ella aguardó a que Neal se pusiera a entintar nuevamente.

—Podrías ser médico…—sugirió.

—Tal vez.

—Tienes manos de médico. Te imagino cosiendo unos puntos de sutura perfectos.

—Qué raro —opinó él—. Pero gracias.

—¿Abogado?

Neal negó con la cabeza.

—¿Futbolista?

—No se me dan bien los deportes.

—Bueno —renunció Georgie—, no se me ocurre nada más. Espera. ¿Bombero? ¿Sargento? ¿Capitán?

—Pues ninguno de esos oficios suena mal, la verdad. El mundo necesita bomberos.

—Y capitanes —apuntó ella.

—En realidad, he estado pensando en… —Neal levantó la vista hacia ella y, humedeciéndose los labios, volvió a bajarla—. He estado pensando en el Cuerpo de Paz.

—¿El Cuerpo de Paz? ¿En serio?

—Sí. Así prestaría un servicio útil mientras averiguo qué quiero hacer con mi vida.

—No sabía que el Cuerpo de Paz siguiera existiendo.

—Eso o las Fuerzas Aéreas.

—¿No son dos opciones radicalmente distintas?

—Para nada —miró por encima del hombro de Georgie, frunció el ceño y bajó la vista.

Georgie conocía esa expresión. Se irguió antes de girarse para averiguar qué quería Seth.

El colega de Georgie había entrado a la sala de producción. No solía pasar del umbral, pero aquella noche se sentó en un taburete, cerca de Georgie, y apoyó los brazos en una mesa.

—Eh, Neal, ¿qué pasó?

—Poca cosa —murmuró Neal sin alzar la vista.

Seth asintió y se giró hacia Georgie.

—Estamos esperando el artículo de portada. Mike y Brian aún lo están trabajando.

Georgie miró su reloj. *La cucharada* salía a imprenta esa misma noche. Ella y Seth eran los jefes de redacción, de ahí que tuvieran que esperar a tener lista la noticia, corregirla y enviar los archivos a imprenta. Se les haría muy tarde.

—No hace falta que nos quedemos los dos —le dijo Seth—. Yo me ocupo. Vete a casa.

—No te preocupes —repuso Georgie—. Yo me quedo. Vete tú.

Seth arrugó la nariz. Georgie estaba segura de que lo hacía porque era un gesto adorable. Estaba convencida de que Seth practicaba sus gestos y expresiones faciales delante del espejo y perfeccionaba aquellas que le hacían parecer un cruce entre un modelo de Abercrombie y un gatito.

—No quiero cargarte la mano —objetó él—. Te pasarás aquí toda la noche.

—De verdad que no me importa —insistió ella—. ¿No quedaste con nadie?

Él asintió despacio.

—Quedé con alguien.

—Con la encantadora Breanna, según me dijeron.

—Con la encantadora Breanna —confirmó Seth sin dejar de asentir; hizo un mohín y torció los labios a un lado.

—Ve —repitió ella—. Me deberás una.

Entornando los ojos, Seth miró a Georgie y luego a Neal. Tomó una decisión.

—Está bien —se levantó—. Te debo una.

—Que te diviertas —le deseó Georgie.

Seth llegó hasta la puerta y dio media vuelta.

—¿Sabes qué? Llamaré a Breanna. No puedo marcharme. Se te hará muy tarde, tendrás que ir sola hasta el coche…

—No te preocupes por eso —intervino Neal. Georgie se volvió a mirarlo, sorprendida de oír su voz—. Yo estaré aquí —continuó él—. Me aseguraré de que llegue bien al coche.

Seth miró a Neal. Georgie estaba segura de que era la primera vez que establecían contacto visual; aguardó a que uno de los dos ardiera en llamas.

—Eres todo un caballero —atacó Seth.

—No tiene importancia —esquivó Neal.

—Genial —intervino Georgie, que intentaba hablarle a Seth con la mirada. Ojalá compartieran algún tipo de señal que significara: *Déjame a solas con este chico tan guapo, idiota*—. Problema resuelto. Ve, Seth. Sal con tu ligue. Da rienda suelta a tus bajos instintos.

—Pues está arreglado, ¿no? —Seth volvió a asentir—. Va. Está bien. Mañana nos vemos, Georgie. ¿Vendrás, no? A mi habitación.

—Sí. Llámame cuando te hayas quitado de encima a la encantadora Breanna y su lencería.

—Perfecto —repitió Seth, y se alejó por fin.

Georgie se volvió hacia Neal, un tanto agitada.

—Tienes un gusto horrible para elegir compinches —comentó él al cabo de un momento.

—Colega de redacción —lo corrigió ella.

—Mmm.

Neal la acompañó al coche aquella noche. Y se portó como un perfecto caballero.

Por desgracia para Georgie.

Neal también parecía distinto la noche anterior en el teléfono.

Su voz sonaba una pizca más aguda, sus pensamientos surgían de forma más espontánea. Neal menos crispado, menos contenido.

Se parecía al chico de la mesa de dibujo.

# CAPÍTULO 15

Tanto a Seth como a Scotty les encantaba que se rieran de los chistes.

Mientras Georgie se riera, no solían darse cuenta de que no estaba participando en la lluvia de ideas, de que se limitaba a escribir en el pizarrón lo que decían y a subrayar las sugerencias más interesantes.

Sin embargo, aquel día no era como los demás. Seth seguía mirando a Georgie como si se hubiera jurado adivinar qué diablos la preocupaba...

Bueno, que siguiera intentándolo; jamás lo averiguaría. ¡Tengo un puto teléfono mágico! (Aunque a Georgie le inquietaba un poco que se diera cuenta de que no llevaba calzones.)

Seth y Scotty compartían una lluvia de ideas.

La cabeza de Georgie era un huracán.

¿Y si aquel misterio se desplegaba por un motivo en concreto? ¿Y si se suponía que debía reparar aquello que no funcionaba en su matrimonio? "Aquello que no funcionaba" era difícil de precisar.

Sí, podía expresarlo en términos generales.

Muchas cosas.

Muchas cosas funcionaban mal entre los dos, incluso cuando tenían un buen día.

(Los días del desayuno en la cama y las noches en que Georgie llegaba temprano. Los días que Neal tenía los ojos brillantes. Cuando las niñas lo hacían sonreír. Los días fáciles. Las mañanas de Navidad. O cuando Georgie llegaba tarde y Neal la recibía en la puerta y la acorralaba contra la pared.)

Incluso en los mejores días, Georgie sabía que Neal era infeliz.

Y que ella tenía la culpa.

No sólo porque lo hubiera decepcionado y lo relegara a un segundo plano, y lo obligara a esperarla constantemente…

También porque se aferraba a él con todas sus fuerzas. Porque lo quería. Porque Neal era perfecto para Georgie, aunque ella no fuera perfecta para él. Porque deseaba estar junto a él aún más de lo que deseaba la felicidad de Neal.

Si amaba a Neal, si de verdad lo amaba…

¿No debería desear algo más para él que conservarlo a toda costa?

¿Y si Georgie pudiera darle la oportunidad de volver a empezar de cero? ¿Qué haría él?

¿Se alistaría en el Cuerpo de Paz? ¿Volvería a Omaha? ¿Se casaría con Dawn? ¿Se casaría con una chica aún más idónea que Dawn?

¿Sería feliz?

¿Llegaría cada noche a casa del trabajo con una sonrisa en el rostro? ¿Lo esperarían Dawn o doña Idónea con la cena lista en la mesa?

¿Se metería Neal en la cama y arrastraría a su otra esposa hacia sí? ¿Se dormiría con la nariz hundida en el cuello de ella?

Así de lejos habían llegado las fantasías de Georgie (Neal haciéndole mimos a doña Idónea) cuando imaginó a los hijos del Neal en su mundo paralelo. Entonces dio carpetazo a la hipotética felicidad de su marido.

Si el universo pensaba que estaba dispuesta a borrar a sus hijas del cronograma, lo tenía claro.

Se metió en el baño y lloró durante unos minutos. (Era una de las ventajas de ser la única mujer del equipo de guionistas: Georgie casi siempre tenía el baño para ella sola.)

Luego se pasó toda la hora siguiente tirando mentalmente el teléfono amarillo al fondo de un pozo y rellenando el hueco con cemento.

Jamás en la vida volvería a tocar ese objeto.

En realidad, no era un túnel al pasado. No era mágico. La magia no existe. (*No creo en las hadas. Lo siento, Peter Pan.*) Pero Georgie no pensaba correr el riesgo. No era el Señor del Tiempo, no quería un giratiempo. Incluso le costaba rogar al cielo, porque no le parecía bien pedirle a Dios algo que no formaba parte del plan.

¿Y si Georgie, con esas llamadas, estuviera borrando su matrimonio sin darse cuenta? ¿Y si borraba a las niñas? Y si ya se había cargado algo…, ¿llegaría a saberlo siquiera?

Se recordó a sí misma que todo aquello no era más que un delirio. Que no debía preocuparse por los efectos colaterales, porque los delirios no provocan efectos colaterales.

Eso se recordaba a sí misma, pero no estaba segura de creerlo.

*Ilusión.*

*Alucinación.*

*Delirio.*

*Puto teléfono mágico.*

—¿Tacos coreanos? —preguntó Seth.

Georgie asintió.

Cuando llevaba dos meses visitando regularmente la sala de producción de *La Cucharada*, Georgie empezó a estar segura en un 53 por ciento de que no le era indiferente a Neal.

No le importaba que anduviera por allí; eso tenía que significar algo. Nunca le pedía que se fuera. *(¿De verdad iba a poner algo así en la columna de los puntos positivos? ¿Qué no la echaba de su mesa?)*

Le hablaba…

Pero sólo si Georgie le hablaba a él primero. Si pasaba el tiempo suficiente sentada delante de él.

En ocasiones, tenía la sensación de que Neal estaba ligando con ella. Otras veces, ni siquiera sabía si la escuchaba.

Decidió ponerlo a prueba.

Cuando Neal volvió a aparecer por *La cucharada*, Georgie lo saludó pero se quedó en su escritorio mientras rezaba para que él acudiera a platicar con ella por una vez.

No lo hizo.

Volvió a intentarlo unos días después. Neal la saludó con un gesto cuando Georgie dijo "hola" pero no se detuvo ni se acercó.

Ella se dio por aludida.

—He notado que últimamente evitas el agujero del hobbit —comentó Seth.

—No lo evito —objetó Georgie—. Estoy trabajando.

—Ah, claro —replicó él—. Estás trabajando. Ya me había percatado de tu inquebrantable sentido del deber todas esas noches en las que te atrincherabas en el agujero de hobbit en cuanto Bilbo asomaba la cabeza.

—¿Ahora te quejas de mi sentido del deber?

—No me quejo, Georgie. Sólo hago un comentario al respecto.

—Bien, pues abstente —replicó ella.

—¿Cortó contigo? ¿Piensa que eres demasiado alta para él?

—Somos de la misma altura. En realidad.

—Vaya. Qué lindos. Como el salero y el pimentero.

Georgie debía de parecer hecha polvo al 53 por ciento, porque Seth la dejó en paz. Más tarde, cuando estaban escribiendo la columna que compartían, ambos se apretujaron delante de la computadora de Georgie. Seth le jaló la coleta con fuerza.

—Vales mucho más que él.

Lo dijo con voz queda.

Georgie no despegó la vista de la pantalla.

—Seguramente no.

Él volvió a jalarle el pelo.

—Eres demasiado alta. Y demasiado guapa. Y demasiado buena.

Georgie tragó saliva.

—No estoy preocupado por ti —prosiguió Seth—. Antes o después encontrarás a tu príncipe azul.

—Y tú harás lo posible por ahuyentarlo.

—Me alegro de que ambos estemos al tanto de las condiciones.

Volvió a jalarle la coleta.

—Eso duele, ¿sabes?

—Es para mitigar el dolor emocional.

—Si vuelves a hacerlo, te pegaré una bofetada.

Él se apresuró a jalarle el pelo otra vez. Ahora con suavidad. Georgie no tomó represalias.

Seth siempre tenía que obligar a Georgie a acompañarlo a las fiestas. Una vez allí, ella hacía un buen papel. Una vez allí, hacía un papel magnífico; puede que no fuera el alma de la fiesta, pero sin duda uno de sus participantes más activos. Georgie se ponía nerviosa delante de los extraños, entre la gente que conocía poco. Y cuando estaba nerviosa, era mucho más extrovertida que en circunstancias normales. La Georgie nerviosa era prácticamente una maniaca.

—En esas ocasiones, te transformas en el Robin Williams del ochenta y dos —le soltó Seth.

—Ay, Dios, no digas eso. Es horrible.

—¿Qué dices? El Robin Williams del ochenta y dos era divertidísimo. A todo el mundo le encanta el Robin Williams del ochenta y dos.

—No quiero convertirme en Mork cuando voy a una fiesta.

—Yo sí —dijo Seth—. Mork es la neta.

—Los chicos guapos no quieren irse a casa con Mork —gimió Georgie.

—Creo que te equivocas —repuso él—, pero te entiendo.

(La situación no había mejorado con el paso de los años; Georgie todavía se ponía nerviosa en las fiestas, cuando tenía que hablar en público y en las reuniones con mucha gente. Seth decía que las carreras de ambos llegarían a su fin cuando Georgie se diera cuenta de que era una mujer alucinante y dejara de ponerse histérica cuando tenía que demostrarlo.)

Poco después de que Georgie renunciara a Neal, Seth la convenció de que asistieran a la fiesta de Halloween de *La cucharada*. Seth se había vestido de Steve Martin. Llevaba un traje blanco, se había encanecido el cabello con ayuda de un aerosol y llevaba una flecha de broma atravesándole la cabeza.

Georgie se había disfrazado de Houlihan en su papel de Labios Ardientes de *M*A*S*H,* lo que sólo requería un pantalón militar, una camiseta caqui y unas placas de identificación. Además, se había decolorado el cabello. Supuso que debía de tener buen aspecto porque a Seth se le iban los ojos hacia sus pechos.

En cuanto llegaron a la fiesta, Seth se distrajo con los pechos de alguna otra. Había muchas chicas allí para ser una fiesta de *La cucharada*; debía de haberse producido algún tipo de polinización cruzada; puede que el compañero de cuarto de algún invitado estudiara economía.

Georgie se sirvió un *bitter* y lo vertió en un vaso para que nadie supiera lo que estaba bebiendo.

Ya se había puesto a parlotear con un chico vestido de Maggie Simpson cuando vio a Neal en la otra punta de la sala. Estaba recostado contra una pared, entre dos grupitos… mirándola.

Como Georgie no desvió la mirada, Neal alzó la botella casi hasta el pecho y la saludó con un asentimiento. Ella estrujó el vaso hasta abollarlo e intentó asentir a su vez. Fue más bien un espasmo.

Georgie devolvió la atención al tipo vestido de Maggie Simpson (¿en qué cabeza cabía que un chico se disfrazara de Maggie Simpson?), que intentaba adivinar quién era ella.

—¿La tipa esa de *Tomb Raider*?

Georgie miró otra vez a Neal. Él había ladeado la cabeza, sin dejar de mirarla.

Ruborizándose, Georgie bajó la vista a su bebida.

A lo mejor se acercaba. A lo mejor Neal recorría por fin los quinces pasos que la separaban de ella para saludarla. Georgie le echó otro vistazo en el preciso instante en que él despegaba la vista de su cerveza otra vez; ni siquiera la miró de frente.

*A la mierda.*

—Perdón, ¿me disculpas? Acabo de ver a, este, yo… Mi novio está allí. Lo siento.

Georgie se alejó de Maggie Simpson y se abrió paso entre el círculo de bailadores más patético del mundo para llegar a la pared de Neal. No había demasiado espacio entre el chico y el grupo de gente que tenía al lado; Neal se desplazó para dejarle sitio.

—Eh —lo saludó Georgie, y se apoyó junto a él, de costado.

Neal estaba de espaldas a la pared y sostenía la cerveza con ambas manos. No alzó la vista.

—Hola, Labios Ardientes.

Georgie sonrió y puso los ojos en blanco.

—¿Cómo supiste quién era?

Neal esbozó la más mínima de las sonrisas, apenas suficiente para que asomaran los famosos hoyuelos de sus mejillas.

—Sé que padeces una extraña obsesión con las telecomedias de los setenta —tomó un trago de cerveza—. Me sorprende que no te hayas disfrazado del detective Wojciehowicz.

—No encontré la corbata adecuada —replicó Georgie.

Neal estuvo a punto de sonreír.

Ella echó un vistazo al atuendo del chico. Iba vestido como de costumbre (jeans, camiseta negra) pero un dibujo plateado le asomaba por los puños de las mangas y por la zona del cuello. Debía de haberse pintado el cuerpo. De un tono casi transparente.

—¿Te rindes? —le preguntó él.

Georgie asintió.

—La primera helada —bebió otro trago.

—Es precioso —reconoció Georgie. Alguien acababa de subir el volumen de la música, así que lo repitió en un tono más alto—. Es precioso.

Neal frunció el entrecejo.

—Reconozco que me sorprende encontrarte aquí —confesó ella.

—No debería.

—No pareces aficionado a las fiestas.

—Odio las fiestas —dijo Neal.

—Yo también —convino ella.

Él la miró enarcando una ceja.

—¿En serio?

—En serio.

—Lo noté por como la gente gritó: "¡Georgie!" cuando entraste lanzando besos al aire al tiempo que *Gettin' jiggy wit it* empezaba a sonar…

—*A*, estás exagerando y *B*, sólo porque se me den bien las fiestas no significa que me gusten.

—¿Prefieres las cosas que se te dan mal?

Exasperada, Georgie tomó un trago de *bitter* y consideró la idea de alejarse de allí.

—Obviamente.

En aquel momento, sonó una carcajada detrás de él y alguien empujó a Georgie por la espalda precipitándola hacia el hombro de Neal. Ella sujetó el vaso contra el pecho para impedir que el líquido se derramara encima de él. Neal se giró rápidamente hacia ella para dejarle sitio en la pared y la sujetó por el brazo para ayudarla a recuperar el equilibrio.

—Lo siento —se disculpó el chico que había tropezado con Georgie.

—No pasa nada —le dijo ella.

Ahora, Neal y Georgie estaban más cerca, prácticamente pegados.

Seth tenía razón. Eran prácticamente de la misma estatura. Georgie medía uno sesenta y cinco; Neal debía de medir uno sesenta y ocho. Quizás. Era agradable eso de poder mirar a un chico a los ojos sin tener que alzar la vista. Si acaso alguna vez él llegaba a mirarla...

—Y qué —empezó Neal—, viniste con ese que no es tu novio, ¿no?

—No es mi novio.

—Ya. Me pareció verlo entrar. Va disfrazado de imbécil.

Georgie cerró los ojos un instante. Cuando empezó a hablar, lo hizo en un tono tan quedo que no estaba segura de que Neal pudiera oírla.

—A veces creo que si me dirigías la palabra era sólo porque sabías que a Seth le daría rabia.

La respuesta fue fría e instantánea:

—A veces creo que ésa es la única razón de que me dirigieras la palabra.

Ella abrió los ojos.

—¿Qué?

—Todo el mundo lo sabe —la barbilla de Seth prácticamente le rozaba el pecho, de tanto que se esforzaba en no mirar a Georgie—. En *La cucharada*, la gente dice que estás loca por él.

—No todo el mundo —replicó Georgie—. Yo nunca lo dije.

Neal se encogió de hombros con ademán brusco e intentó tomar un trago de cerveza, pero la botella estaba vacía.

Georgie se despegó de la pared y dio un paso hacia atrás. Tenía que irse de allí antes de que se echara a llorar, pero primero…

—¿Sabes qué? Por eso estás aquí solo en mitad de una fiesta. Porque tú eres el imbécil. Te portas como un imbécil con personas a las que, por extraño que sea, les caes bien.

Retrocedió otro paso y chocó con un chico.

—¡Eh, Georgie? —gritó éste—. ¿Eres la pícara recluta?

—Hola —respondió ella mientras se apretujaba junto a él para alejarse.

—Georgie, espera —oyó decir a Neal. Sintió una mano en la muñeca. Firme, pero sin apretar; podría soltarse si quisiera. Neal siguió hablando, pero la música ahogaba sus palabras. (*Ay, Dios, cómo odiaba las fiestas.*) Él se aproximó a Georgie. Más. Estaban en medio de una multitud que se movía al ritmo de la música sin decidirse a bailar. Neal agachó la cabeza.

—¡Perdón! —le dijo fuerte al oído. Y luego gritó algo más.

—¿Qué? —gritó Georgie.

Él parecía frustrado. Se miraron a los ojos durante unos instantes, durante unos abrumadores (para Georgie) instantes, y luego él la arrastró hacia la pared.

Georgie lo siguió. Neal le apretó la muñeca con más fuerza.

Se abrió paso entre la gente y la guio por un breve pasillo hasta detenerse delante de la única puerta cerrada.

Alguien le había puesto una cinta de advertencia y había pegado un cartel a la hoja que decía:

¡NO ENTRAR!
SI ALGUIEN ENTRA AQUÍ
MI COMPAÑERO DE CUARTO ME MATARÁ.
TENGAN PIEDAD DE MÍ.
Whit

Whit trabajaba en *La cucharada*.

—No podemos entrar ahí —objetó Georgie.

—No pasa nada.

Neal abrió la puerta y se agachó para pasar por debajo de la cinta. Georgie lo imitó.

Él se inclinó con el objeto de encender la lamparita que había en el suelo sin soltarle la muñeca. Luego ajustó la puerta y el fragor de la música se amortiguó.

Neal dio la vuelta para verla y respiró hondo.

—Tienes razón —le dijo en un tono de voz normal. Le soltó la muñeca y se frotó la palma de la mano en la pernera de los jeans—. Perdóname. Soy un imbécil.

—Seth te daría la razón.

—No quiero seguir hablando de Seth.

—Tú empezaste.

—Ya lo sé. Lo siento —Neal tenía la manía de agachar la barbilla y levantar los ojos para mirar, incluso cuando no estaba sentado a la mesa de dibujo—. ¿Qué te parece si retrocedemos y volvemos a empezar?

—¿Desde dónde?

Georgie intentó cruzarse de brazos, pero aún llevaba en la mano el estúpido *bitter*.

—Desde la pared —propuso él—. Desde el momento en que cruzaste la sala para acercarte a mí. Desde el momento en que dijiste: "Me sorprende encontrarte aquí".

—¿Me estás diciendo que quieres volver a la sala?

—No. Anda, vuelve a decirlo.

Georgie puso los ojos en blanco, pero lo dijo:

—Me sorprende encontrarte aquí.

—No debería —repuso Neal. Levantó la barbilla y le sostuvo la mirada. Por segunda vez en cinco minutos. Por segunda vez en toda su historia compartida—. Estoy aquí porque sabía que tú estarías. Porque esperaba que estuvieras.

Georgie tuvo la sensación de que una serpiente se le deslizaba por la nuca y luego por los hombros. Se tambaleó una pizca y su boca se abrió sola.

—Ah.

Neal desvió la mirada y Georgie inspiró tres litros de aire.

Él negó con la cabeza como si no supiera cómo proseguir.

—Lo siento —repitió—. Quería verte, pero estaba enojado. No sabía qué… Llevas varios días ignorándome.

—Yo no te he ignorado —replicó ella.

—Ya no vienes a hablar conmigo.

—Pensaba que te estaba molestando.

—No me molestas —dijo Neal, y volvió a mirarla a los ojos—. ¿De dónde sacaste esa idea?

—Tú nunca vienes a platicar conmigo.

—Nunca he tenido que hacerlo —Neal parecía perplejo—. Siempre vienes tú.

—Yo… —Georgie apuró la bebida para poder deshacerse del vaso.

Neal lo agarró. Dejó el vaso y su botella de cerveza en el escritorio que tenía detrás.

—Pensaba que te molestaba —explicó ella—. Pensaba que sólo me seguías la corriente, por educación.

—Y yo pensaba que te habías cansado de mí.

Georgie se llevó las manos a la frente.

—Deberíamos dejar de pensar tanto.

Neal resopló. Asintiendo, se alisó el cabello de la zona posterior de la cabeza. Ambos guardaron silencio durante varios incómodos parpadeos; luego Neal le señaló la cama.

—¿Quieres sentarte?

—Ah —dijo Georgie al tiempo que la miraba. Allí había otro cartel:

NO, EN SERIO, ACABARÁ CONMIGO.
Salgan de aquí, ¿va?
Whit

—Será mejor que no —concluyó ella.

—No pasa nada.

Deberían marcharse. Estaban invadiendo la intimidad de alguien, pero… Georgie miró a Neal, con su camiseta negra y su tez pálida. Ahora volvía a alisarse el cabello; lo que era una tontería, porque lo usaba muy corto. Miró su codo en vilo, los tríceps tensos.

Georgie se sentó en el suelo, contra la cama.

Neal la miró y asintió.

—Bueno… —murmuró, y se acomodó a su lado.

Al cabo de unos segundos, ella lo empujó con el hombro.

—Bueno. ¿Y de qué me perdí?

—¿Cuándo?

—Desde que no me levanto de mi escritorio —aclaró ella— para hacerme la interesante.

Neal sonrió apenas y bajó la vista; las pestañas le rozaban los pómulos.

—Bueno, ya sabes. Tinta. Conejos parlantes. Tortugas cantarinas. Una ardilla listada que sueña con ser una ardilla roja.

—El cómic que publicaste la semana pasada es uno de mis favoritos.

—Gracias.

—Lo guardé en mi caja de recortes —confesó Georgie.

—¿Y eso qué es?

—Pues una caja. Es que… ¿No te ha pasado nunca eso de que te suena haber leído u oído algo que en su momento te pareció divertido o inteligente, pero no acabas de recordar qué era? Da mucha rabia, ¿verdad? Bueno, pues yo guardo las cosas que me llaman la atención, para evitar eso.

—Debe de ser una caja muy grande.

—No tan grande —dijo ella—. Empecé a guardar tus tiras cómicas antes de saber que tú eras tú.

—¿Antes de saber que yo era yo?

—Entiendes lo que quiero decir.

—Gracias.

Neal estaba sentado con las piernas dobladas ante sí, buscando hebras sueltas en la tela de los jeans. Parecía incómodo. Georgie volvió a tener la sensación de que era ella quien llevaba el peso de la conversación. Tal vez debería callarse para comprobar si Neal decía algo. *No. Se acabaron los jueguecitos.*

—¿Te resultaría más fácil hablar conmigo si tuvieras una pluma en la mano?

Neal frunció el ceño y asintió.

—Mmm. Supongo que sí. Lástima que no fume.

—¿Qué?

—Ya sabes…, para tener las manos ocupadas.

—Ah —dijo Georgie.

Y entonces, sencillamente porque se le antojó hacerlo, le tomó la mano: posó la palma sobre el dorso de la suya. Curvó los dedos sobre su pulgar. Neal miró las manos unidas y, despacio, giró la palma para entrelazarle los dedos. Georgie se los apretó.

*La mano mágica de Neal.* (Aunque se trataba de la izquierda, así que quizás no fuera tan mágica.)

*La mano ancha y cuadrada de Neal. Los dedos cortos y rectos de Neal.* Más blandita de lo que Georgie esperaba, más suave que la suya.

*Neal, Neal, Neal.*

—Antes de saber que tú eras tú… —Neal negó con la cabeza—. Nunca hubo un antes.

Georgie lo empujó con el hombro y él respondió con un gesto idéntico, sin apartar la vista de las manos entrelazadas.

—Te vi la primera vez que fui a *La cucharada* —dijo—. Estabas sentada en el sofá. Y Seth estaba ahí y tú lo empujabas para quitártelo de encima. Llevabas esa falda que tienes a cuadros azules y verdes, ¿sabes? Y el cabello revuelto.

Ella volvió a azuzarlo con el hombro y él esgrimió una sonrisa de medio lado que hizo asomar sus hoyuelos un instante antes de que sacudiera la cabeza.

—Parecía oro hilado; recuerdo haber pensado eso. Que tu cabello no parecía de verdad. No eres rubia, ¿sabes? No tienes el pelo amarillo. Ni amarillo mezclado con blanco, café, naranja o gris. Tu cabello desafía la cuatricromía. Es metálico.

Neal seguía negando con la cabeza.

—Whit me dijo cómo te llamabas y yo no lo podía creer (Georgie McCool), pero empecé a leer lo que publicas en *La Cucharada*, y cada vez que bajaba las escaleras estabas ahí, en el sofá o sentada en tu escritorio, siempre rodeada de media docena de tipos o únicamente… con él. Pensaba —hizo otro gesto de negación—. Cuando viniste a presentarte…, Georgie, no hacía falta. Siempre supe que tú eras tú.

Ella atrajo la mano de Neal a su regazo y se volvió a mirarlo. Y entonces Georgie, que jamás en la vida había sido capaz de esperar a que el otro tomara la iniciativa, lo besó en la mejilla. La mandíbula de Neal se crispó y ella sintió la presión en los labios.

—Georgie —susurró Neal. Cerró los ojos e inclinó la cabeza hacia ella.

Georgie le besó el pómulo, de la nariz a la sien, y luego le frotó los labios contra la mejilla para hacerlo sonreír.

Neal le sostenía la mano con fuerza.

—Georgie… —volvió a susurrar.

—Neal…

Le besó la mandíbula, de la oreja a la barbilla.

Él empezó a girar el cuerpo hacia ella, un gesto mínimo, y Georgie le agarró el hombro para apresurarlo, para atraerlo hacia sí. Neal le sujetó la mano por la muñeca, pero se dejó llevar.

Georgie dio por hecho que se iban a besar. Buscó la boca de Neal.

Pero él seguía frotándole la mejilla y la sensación era sumamente agradable; el choque de las zonas duras, la caricia de las blandas. Pómulo contra ceja. Mandíbula sobre barbilla. Neal tenía la piel cálida y encendida. Se sostenían las manos con fuerza. Él olía a pastilla de jabón, a cerveza, a pintura. *Dios mío…*

Aquello era mejor que besarse.

Era…

Georgie arqueó el cuello y sintió la barbilla de Neal, la nariz, la frente contra la clavícula. Hundió la cara en su cabello corto y cerró los ojos.

Cuando Georgie era niña, era eso lo que imaginaba cada vez que oía la palabra "besuquearse": dos personas que se frotaban la cara y el cuello, que se besaban como jirafas. En aquel entonces le gustaba el hijo de su nana y fantaseaba con hacer eso, frotarle el cuello con la nariz, hundirle la cara en el cabello, cortado a lo Simon Le Bon. (Ella tenía nueve años, él quince y aquello, por suerte, nunca sucedió.)

Georgie volvió a levantar la barbilla y Neal arrastró la cara hacia la suya para gemirle al oído casi con impotencia.

Fuera lo que fuese aquello (no besarse pero casi, caricias duras) resultaba tan delicioso que, cuando los labios de Neal volvieron a planear sobre los suyos, los dejó pasar y atrajo su boca abierta hacia su propia mejilla.

Neal volvió a gemir.

Georgie sonrió.

La puerta del dormitorio se abrió.

—¿Me están tomando el puto pelo? —les espetó alguien—. ¿Es que no saben leer?

La música de la sala estalló en la habitación. *You oughta know,* de Alanis Morissette. Georgie miró hacia la puerta; era Whit de *La cucharada.* Whit, que vivía allí y había escrito notas lacrimosas. Neal soltó el brazo de Georgie, pero ésta le agarró la mano. Ahora le agarraba las dos manos. Con firmeza.

—Ah —dijo Whit con expresión un tanto perpleja—. Neal… y Georgie. Discúlpame, pensaba que algún tarado se había colado en tu habitación. Bueno, ustedes a lo suyo.

Whit cerró la puerta y Georgie empezó a soltar risitas tontas.

—¿Ésta es tu habitación?

Neal agachó la cabeza.

—Sí.

—¿Por qué no me lo dijiste?

Él se encogió de hombros.

—No sé. ¿Quieres venir a mi habitación? Suena feo.

—Pues suena mejor que "vamos a hacerlo en la habitación de un desconocido".

Georgie abrió los dedos y, entrelazándolos con los de Neal, volvió a apretarle las manos. Luego se inclinó hacia él, con los labios dispuestos. Sí, eso de no besarse estaba muy bien, pero los preciosos labios de Neal estaban ahí mismo, un homenaje viviente a la simetría y a la división celular, y no dudaba de que besarlos sería aún mejor.

—Georgie —gimió él, y apartó la cara.

Ella volvió a besarle la mejilla. La oreja. Las orejas de Neal eran perfectas también, aunque fueran de abanico. Abrió la boca sobre su oreja. Neal le agarró las manos y las usó para alejarla de sí.

—Georgie —le dijo—. No puedo.

—Sí puedes —señaló ella—. Ya lo estás haciendo.

—No —Neal le soltó las manos y, agarrándola por los hombros, la obligó a separarse—. Quiero, pero no puedo.

—¿Quieres?

Neal apretó los dientes y cerró los ojos. Gimió.

—No puedo, Georgie, tengo… novia.

Georgie se apartó de un brinco. Como si Neal estuviera al rojo vivo. (Como si estuviera ardiendo y no le correspondiera a ella apagar el fuego.) Él dejó caer las manos.

—Ah —musitó Georgie.

—No es… —parecía muy enojado. Seguramente consigo mismo. Se humedeció los labios—. O sea…

—No pasa nada —replicó ella antes de apoyar las manos en el suelo para levantarse. Pues claro que pasaba. Pasaba mucho—. Me…

Neal se estaba poniendo en pie también.

—Georgie, deja que te explique.

—No —ahora le tocaba a ella negar con la cabeza—. No, tranquilo. Voy a…

Apoyó la mano en la manija de la puerta.

—No es lo que piensas —alegó Neal.

Georgie soltó una carcajada.

—No. No, no lo es.

Salió a tropezones y cerró la puerta. Por Dios, cuánto ruido. Era…

*Por Dios.*

*Neal.*

Pues claro que tenía novia. Porque ella le gustaba y se moría por besarla y, cada vez que hablaban, a Georgie le salían burbujas por las orejas. Era lo más lógico del mundo que tuviera novia.

¿Cómo era posible que Neal tuviera novia? ¿Dónde la escondía?

No en las oficinas de *La cucharada*, eso seguro. Ay, no, no, no. Tampoco se puede decir que le hubiera dado pie a Georgie. Él nunca la había perseguido. Era Georgie la que se pasaba horas delante de la mesa de dibujo, haciéndole ojitos como una niña de trece años. Neal apenas si la miraba. (*Hilo de oro. Cuatricromía. Media docena de tipos.*)

Seth se iba a morir de risa.

Georgie no pensaba decírselo.

No se lo iba a contar a nadie.

Ay, por Dios, y ella que creía gustarle a Neal. Más de lo que le gustaba cualquier otra persona, por lo menos. (Incluso había reconocido que Georgie le atraía. Había dicho que tenía ganas de besarla...) (Aunque, por lo visto, no tanto como para hacerlo.)

No debería haber tomado la iniciativa.

No debería ser la primera en besar a nadie.

Georgie siempre era la primera en besar.

Y siempre se fijaba en el chico que menos atención le prestaba. En aquel que exhibía una arrogancia tóxica o que mostraba una timidez enfermiza. O ambas cosas. El típico chico que, en una fiesta, adoptaba un talante aburrido, como si prefiriera estar en cualquier otro sitio antes que allí.

—*Deberías salir con buenos chicos* —le decía su amiga Ludy del bachillerato—. *Son simpáticos. Si lo probaras, te gustaría.*

—*Me aburriría* —replicaba Georgie—. *¿Para qué probarlo?*

—*No dije aburridos, dije simpáticos.*

Mantenían aquella conversación en la cafetería de la preparatoria. Plantadas junto a la puerta, aguardaban a que llegara Jay Anselmo para que Georgie pudiera colocarse disimuladamente detrás de él en la cola. Jay era dos años mayor que ellas, obsesionado con No Doubt y con poner la música del coche a todo volumen, y todo hacía pensar que la ignoraría olímpicamente.

—*¿Qué gracia tiene conquistar a un buen chico?* —preguntó Georgie—. *A los buenos chicos les gustan todas.*

—*¿Y tú por qué te empeñas en conquistarlos a todos,* Georgie*? Deberías buscar a alguien a quien le gustes sin que pueda evitarlo.*

—*Lo bueno nunca es fácil.*

—*No es verdad* —protestó Ludy—. *Dormir. La tele. Las natillas instantáneas.*

(Ludy era la neta. Georgie la extrañaba.)

—*No quiero salir con unas natillas instantáneas* —dijo Georgie.

—*Yo me casaría con las natillas instantáneas.*

Georgie puso los ojos en blanco.

—*Yo prefiero a Mikey.*

—*Pensaba que querías salir con Jay Anselmo.*

—*Jay Anselmo es Mikey* —explicó Georgie—. *Es el niño que sale en el anuncio de cereales, ese que nunca quiere comer de nada. Si le gustas a Mikey, significa que vales la pena. Si le gustas a Mikey, eres alguien.*

Al final, Georgie se estuvo besando con Jay Anselmo durante una fiesta, después de un partido de futbol, en el jardín trasero de Ludy. Se besaron a lo largo de todo el curso. Y luego él se fue a la universidad y Georgie buscó a otros chicos a los que besar.

Nunca se había detenido a considerar que tomar la iniciativa pudiera ser una mala estrategia; Georgie solía salir con chicos que preferían ir al grano.

Sin embargo, aquella noche, en la habitación de Neal, había sido una mala estrategia.

Se había equivocado de lleno con Neal. Había dado por sentado que era un Mikey cualquiera. Había pensado que era el hobbit más gruñón de toda la Comarca. Cuando, en realidad, simplemente tenía novia.

Georgie no pensaba volver a tomar la iniciativa jamás en su vida. La próxima persona que quisiera besarla tendría que hacer todo el trabajo. Suponiendo que alguna vez encontrara a alguien a quien valiera la pena besar.

Quería irse a casa.

Quería pasarse el trayecto llorando, pensando en los simétricos labios de Neal, en su sonrisa de medio lado y en su capacidad de trazar una línea recta a pulso.

Quería encontrar a Seth.

# CAPÍTULO 16

El celular de Georgie emitió una señal. Lo agarró.

*Tierra a Georgie.*

Miró a Seth, que estaba sentado a la mesa de los guionistas, enfrente de ella.

Él buscó sus ojos. Luego bajó la vista a su celular y tecleó algo.

Señal. Georgie miró el teléfono.

*Vamos apurados de tiempo.*

Georgie se quedó pensando un instante antes de escribir la respuesta.

*Lo sé. Disculpa.*

Cuando Seth la miró de nuevo, sus cejas se arrugaban sobre sus ojos castaños.

Ella se dio cuenta de que se le saltaban las lágrimas.

Seth ladeó la cabeza y arrugó la nariz con expresión apenada. Seth no soportaba ver llorar a Georgie. Bajando la vista al teléfono, escribió a toda prisa.

*Cuéntamelo.*

*No puedo. No sabría por dónde empezar.*

*Me da igual. Empieza por donde quieras.*

Ella se enjugó los ojos con el hombro.

Seth suspiró.

*Georgie, sea lo que sea… lo superaremos.*

Ella se quedó mirando el teléfono. Al cabo de unos instantes, un CONTACTO DE EMERGENCIA apareció en la pantalla y el celular empezó a sonar. Se trataba del tono estándar (Marimba), por cuanto Georgie nunca tenía tiempo de buscar melodías especiales.

Agarrando la laptop, se levantó y respondió la llamada mientras se encaminaba a la puerta, cuidando de no cerrar la computadora o desconectar el celular.

—¿Sí?

—¡Miau!

La invadió una ola fría de decepción. Luego se sintió culpable. No está bien experimentar decepción ante el sonido de la voz de tu hija de cuatro años.

—Miau —respondió Georgie, apoyada contra la pared exterior de la sala de guionistas.

—La abuela me dio permiso para llamarte —dijo Noomi.

—Puedes llamarme cuando quieras. ¿Cómo estás, cariño? ¿Me preparaste galletas?

—No.

—Ah. No pasa nada.

—A lo mejor la abuela te preparó alguna. Yo hice unas pocas para Santa y otras pocas para mí.

—Bien pensado. Seguro que están deliciosas.

—Miau —dijo Noomi—. Soy una gatita verde.

—Ya lo sé —Georgie intentó concentrarse—. Eres la mejor gatita verde del mundo. Te quiero muchísimo, Noomi.

—Y tú eres la mejor mami del mundo y me gustas más que la leche y el pescado y… ¿qué más les gusta a los gatos?

—Las bolas de estambre —apuntó Georgie.

—Las bolas de estambre —Noomi soltó una risita—. Qué raro.

Georgie respiró para tranquilizarse.

—Noomi, ¿papá está por ahí?

—Ajá.

—¿Puedo hablar con él?

—No.

Georgie clavó la cabeza en la pared.

—¿Por qué no?

—Está durmiendo. Dijo que no subamos ni para hacer pipí.

Georgie debía decirle a Noomi que lo despertara de todos modos. Neal era su marido. Y llevaba tres días sin hablar con él. (O trece horas.) (O quince años.)

Georgie suspiró.

—Okey. ¿Puedo hablar con Alice?

—Alice está jugando Turista con la abuela.

—Ya.

—Tengo que irme. El chocolate caliente ya se ha de haber enfriado.

—Miau —dijo Georgie—. Miau-miau, te quiero, gatita verde.

—Miau-miau, mami, te quiero más que a las bolas de estambre.

Noomi colgó.

*Hay un teléfono mágico en el cuarto donde dormía de niña. Lo uso para llamar a mi esposo al pasado. (Mi esposo que aún no lo es. Mi marido que quizás no debería serlo.)*

*Hay un teléfono mágico en el cuarto donde dormía de niña. Esta mañana lo desconecté y lo escondí en el clóset.*

*Puede que todos los teléfonos de la casa sean mágicos.*

*O también es posible que yo sea mágica. Temporalmente. (¡Ja! ¡Juego de palabras sobre viajes en el tiempo!)*

*¿Se considera eso un viaje en el tiempo? ¿Si sólo es mi voz la que viaja?*

*Hay un teléfono mágico escondido en mi clóset. Y creo que me conecta con el pasado. Y me parece que tengo que arreglar algo. Me parece que hice algo mal y ahora debo hacerlo bien.*

Cuando Georgie regresó a la sala de los guionistas, Seth parecía estar al borde de la locura. Se había desabrochado otro botón de la camisa y llevaba el pelo de punta alrededor de las orejas y por la zona de la nuca.

Ella se acercó al pizarrón y se hizo cargo del guión.

No podía ser tan difícil; llevaban años hablando de aquellos personajes. Sólo tenían que plasmar sus ideas por escrito. Ordenarlas en un guion que tuviera gracia. Georgie podía hacerlo dormida. A veces lo hacía en sueños. Se despertaba en mitad de la noche y buscaba a tientas un trozo de papel. (Nunca se acordaba de dejar una libreta junto a la cama cuando estaba despierta.) Neal se agitaba en sueños y le agarraba las caderas para atraerla de vuelta a la cama. *¿Qué estás buscando?*

*Papel,* decía ella mientras seguía buscando. *Tuve una idea y no quiero que se me olvide.*

Georgie notaba la boca de Neal en la zona lumbar.

—*Cuéntamela. Yo me acordaré.*

—*Tú también estás dormido.*

Él la mordisqueaba.

—*Cuéntamela.*

—*Es un baile* —explicaba ella—. *Hay un baile. Y Chloe, la protagonista, acabará poniéndose un viejo vestido de su madre, uno que llevó en su día a una fiesta de final de curso. Y ella intenta arreglarlo para que quede bonito, como en* La chica de rosa, *pero el resultado no es bonito; es horrible. Y sucede algo desagradable en el baile mientras suena* Try a little tenderness.

—*Me acordaré* —Neal la atraía hacia la cama, hacia sí, y la agarraba fuerte para que no volviera a levantarse—. *Baile. Vestido.* Try a little tenderness. *Ahora vuelve a dormir.*

Entonces Neal le arrancaba la camisa de la piyama y le mordía la espalda hasta que ambos acababan por despertarse.

Y luego, por fin, ella se hundía en el sueño con la mano de su marido en la cadera y su frente apoyada en el hombro.

Al día siguiente, cuando salía de la regadera, encontraba las tres palabras escritas en el vaho del espejo.

*Baile. Vestido.* Try a little tenderness.

Georgie negó con la cabeza, alzó la vista hacia el pizarrón e intentó recordar por dónde iban.

La noche que Neal le habló de su novia (pues claro que tenía novia, carajo), Seth llevó a Georgie a casa y luego regresó a la fiesta de Halloween. Georgie se quedó levantada, escuchando los álbumes de Carole King de su madre, y escribió un monólogo de lo más angustioso para su clase de teatro.

En aquel entonces, aún contemplaba la idea de llegar a ser actriz. Antes de que se diera cuenta de que su cara y su ingenio encajaban mejor en la sala de los guionistas.

—*¿Y por qué quieres ser actriz, eh?* —objetaba Seth—. *Salir a un escenario a recitar los textos de otros, dejar que todo el mundo te diga lo que tienes que hacer... Los actores sólo son hermosas marionetas.*

—*Si eso que dices es verdad* —replicaba Georgie—, *has salido con muchas marionetas.*

En realidad, Georgie no quería ser actriz; quería hacer monólogos. Pero odiaba los bares, ése era el problema. Además, deseaba casarse y formar una familia.

Seth decía que escribir guiones para la tele era lo máximo.

—*Es comedia con un seguro de vida* —afirmaba. Y mansiones y coches. Y sol.

La mañana siguiente después de la fiesta de Halloween, Georgie compró bagels de camino a la fraternidad de Seth. Se cruzó en el pasillo con la chica de la noche anterior: otra vez la encantadora Breanna, quien pareció sorprendida de ver a Georgie. Ella se limitó a saludarla con un gesto, como si fuera una colega del trabajo.

Cuando entró en el cuarto de Seth, encontró a su amigo cambiando las sábanas con el pelo mojado.

—Repugnante —le espetó ella.

—¿Qué te parece repugnante?

—Esto.

—¿Preferirías que no cambiara las sábanas?

—Preferiría que te hubieras ocupado de todo, chica, sábanas, regadera, antes de que llegara, para no tener que imaginarte acostándote con ella.

Sosteniendo la sábana en el aire con ambas manos, Seth se quedó inmóvil y sonrió.

—¿Te lo estás imaginando ahorita?

Georgie se sentó en el escritorio sin molestarse en contestar. Seth era alumno de último curso, de ahí que no tuviera compañero de cuarto. Ella encendió la computadora y lo miró hacer la cama.

Era guapísimo. A conciencia.

La mayoría de los chicos era poco más que materia prima. Ojos bonitos, cabello despeinado, atuendo mal combinado. La mayoría de los chicos ni siquiera conocía sus puntos fuertes. Seth, en eso, se parecía más a las chicas (de hecho, se parecía más a las chicas que Georgie) y sabía cómo sacarse partido. Llevaba el cabello de un castaño cobrizo, lo bastante largo como para que le brillara y se le ensortijara en las puntas. Escogía colores claros con el fin de acentuar el bronceado. Se exhibía delante de los demás. De todo el mundo. Aquí estoy. Mírenme.

Georgie lo miraba. Lo observaba. No sentía mariposas en el estómago. No le producía ninguna emoción especial estar allí, ser la chica a la que Seth escogía cuando ya no quería saber nada de su amorcito en turno.

Neal había curado su mal de Seth.

Y ahora, ¿quién le curaría su mal de Neal?

¿Y por qué sólo se sentía atraída por chicos que se acostaban con otra? Si Georgie fuera un animal salvaje, sería una especie condenada a la extinción.

Seth se desplomó en la cama y encendió la tele. *Animaniacs*. Georgie le lanzó su bagel.

—¿Y qué? —comentó él mientras retiraba el envoltorio—. ¿Ya estás mejor?

Ella apoyó los pies en el escritorio y siguió mirando los dibujos animados.

—Estoy bien.

Cuando el episodio terminó, Georgie se giró hacia la computadora y abrió un archivo. Aparte de la columna que compartían, de los horóscopos de Georgie y de sus tareas de jefes editoriales, Georgie y Seth compartían también en *La cucharada* una sección fija de crítica cinematográfica en tono de parodia. "Tu madre opina…". Iba acompañada de una foto de la madre de Seth. Aquella semana tocaba la crítica de *Trainspotting*.

Seth seguía mirando los dibujos animados.

—Tiene novia —dijo Georgie.

Seth giró la cara de golpe, con el entrecejo fruncido.

—¿Desde el principio?

—Eso parece.

Apagó la tele y se levantó de la cama. Arrastró una silla para acercarla a la de Georgie y se sentó a horcajadas en el asiento.

—Que se vaya al carajo —dijo, propinándole un codazo—. Ya te lo dije, no es tu alma gemela.

—¿Desde cuándo crees en las "almas gemelas"?

—Desde siempre, Georgie, carajo, presta atención. Soy un romántico.

—¿Sí? Eso díselo al desfile de chicas del sábado por la mañana.

—Los desfiles son románticos. ¿Conoces a alguien que no adore los desfiles?

Estuvieron escribiendo la reseña de la película hasta que Seth tuvo que irse al trabajo (a su otro trabajo, en una boutique J. Crew Factory). Él se esforzó cuanto pudo por hacer reír a Georgie; y cuando le apoyó la cabeza en el hombro mientras ella escribía, ésta no se zafó del contacto.

Cuando Georgie por fin abandonó la fraternidad, ya no le dolía tanto pensar en Neal y en su inevitable novia…

No, no era verdad.

Le dolía... pero la vida no le parecía tan horrible. Como mínimo, Georgie sería una soltera increíble, una chica sola con un trabajo interesante, un amigo deslumbrante y una melena bonita. Y si se ponía menos exigente, no tendría problemas para encontrar romances de una noche.

Volvió a sentirse fatal cuando vio a Neal sentado en la parada del autobús de la acera de enfrente. Un autobús se detuvo. Cuando el vehículo se alejó, Neal seguía allí sentado, observándola.

Levantó una mano y le pidió a Georgie por gestos que se acercara.

Georgie se cruzó de brazos y frunció el ceño.

Neal se levantó.

Debería ignorarlo. Encaminarse directamente al coche. Dejarlo con un palmo de narices. Además, ¿qué hacía allí?

Neal seguía haciendo gestos.

Con el ceño fruncido, Georgie miró a ambos lados de la calle y cruzó al trote.

Aflojó el paso cuando se aproximó a él.

—Qué casualidad —dijo como una boba.

—No es casualidad —respondió él—. Te estaba esperando.

—¿Ah, sí?

—Sí.

Georgie entornó los ojos. Neal parecía cansado. Y resuelto. Y sorprendentemente sonrosado a la luz del día.

—Intento decidir si eso de encontrarte aquí me da mala espina —dijo ella.

—Me da igual —Neal avanzó un paso hacia ella—. Sabía que te encontraría aquí y tenía que decirte una cosa.

—Podrías haberme llamado —replicó Georgie.

—Sí.

Neal arrancó la primera hoja de su libreta y se la tendió. En el papel había dibujado el ciprés que se erguía ante la casa de la fraternidad de Seth. También un zorrillo conduciendo un cochecito. Y luego el nombre de Neal (Neal G.) y un número de teléfono.

Georgie agarró la hoja de papel con ambas manos.

—Quería decirte... —Neal tragó saliva y se retiró el flequillo de la cara, aunque llevaba el pelo demasiado corto como para que le tapara los ojos— que ya no tengo novia.

Georgie también tragó saliva.

—¿Ah, no?

Él dijo que no con un movimiento de la cabeza.

—Qué rápidez —observó ella.

Neal bufó y volvió a negar apenas.

—En realidad, no.

—Okey —dijo Georgie.

—Bueno —continuó Neal en tono decidido—. Quería que lo supieras. Eso. Y, también, pensaba que quizás... podíamos volver a intentarlo. O sencillamente intentarlo. Ya sabes, salir juntos o algo. Algún día. Ahora que no... tengo novia.

Una sonrisa bailó en los labios de Georgie. Intentó reprimirla.

*Neal no tiene novia.*

Y puede que fuera a causa de Georgie. Y si bien no se consideraba una *rompeparejas* (ni tenía demasiadas ganas de salir con un chico que iba por ahí besando a otras chicas y luego corría a casa a cortar con su novia), Georgie quería salir con Neal. O quizás sólo quería volver a frotarle la cara.

—Me encantaría —respondió.

Neal agachó la cabeza; aliviado, pensó Georgie. Se mordió el labio inferior y respiró.

—Bien.

—Bien —repitió Georgie.

Luego se alejó un paso. Por delante de él, en realidad. Su coche estaba allí mismo, a menos de media cuadra.

—Okey —dijo a manera de despedida, mientras agitaba el número de él con torpeza.

Neal le hizo un gesto de adiós a su vez. A continuación hundió las manos en los bolsillos de los jeans.

Georgie caminó unos pocos pasos antes de voltear a verlo.

—Sí, okey…, ¿y por qué no ahora?

—¿Qué?

—¿Por qué no lo intentamos ahora?

—Ahora.

Echó a andar hacia Neal.

—Sí, o sea… Podría fingir que tengo que pensarlo y que no quiero precipitarme y así. Pero nada de eso se me da muy bien. Se me da mucho mejor precipitarme. Y no es como si acabaras de dejar a tu esposa.

—Estábamos comprometidos —confesó Neal. Como si se sintiera obligado a decirlo.

Georgie se detuvo.

—Ay, Dios. ¿En serio?

—No últimamente —se explicó él, agobiado—. Estuvimos comprometidos. Luego decidimos salir sin más. Y después pasamos una temporada separados.

—¿Y en qué fase estaban ayer por la noche?

—Pasando un tiempo separados.

—En ese caso, anoche no tenías novia en realidad.

Neal hizo un gesto apenado.

—Me pareció un tecnicismo.

—¿Cuándo rompieron?

—Esta mañana.

—¿Te despertaste esta mañana y fuiste corriendo a casa de tu novia a cortar con ella?

—La llamé.

—No —Georgie se llevó la mano a la cara—. No me digas que lo hiciste por teléfono.

No quería salir con un chico capaz de romper algún día con ella por teléfono.

Neal se retiró el flequillo de la cara.

—No tenía más remedio. Está en Nebraska.

—¿En Nebraska?

Él asintió, otra vez mordiéndose el labio.

—¿Cuánto tiempo llevan juntos?

—Llevábamos —la corrigió Neal—. Desde la prepa.

—Ay, Dios —exclamó Georgie—. ¿Rompiste con tu novia de la escuela por mí?

—No era mi prometida —insistió él—. Ya no. Y no sólo por ti.

Georgie frunció el ceño. Ahora que sabía que ella no era la razón, quería serlo.

—Íbamos a cortar de todas formas —alegó él.

Georgie se enojó todavía más.

—O sea —aclaró Neal—, habíamos hablado de volver a intentarlo. Pero entonces te conocí. Y supuse que, teniendo en cuenta los sentimientos que me inspirabas, debía cortar con ella.

—Me parece que nunca te había oído decir tantas palabras seguidas —observó Georgie.

—Estoy un tanto aturdido.

Ella sonrió. Una pizca.

—¿Te aturdo?

—Por Dios —murmuró él—, sí. Tanto como para pasarme toda la santa noche despierto y cortar con mi novia de la prepa por ti.

Ella se aproximó un paso.

—No sólo por mí.

A Georgie se le daba fatal hacerse la interesante. Los jueguecitos no eran lo suyo. Para nada.

—Tú eres la razón que me llevó a hacer lo que hice esta mañana. Al cien por ciento.

Georgie no debería alegrarse de oírlo. Debía de haber sido horrible para la pobre chica de Nebraska saber que su novio había roto con ella de la noche a la mañana para poder largarse con otra. Georgie imaginó a una rubia llorando a moco tendido en mitad de una pradera solitaria.

—¿Estás triste? —le preguntó a Neal sinceramente—. ¿Necesitas irte a casa para escuchar las cintas que grabaron juntos mientras piensas en el capítulo de tu vida que acabas de cerrar?

—Puede —respondió él—. Me parece que sólo necesito dormir.

—Bueno, pues…

¿Cómo iba a privarse de besar a Neal cuando tenía sus labios ahí mismo, a la altura de su propia boca? Ni siquiera le hacía falta ponerse de puntitas. Georgie lo agarró de la sudadera y se inclinó hacia él.

Lo besó en la mejilla.

—Gracias —le dijo antes de separarse—. Por la información.

—Llámame —susurró Neal.

—Lo haré.

—Llámame aunque te parezca demasiado pronto.

—Te llamaré esta noche.

Georgie sonrió durante todo el trayecto hasta el coche.

*Neal no tiene novia.*

Durante algo así como las siguientes tres horas, como mínimo.

Lo llamó por la noche. Y lo llevó al restaurante Versalles del bulevar Venice a comer pollo al ajillo y plátano frito. Neal no conocía los locales de moda de Los Ángeles; siempre estaba en su departamento o en el campus; o en el agua, que tanto odiaba.

Que tanto odiaba, en la práctica.

A Neal le encantaba el océano como concepto. Parecía revivir cuando empezaba a hablar de corales y vida marina.

Nadie describiría nunca a Neal como una persona animada. Ni expresiva. Sus pensamientos no se reflejaban en su rostro como la luz en el agua. En consecuencia, Georgie se dedicó a tomar nota de cada respingo, de cada cambio en sus ojos, con el fin de averiguar qué significaban. Le parecía un modo apasionante de pasar el resto de su vida.

Neal no estaba seguro de cómo quería pasar el resto de su vida.

Bromeaba acerca de su incapacidad para tomar decisiones. Había decidido estudiar oceanografía porque era lo único que le llamaba la atención y llevaba cuatro años encallado en California. Cuando su novia del bachillerato, Dawn (¡Aurora Pradera, como la niña de Plaza Sésamo!), y él se distanciaron, durante el primer año de la carrera, la solución de Neal fue pedirle matrimonio.

—Soy un desastre para averiguar lo que quiero —confesó al final de la noche, a la salida del sol. Estaban sentados en la playa y Neal le había tomado la mano a Georgie—. Pedir deseos no es lo mío.

La arena estaba húmeda y soplaba una brisa fresca. Georgie usaba el frío como excusa para sentarse pegada a él. Llevaba la falda a cuadros azules y verdes y las Doc Martens rojas, y le apretaba la rodilla contra el muslo porque la presencia de Neal (Neal, que no tenía novia; Neal, que quería con ella) la abrumaba demasiado como para no asegurarse de que era real.

—En ese caso, nos llevaremos bien —afirmó ella—, porque a mí se me da de maravilla pedir deseos. Quiero tantas cosas que acabo agobiada. Mis deseos equivalen a los de dos personas normales, como mínimo.

—¿En serio? —dijo Neal.

Siempre respondía eso cuando no sabía qué decir y sencillamente quería que ella siguiera hablando. Una sonrisa acompañaba la frase, un gesto casi socarrón que habría pasado por chulesco si los ojos no le hubieran brillado tanto.

—En serio —aseguró ella.

—¿Qué deseas? —preguntó Neal.

Habría sido muy fácil, y cursi, decir "a ti", aunque fuera el primer deseo de su lista.

—Deseo escribir —afirmó Georgie—. Deseo hacer reír a la gente. Quiero escribir una serie. Y luego otra. Y otra. Deseo ser James L. Brooks.

—No tengo ni idea de quién es.

—Ignorante.

—¿Es un ignorante?

—Y quiero escribir un ensayo. Quiero unirme a *The kids in the hall*, el grupo de humoristas.

—Tendrás que hacerte pasar por un hombre —apuntó Neal.

—Y canadiense —añadió ella.

—Y tendrás que hacer un montón de escenas haciéndote pasar por un hombre vestido de mujer; será muy confuso.

—Estoy dispuesta.

Neal se rio. (Casi. Sonrió al tiempo que movía los hombros y el pecho.)

—Y deseo un portalápices Crayola —siguió diciendo Georgie.

—¿Qué es un portalápices Crayola?

—Una cosa que vendían cuando éramos pequeños, un enorme portalápices con un montón de lápices de colores, marcadores y pinturas.

—Creo que yo tenía uno.

Georgie le estiró la mano.

—¿Tenías un portalápices Crayola?

—Creo que sí. Era amarillo, ¿verdad? ¿E incluía pinturas témperas? Creo que aún está en el sótano.

—Llevo soñando con un portalápices Crayola desde 1981 —dijo Georgie—. A lo largo de tres Navidades seguidas, fue el único regalo que le pedí a Santa Claus.

—¿Y por qué no te lo compraron?

Ella puso los ojos en blanco.

—A mi madre le parecía una estupidez. Me compraba pinturas y lápices de colores sueltos.

—Bueno —Neal frunció el ceño con ademán pensativo—. Te puedes quedar con el mío.

Georgie le rozó el pecho con las manos entrelazadas de ambos.

—¿En serio? —sabía que era una tontería, pero la idea la emocionaba de veras—. Neal Grafton, acabas de hacer realidad mi sueño más antiguo.

Neal se llevó la mano de Georgie al corazón. Su rostro permaneció impertérrito, pero le bailaban los ojos. Susurró:

—¿Qué más deseas, Georgie?

—Dos hijos —respondió ella—. Un niño y una niña. Pero sólo cuando mi imperio televisivo haya despegado.

Él agrandó los ojos.

—Santo Dios.

—Y también una casa con un porche muy grande. Un marido al que le guste ir de vacaciones en coche. Y un coche, claro, con un asiento trasero espacioso.

—Pues sí que se te da bien pedir deseos.

—Y deseo un pase anual para Disneylandia. Y la oportunidad de trabajar con Bernadette Peters, la actriz de Brodway. Y quiero ser feliz. Tipo setenta u ochenta por ciento del tiempo. Quiero ser activa, concienzudamente feliz.

Neal estaba frotando las manos de ambos contra su sudadera azul. Decía: LUCHA LIBRE NORTH HIGH. ¡POR ELLOS, VIKES! Le palpitaba la mandíbula y sus ojos azules parecían casi negros.

—Y deseo viajar al otro lado del océano —siguió diciendo ella.

Neal tragó saliva y le acarició la cara con la mano libre. Estaba fría y desprendió arena, que rodó por el cuello de Georgie.

—Me parece que yo te deseo a ti —dijo.

Georgie aferró la mano que él se había llevado al pecho y la usó como asidero para acercarse más.

—Te parece…

Neal se humedeció el labio inferior y asintió.

—Me parece… —cuanto más se acercaba ella, más desviaba él la mirada—. Me parece que yo sólo te deseo a ti —especificó.

—Okey —accedió Georgie.

Neal la miró sorprendido, al borde de la risa.

—¿Okey?

Ella asintió, ahora tan cerca como para acariciarle la nariz con el rostro.

—Okey. Soy tuya.

Él le propinó un coscorrón con la frente. Al hacerlo, retiró la boca y la barbilla.

—Así, sin más.

—Sí.

—En serio —dijo Neal.

—En serio —prometió ella.

Georgie le acercó los labios. Neal torció la cabeza y se alejó un pizca para mirarla. Respiraba agitadamente por la nariz. Todavía le sostenía la mejilla.

Georgie intentó adoptar una expresión lo más transparente posible.

*De verdad. Soy tuya. Porque se me da bien pedir deseos y conseguir lo que quiero, y ahora no hay nada que desee más que a ti. De verdad, de verdad, de verdad.*

Neal asintió. Como si acabara de recibir una orden. A continuación soltó la mano de Georgie y la empujó (la aplastó) con suavidad (con firmeza) contra la arena.

Se inclinó sobre ella, con las manos en sus hombros, y movió la cabeza como si no diera crédito.

—Georgie —dijo. Y la besó.

Fue entonces.

Fue entonces cuando ella añadió a Neal a la lista de cosas que quería y necesitaba y tendría algún día. Fue entonces cuando decidió que Neal era la persona que conduciría el coche en aquellos largos viajes por carretera. La que se sentaría a su lado en la entrega de los Emmy.

Él la besó como si dibujara una perfecta línea recta.

La besó con tinta china.

Fue entonces cuando decidió, durante aquel beso impecable, que Neal era lo que necesitaba para ser feliz.

Estaban agotados.

Seth se había alisado los rizos del cabello a base de mesárselo. Cada vez parecía menos JFK y más Joe Piscopo.

—No vamos a añadir a un indio gay —sentenció—. Se acabó la discusión.

Scotty se inclinó hacia la mesa.

—Pero Georgie dijo que quería incluir algo de diversidad.

—No dijo que quisiera incluirte a ti.

—Rahul no soy yo. Es alto y no lleva gafas.

—Es peor que tú —remató Seth—. Eres tú en tus fantasías.

—Bueno, pues todos esos blancos son tú en tus fantasías.

Seth siguió maltratándose el cabello.

—Yo en mis fantasías jamás aparecería en esta serie. Ya salía en *Gossip girl*.

—Georgie —suplicaron al unísono.

—Rahul puede quedarse —decidió Georgie—, pero esta comedia es de marginados; tiene que ser bajito y llevar gafas.

—¿Qué te hizo Rahul? —Scotty se cruzó de brazos—. Así nunca encontrará el amor.

Seth puso los ojos en blanco.

—Por Dios, Scotty, pues claro que lo encontrarás.

—En primer lugar, estoy hablando de Rahul. En segundo lugar, no creo que lo digas en serio.

Georgie posó la mano en el hombro de Scotty.

—Encontrará el amor, Scotty. Inventaré un novio de ensueño para él.

—¿Harías eso por mí, Georgie?

—Lo haré por Rahul.

—Asegúrense de que el episodio sea para morirse de risa —advirtió Seth.

Scotty se levantó y se guardó la laptop en la mochila.

—Rahul se queda —le dijo a Seth—. Acabo de convertir a un chavo indio en una estrella de la tele.

Dicho eso, se marchó con la cabeza muy alta.

Seth seguía enojado.

—¿Significa eso que debemos volver atrás e incluir a Rahul en el piloto?

—Puede aparecer en el tercer episodio —propuso Georgie—. Hace nada estabas diciendo que necesitábamos una pareja de gays. Decías que estábamos proyectando nuestro 1995.

—Lo sé.

Georgie cerró la laptop.

—Ya sé que dijimos que nos llevaríamos a casa los guiones, pero no sé si voy a poder hacer gran cosa esta noche…

—Quédate —le pidió Seth—. Cenaremos y seguiremos trabajando.

—No puedo. Tengo que llamar a Neal.

Ya eran las ocho en Omaha. Georgie quería llamarlo hacia las diez.

Seth la escudriñó durante un minuto. Como si lo supiera todo de ella salvo aquello que se negaba a contarle.

¿Qué pasaría si Georgie llamara a Seth aquella noche con el teléfono amarillo? ¿Contactaría con la fraternidad Sigma Alpha Epsilon de 1998? ¿Respondería alguna de sus chicas del sábado por la mañana?

Seth ya nunca hablaba de las chicas del sábado, pero Georgie daba por supuesto que el desfile proseguía.

—Gracias —dijo él—. Por haberle echado ganas. Sé que estás jodida por algo.

Georgie desconectó el teléfono.

—Y me destroza que no me lo quieras contar —concluyó.

—Lo siento.

—No quiero que lo sientas, Georgie… Quiero que vuelvas a ser divertida.

# CAPÍTULO 17

Mientras se estacionaba en casa de su madre, Georgie estaba segura al cien por ciento de que si llamaba a Neal esa noche desde el fijo amarillo, él le respondería desde el pasado.

O, por lo menos, esa impresión tendría ella. Estaba segura de que la gran alucinación no había terminado.

Y estaba convencida al mil por cien de que iba a llamarlo. Aunque fuera peligroso. (Si acaso era real.) (Georgie debía escoger, real o irreal, y no darle más vueltas.)

Tenía que llamar. No puedes obviar una llamada que te pone en contacto con el pasado. No puedes saber que cuentas con esa posibilidad y no llamar.

Cuando menos, Georgie no podía.

Fuera lo que fuese lo que estaba pasando, ése era el papel que le había sido asignado. Neal no tenía un teléfono mágico con el que llamar al futuro.

(Eh, a lo mejor podía poner a prueba esa teoría, pedirle que la llamara… No, de ninguna manera. ¿Y si su madre contestaba y se ponía a hablar de Alice, Noomi y el divorcio? ¿Y si la propia Georgie de 1998 respondía y decía algo horrible e inmaduro y lo estropeaba todo? No podía fiarse de la Georgie de 1998.)

Heather abrió la puerta antes de que Georgie tocara el timbre.

—¿Estás esperando una pizza? —le preguntó.

—No.

Georgie se quedó en el porche.

—Macarrones gratinados —aclaró Heather poniendo los ojos en blanco—. Entra.

Obedeció. Su madre y Kendrick cenaban en la cocina.

—Llegas temprano —la saludó la mujer—. Preparé ensalada César, por si tienes hambre. Y hay bocaditos de chocolate de postre.

Los pugs empezaron a ladrar por debajo de la mesa.

—No son para ti, mami —dijo la madre de Georgie al tiempo que se inclinaba para mirar a los ojos a la perrita embarazada—. Esos bocaditos son para las mamás y los papás mayores. Las mamis chiquitinas no pueden comer chocolate. Te lo juro, Kenny, entienden lo que les digo.

Heather, que seguía junto a la puerta de la calle, apartaba la cortina para atisbar sin ser vista.

A nadie parecía extrañarle que Georgie estuviera allí. Incluso los perros habían dejado de observar cada uno de sus movimientos con sus ojillos negros.

Si quisiera, Georgie podría instalarse allí sin tener siquiera que pedirle permiso a su madre. La mujer se limitaría a descongelar otra chuleta de cerdo para la cena y a quejarse cuando su hija dejara el bolso sobre la mesa; a lo mejor su madre pensaba que ya se había mudado a la casa.

—Gracias —dijo mientras se encaminaba a su cuarto—. No tengo mucha hambre.

—¿Vas a volver a salir? —le gritó su madre.

—No —vociferó Georgie—. ¡Voy a llamar a Neal!

—¡Salúdalo de mi parte! ¡Y dile que aún lo queremos! ¡Dile que siempre formará parte de esta familia!

—No le voy a decir tal cosa.

—¿Por qué no?

Georgie ya estaba en el pasillo.

—¡Porque pensará que estoy loca!

Abrió la puerta del dormitorio y, una vez dentro, la cerró rápidamente; incluso se planteó bloquearla con la cómoda. Pero lo que hizo fue ir al clóset y empezar a sacar cosas. Había escondido el teléfono en el fondo, debajo de una vieja bolsa de dormir, varios rollos de papel de regalo, sus patines del bachillerato...

Ahí estaba. Ahí.

Georgie se sentó sobre los talones y se quedó mirando el teléfono, sin saber si debía tocarlo o tal vez frotarlo tres veces para pedir un deseo.

Se llevó el auricular a la oreja y escuchó. Silencio.

*Pues claro; está desconectado. No está enchufado al portal espaciotemporal que hay en la pared detrás de mi cama (risotada maniaca).*

Se acercó a la cama y reptó por el hueco inferior para conectarlo, casi esperando que el enchufe temblara y chisporroteara. Luego volvió a salir, desanudó el mechón que se le había enredado en el somier y, con el teléfono en el regazo, apoyó la espalda contra el armazón.

*Listo. Es hora de llamar a Neal.*

Neal...

Georgie contenía el aliento mientras marcaba el número y se atragantó cuando él respondió al primer timbrazo.

—¿Sí?

—¿Neal?

—Hola —dijo él. Georgie oyó la sonrisa incipiente que asomó a su semblante. Ese que apenas se le marcaba en las mejillas—. Pensé que serías tú.

—Sí —asintió ella—. Soy yo.

—¿Cómo estás?

—Estoy… —Georgie cerró los ojos y se percató de que seguía conteniendo el aliento. Respiró, dobló las rodillas y dejó el teléfono en el suelo. Era Neal. Seguía ahí. Todavía respondía a sus llamadas—. Mejor —dijo, y se frotó los ojos con el dorso de la muñeca.

—Yo también —respondió él, y por Dios, cuánto se alegraba Georgie de oír eso. De oír su voz.

Georgie y Neal nunca habían pasado mucho tiempo separados, no desde que se casaron. La enloquecía no poder hablar con él a diario, no poder preguntarle cómo estaba. En el presente. En la vida real.

¿Sería ésa la explicación? ¿Acaso Georgie sufría alucinaciones porque extrañaba a Neal? ¿Porque lo necesitaba?

Lo necesitaba.

Neal era su hogar. Su refugio.

Era Neal quien le cargaba las pilas, quien la reiniciaba y la ayudaba a empezar un nuevo día. Era la única persona que la conocía de verdad.

Debería hablarle de aquella magia demencial que ambos estaban protagonizando. Ahorita mismo. Podía decírselo, podía decirle cualquier cosa a Neal. Georgie y Neal experimentaban dificultades en muchos aspectos pero les era muy fácil apoyarse mutuamente. En particular a Neal. Tenía una enorme facilidad para apoyar a Georgie, para estar presente cuando ella lo necesitaba.

Pensó en todas las veces que se había quedado despierto hasta las tantas para ayudarla con un guion. En que no se había despegado de ella cuando nació Alice (cuando Georgie estaba deprimida, hecha polvo y angustiada porque tenía problemas para darle el pecho). En su infinita paciencia, aunque se comportara como una loca, en que nunca la trataba como si fuera un desastre, ni siquiera cuando lo era.

Si existía alguien a quien le podía hablar del fenómeno, ése era Neal.

—¿Georgie? ¿Sigues ahí?

—Sí —respondió ella. Ay, Dios. Tenía que decírselo—. Aquí estoy.

—Cuéntame qué hiciste hoy.

*Pues verás, desconecté mi teléfono mágico, me subí a mi coche eléctrico…*

—Estuve trabajando con Seth en el guion de *Con el paso del tiempo* —respondió Georgie, porque era la única verdad que le podía decir sin alarmarlo.

Al momento, quiso retirarlo. Mencionar a Seth equivalía a cortar la comunicación con Neal; así eran las cosas, entonces y ahora. (De acuerdo, puede que, en realidad, no pudiera hablar con Neal de cualquier cosa.)

—Ah —repuso él con una voz varios grados más fría.

—¿Y tú? —quiso saber Georgie.

—Yo… —Neal carraspeó. Lo oyó hacer esfuerzos por sobreponerse. Neal aún lo hacía. La rabia se apoderaba de su rostro como hielo, pero se sobreponía y se la quitaba de encima—. Ayudé a mi madre a preparar galletas —explicó—. Te guardé unas cuantas.

—Gracias.

—Y luego me las comí.

—Cerdo.

Él lanzó una carcajada mínima.

—Y luego… conocí a ese tipo que mi padre me quería presentar, el policía del ferrocarril.

Georgie tardó un segundo en atar cabos. *El amigo del padre de Neal, el policía del ferrocarril. Claro.* Durante un tiempo, Neal había pensado en dedicarse a eso en Omaha. Pero nunca muy en serio.

—Sigo convencida de que te lo inventas —declaró ella.

—No me lo invento.

—Policías del ferrocarril. Parece el título de una serie de la CBS.

—Parece superinteresante —la corrigió Neal—. Tiene los aspectos positivos del trabajo de un policía, las deducciones y así, pero te libras de hacer rondas y de acudir a las emergencias.

—Esta semana, en *Policías del ferrocarril* —se burló Georgie—, la patrulla descubre una runfla de vagabundos medio dormidos…

—Algo así.

—¿Y la compañía ferroviaria está buscando oceanógrafos?

—No. Gracias a Dios. Mike, el amigo de mi padre, dice que da igual cuál sea mi especialidad, que los estudios me vendrán bien, en particular si son de ciencias.

—Ah —repuso Georgie—. Es genial.

Intentó decirlo en serio.

—Estuvo bien —reconoció él—. Luego, al volver a casa, me encontré a Dawn y fuimos a tomar un helado.

Por Dios. La jornada de Neal parecía un ensayo general de *La vida sin Georgie.*

—Dawn —respondió ella—. Qué… padre. Me juego algo a que Dawn piensa que deberías hacerte policía del ferrocarril.

—¿Y tú no?

—Yo no dije eso.

—¿Y qué dices?

Su voz se había vuelto a enfriar.

—Nada. Perdón. Es que… Dawn.

—¿Tienes celos de Dawn?

—Ya hemos hablado de eso —replicó Georgie.

—En realidad, no—apuntó Neal.

Tenía razón; en 1998, no lo habían hecho.

—No estarás celosa de Dawn… —insistió él.

—Pues claro que sí. Estuvieron comprometidos.

—Más o menos. Y corté con ella por ti.

—No se puede estar más o menos comprometido, Neal.

—Sabes que, en realidad, nunca quise pedirle que se casara conmigo.

—Peor aún.

—Georgie. No puedes sentir celos de Dawn… Sería como si el sol tuviera celos de un foco.

Ella sonrió. Pero siguió discutiendo.

—Puedo tener celos de cualquiera que estuviera contigo antes que yo. Si yo fuera a una heladería a tomarme una leche malteada con mi ex novio con el que más o menos me hubiera comprometido, te pondrías celoso.

—Sí —resopló Neal—. Pero se supone que no debo estar celoso de que te pases todo el santo día con Seth.

—Seth no es mi ex novio.

—No, claro que no. Es algo peor.

*Las reglas*, quiso gritarle Georgie. *Reglas, reglas, reglas.* ¿Acaso en 1998 aún no habían establecido reglas tácitas?

—No puedes comparar a Seth con Dawn —insistió ella—. Yo nunca me acosté con Seth.

Se oyó un sonoro chasquido. Alguien había descolgado el otro teléfono. Georgie fue presa del pánico, como si volviera a ser una chica de secundaria y la hubieran agarrado in fraganti, hablando por teléfono a las tantas de la noche; estuvo a punto de colgar.

—¿Gegorgie? —preguntó su madre con tono inseguro. A saber cuándo había usado el fijo por última vez.

—¿Sí, mamá? ¿Tienes que llamar por teléfono?

—No... Sólo quería preguntarte si se te antojan unos bocaditos de chocolate.

—Gracias. No.

—¿Estás hablando con Neal?

—Sí —dijo Neal—. Hola, Liz.

Georgie se encogió horrorizada. Antes, su madre siempre insistía en que Neal la llamara Liz. Pero después, cuando Georgie y él se comprometieron, se empeñó en que la llamara "mamá", algo que a Neal lo incomodaba sobremanera.

—*Tengo la sensación de que le estoy poniendo los cuernos a mi propia madre* —decía.

—*Pues intenta no llamarla de ningún modo* —le aconsejó Georgie—. *Una vez, cuando tenía catorce años, me enojé con ella y me pasé un año entero sin llamarla "mamá".*

—Ay, cariño —protestó la madre de Georgie en tono dulce—. Sigo siendo "mamá". Todavía te considero parte de la familia. Le había pedido a Georgie que te lo dijera. Lo sucedido no cambia lo que sentimos por ti.

Georgie se percató de que Neal se había quedado patidifuso.

—Está bien, mamá —respondió ella—. Gracias. Luego hablamos.

—Gracias, Liz —intervino Neal.

La mujer suspiró.

—Bueno, Neal, saluda a tu madre de mi parte.

Ay, Dios. Ay, Dios. En 1998, la madre de Georgie y Margaret todavía no se conocían.

—Mamá —la cortó Georgie—. Neal y yo estábamos hablando de una cosa muy importante y te agradecería mucho que colgaras.

—Ah, claro. Neal, cielo…

—Ahorita, mamá. Te lo suplico.

Si aquello se prolongaba más tiempo, Georgie no se comportaría como una adolescente sino como una niña de pañal.

Su madre suspiró.

—De acuerdo. Sé captar una indirecta. Adiós, Neal. Me alegro mucho de haber hablado contigo.

Como mencionara a las niñas, Georgie se pondría a gritar. Lo haría. Y ya buscaría una excusa más tarde para justificar su conducta.

—Adiós, mamá.

La madre de Georgie lanzó un largo suspiro antes de colgar por fin.

Georgie se sentía incapaz de reaccionar.

—Bueno —dijo Neal—. Por lo que parece, tu madre piensa que cortamos.

Ella se concedió un instante para disfrutar del alivio infinito que le infundían las conclusiones de Neal. Luego dijo:

—Yo también lo pensaba, hasta hace dos días.

—¿Y ya no lo piensas?

—No —aseguró Georgie—. Ya no.

—Pase lo que pase —declaró él—, jamás en la vida llamaré "mamá" a tu madre. Me resulta muy raro.

—Ya lo sé —dijo ella—. Inventaré alguna excusa.

Neal empezó a decir algo pero desistió. Luego volvió a empezar.

—Georgie, yo…, bueno, ni siquiera me acosté con Dawn.

—Pero… —Georgie se interrumpió—. Sí, sí te acostaste. Estaban comprometidos.

—Nunca me acosté con ella —Neal bajó la voz—. Ella quería esperar a que estuviéramos casados. Su primer novio se portó como un cerdo, así que decidió recuperar la virginidad.

—¿Recuperar la virginidad?

—Olvídalo, Georgie. Por mí, puede hacer lo que quiera con su virginidad.

—Okey —dijo ella al tiempo que asentía—. De acuerdo… No me parece mala idea, la verdad. A lo mejor yo recupero la mía antes de que vuelvas. En nombre de la reina Isabel.

Neal soltó un bufido que tal vez fuera una risa.

—Porque era la reina virgen —aclaró Georgie.

—Sí, lo sé.

Georgie guardó silencio. *Neal nunca se había acostado con Dawn.* Siempre había dado por hecho que sí habían tenido sexo cuando eran jóvenes. Espontáneo sexo adolescente al estilo de *Heartland*. Como la canción de John Cougar, *chupando un hot dog en la puerta de Tastee Freez* y así.

¿Significaba eso que Georgie era la única chica con la que él se había acostado?

Recordó su primera vez. En el departamento de Neal, en mitad de la noche. Se reían porque se habían armado un lío con el condón. Y Georgie estaba ansiosa por dejar atrás aquella primera vez, para que pudieran dedicarse sencillamente a estar juntos, aunque aún no supiera qué significaba eso exactamente.

¿Fue aquélla la primera vez que Neal lo hizo con una chica?

Era la típica confesión que Neal nunca le haría. No le gustaba hablar de sexo. Y no le gustaba hablar de *antes*. De antes de que se conocieran, de antes de Georgie. (Ni siquiera le gustaba hablar de *ayer*.)

Recordó a Neal. Prácticamente un adolescente, blanco como el papel. Concentrado al máximo y luego desconcentrado, que se reía entre dientes y la palpaba como si fuera de cristal.

Neal.

—No puedes estar celoso de Seth —objetó ella con voz queda.

—En serio —resopló él.

—En serio. Sería como si el sol tuviera celos de…

—¿Otro sol equiparable?

—Iba a decir la luna.

—Seguro que el sol tiene celos de la luna. Está mucho más cerca.

—Seth y yo sólo somos amigos —protestó Georgie.

Era verdad. Siempre había sido verdad. Amigos íntimos… pero sólo amigos.

—Seth y tú no son sólo nada.

—Neal…

—Es tu alma gemela —la acusó Neal. Y, por su modo de decirlo, Georgie adivinó que no le había soltado lo primero que se le había ocurrido. Que lo había meditado a fondo y había escogido las palabras a conciencia.

Georgie se quedó boquiabierta ante el auricular.

—Seth no es mi alma gemela.

—¿Ah, no? ¿Acaso no gira toda tu vida en torno a él?

—No —Georgie se echó hacia delante. Eso no era verdad, ni siquiera en 1998—. Por Dios, no. Toda mi vida gira en torno a mí.

—¿Y cuál es la diferencia?

—Neal…

—No, Georgie, hablemos claro por una vez. Yo soy prescindible; lo sé. También sé que me quieres y que quieres estar conmigo, pero podrías vivir perfectamente sin mí. Si yo te dejara ahorita (y no volviera), no tendrías que modificar tus planes. Seth, en cambio, es tu plan a futuro. Salta a la vista. No creo que seas capaz de pasar veinticuatro horas seguidas sin verlo.

—¿Me estás pidiendo que lo haga?

—No —Neal parecía abatido—. No. Sé… lo que hay entre ustedes. Jamás te pediría que escogieras.

Nunca lo había hecho.

A Neal no le caía bien Seth; eso no había cambiado con el paso de los años. Pero jamás se quejó de su presencia. Jamás protestó por la cantidad de tiempo que Georgie y Seth pasaban juntos. Nunca, ni de las largas horas ni de los mensajes que se enviaban en mitad de la noche; ni de los días en que Neal y Georgie llevaban a las niñas a Disneylandia, y Georgie acababa sentada en la acera de Fantasyland, hablando con Seth por teléfono de algún cambio de última hora en el guion.

Y Georgie se lo agradecía. Su comprensión. (Aunque sólo fuera resignación.)

A veces se sentía como si caminara por la cuerda floja entre los dos. Como si no hubiera suficiente Georgie para ser la persona que deseaba ser para cada uno de ellos.

Si Neal la presionara o intentara alejarla de Seth, si alguno de ambos lo hiciera, todo se haría pedazos.

Georgie se haría pedazos.

Pero Neal jamás la presionaba. Nunca parecía celoso. Encabronado, resentido, cansado, amargado, perdido..., sí. Pero no celoso. Siempre había confiado en ella.

¿Qué haría Georgie si Neal llegara a pedirle que eligiera entre los dos?

¿Qué habría hecho si se lo hubiera pedido en 1998?

Se habría enojado. Y puede que hubiera escogido a Seth, sólo por llevar la contraria. Y porque Seth había llegado primero. Seth tenía derechos de antigüedad.

En aquel entonces, Georgie no tenía ni idea de lo mucho que llegaría a necesitar a Neal, de que se iba a convertir en el aire que respiraba.

¿Era eso codependencia? ¿O sólo un efecto del matrimonio?

—Podrías hacerlo —dijo Georgie.

—¿Qué?

—Podrías pedirme que escogiera.

—¿Qué? —preguntó Neal, sorprendido—. No quiero hacerlo.

—Ni yo quiero que lo hagas —convino ella—. Pero podrías.

—Georgie, los he visto juntos. Ni siquiera eres capaz de terminar un chiste si no estás con él.

—Eso sólo son chistes.

—Esta noche no paras de repetir la palabra "sólo", ¿eh?

—Podrías pedirme que escogiera —insistió ella.

—No quiero hacerlo —replicó él, casi gruñendo.

—No tendría ni que pensarlo, Neal. Te escogería a ti. Te escogería a ti una y mil veces. Seth es mi mejor amigo y creo que siempre lo será, pero tú eres mi futuro —qué más daba si en 1998 aún no era verdad. Algún día sería verdad. Una ineludible realidad—. Tú eres toda mi vida.

Neal suspiró. Se lo imaginaba negando con la cabeza, parpadeando. Aflojando la mandíbula.

—Por favor, no sientas celos de Seth —susurró Georgie.

Él guardó silencio.

Georgie esperó.

—Si me prometes que no tengo motivos para estar celoso —dijo Neal por fin—, que nunca los tendré, no lo estaré.

—Nunca te daré motivos. Te lo prometo.

—Está bien —asintió él. Luego, con más convicción—: Te creo. Confío en tu palabra.

—Gracias.

—Y ahora confía tú en la mía, Georgie, por el amor de Dios. No estoy enamorado de Dawn. En realidad, nunca lo estuve. Aunque cortaras conmigo y me rompieras el corazón, jamás volvería con Dawn. Descubrí que hay un mundo ahí afuera. No voy a tropezar dos veces con la misma piedra.

—Entonces, ¿me estás diciendo que, si corto contigo, esperarás a que aparezca algo mejor que Dawn? ¿Y se supone que eso me hará sentir mejor?

—Anulaste cualquier posibilidad con Dawn. Se supone que eso te hará sentir mejor.

—Neal, quiero anular hasta la última posibilidad con cualquiera.

—Por Dios —su voz sonó más cerca, como si se hubiera pegado el auricular a la barbilla—. Lo hiciste. No debes tener celos de nadie. Y menos de Dawn, ¿de acuerdo?

—Okey —asintió Georgie.

Él suspiró.

—No hagamos esto nunca más.

—¿Hacer qué?

—Ponernos celosos y estarnos molestando.

—A mí me resultará más fácil que a ti —señaló Georgie.

—¿Por qué?

—Porque tienes razón. Seth es peor que un ex novio. Seth siempre estará aquí.

—¿Tengo motivos para ponerme celoso de Seth?

—No.

—Pues no lo estoy. Fin de la historia.

Georgie le formuló a Neal más preguntas acerca de los policías del ferrocarril. Notaba que él tenía ganas de hablar de ello.

Por lo visto, estaba considerando el oficio más en serio de lo que Georgie había pensado.

Procuró no señalar el problema, muy evidente, que aquella opción profesional planteaba: que Neal tendría que trasladarse a Omaha. Y Georgie jamás se mudaría a Omaha.

Estaba decicida a trabajar en la televisión. Neal lo sabía. Y la televisión requería vivir en Los Ángeles.

Una parte de ella quería decirle:

*Eso no va a pasar. Nos quedamos en California. Lo detestas, pero cultivas tus propios aguacates. Algo es algo.*

*Te gusta tu casa. Tú la escogiste. Dijiste que te recordaba a tu tierra natal; algo de las pendientes y los techos altos y un solo cuarto de baño.*

*Y vivimos cerca del mar, bastante cerca, y no lo odias. No tanto como antes. A veces creo que te gusta. Te encanta verme en la playa. Y a las niñas. Dices que el mar nos endulza. Que sonrosa nuestras mejillas y nos riza el cabello.*

*Y, Neal, si no vuelves, nunca sabrás lo buen padre que eres.*

*Y si tienes hijos con alguna otra, con una chica más adecuada para ti, no será lo mismo, porque tus hijos no serán Alice y Noomi. Puede que yo no sea tu media naranja, pero ellas sí lo son.*

*Ustedes tres, Dios mío. Ustedes tres.*

*Los domingos por la mañana, cuando despierto (tarde, siempre me dejas dormir más de la cuenta) salgo a buscarte y siempre te encuentro en el jardín, con tierra en las rodillas del pantalón y dos niñas que giran a tu alrededor en sendas órbitas perfectas. Y les trenzas el cabello y las dejas ponerse lo que se les viene en gana. Alice plantó un árbol de macedonia y Noomi se comió una mariposa, y se parecen a mí porque son redonditas y doradas, pero resplandecen gracias a ti.*

*Y nos construiste una mesa de picnic.*

*Y aprendiste a hacer pan.*

*Y pintaste murales en todas las paredes orientadas al oeste.*

*Y no todo es malo, te lo prometo. Te lo juro.*

*Puede que no seas activa, concienzudamente feliz de un setenta a un ochenta por ciento del tiempo, pero quizás no lo fueras en cualquier caso. E incluso cuando estás triste, Neal, incluso cuando te quedas dormido en la otra punta de la cama, creo que también eres feliz. En parte.*

*Te prometo que no todo es malo.*

—Georgie, ¿sigues ahí?

—Sí.

—Pensé que te habías dormido.

—Estoy despierta. Aquí sólo son las diez.

—Te estaba diciendo que tendría que llevar pistola. ¿Eso te molestaría?

—No sé —repuso ella—. Nunca lo he pensado. Me cuesta imaginarte con un arma —Neal ni siquiera mataba a las arañas. Las agarraba con un trozo de papel y las dejaba con cuidado en el porche—. ¿Y a ti?

—No sé —dijo él—. Puede ser. Odio las armas de fuego.

—Te quiero —le soltó Georgie.

—¿Porque odio las armas de fuego?

—Por todo.

—¿Por todo? —Neal estaba casi sonriendo. Podía verlo. Casi.

No...

Georgie se estaba imaginando a su Neal. Al Neal cuarentón. Más delgado. Más anguloso. Con el pelo más largo, patas de gallo y esa barba canosa que se dejaba crecer cada invierno.

*—Lo que aquí llaman invierno* —decía—. *Mis hijas nunca sabrán lo que es entrar en casa un día de frío y notar cómo el calor se extiende por sus dedos.*

*—Oyéndote, cualquiera diría que te molesta que tus hijas nunca vayan a sufrir congelación.*

*—No puedo mantener esta conversación con alguien que jamás en la vida ha hecho un muñeco de nieve.*

*—Nuestras hijas han visto la nieve.*

*—En Disneylandia, Georgie. Sólo son pompas de jabón.*

*—Ellas no notan la diferencia.*

*—Claro, y si Perséfone hubiera sido la que persiguiera a Hades...*

*—Ya estás diciendo sandeces otra vez.*

Su Neal había perdido las llantitas, la panza y el amago de papada.

Tras el nacimiento de Alice, se aficionó a andar en bicicleta. Ahora iba a todas partes en bici, con un carrito amarillo a rastras. Cargado con dos niñas, bolsas del súper, animales de peluche, montones de libros de la biblioteca...

La maternidad había dejado a Georgie informe y flácida, con aspecto de cansancio perpetuo. Siempre corta de sueño. Y no había recuperado la figura ni tenía tiempo de comprar ropa para aquella nueva (ya no tan nueva) realidad. Ni siquiera llevó a arreglar la alianza cuando ya no le cupo, durante el último embarazo. Seguía en el platito de porcelana de su tocador.

Mientras que Neal había adquirido nitidez con el paso de los años (mandíbula marcada, mirada clara) el reflejo de Georgie en el espejo se había desdibujado.

En ocasiones, cuando Georgie tenía el día libre, iban al parque en familia, los cuatro, y Georgie veía cómo las nanas y las amas de casa miraban a Neal. El papá guapo de los ojos azules y los hoyuelos entre la barba incipiente, siempre acompañado de dos risueños satélites parecidos a muñecas.

—Georgie, ¿sigues ahí?

—Sí —se acercó el auricular a la oreja—. Aquí estoy.

—¿Funciona mal la línea?

La persona con la que hablaba ahora era el antiguo Neal. Antes de que fuera totalmente suyo. Cuando todavía estaba sopesando las posibilidades que Georgie le brindaba. Este Neal era más duro, más pálido, tenía mal genio, pero aún no había renunciado a ella. Aún miraba a Georgie como si fuera nuevecita, sobrenatural. Todavía le sorprendía su presencia. Todavía le maravillaba.

Incluso ahora, por más frustrado que se sintiera.

Incluso ahora, con diez estados de por medio y en plena crisis de pareja, Neal aún pensaba que no la merecía. Que ella era más de lo que nunca se atrevió a soñar.

—Te quiero —le dijo.

—Georgie, ¿te encuentras bien?

—Sí, estoy bien —se le quebró la voz—. Te quiero.

—Tesoro —Neal hablaba con un tono dulce, preocupado—. Yo también te quiero.

—Pero no lo suficiente —apuntó ella—. ¿Es eso lo que estás pensando?

—¿Qué? No. No estoy pensando eso.

—Fue eso lo que estuviste pensando —rectificó Georgie—. Durante el trayecto de California a Colorado.

—Eso no es justo…

—¿Y si tenías razón, Neal?

—Georgie, por favor, no llores.

—Me lo dijiste, y me aseguraste que iba en serio. Y nada ha cambiado, ¿verdad? ¿Por qué no estamos hablando de eso? ¿Por qué fingimos que todo va bien? No va bien. Estás en Nebraska y yo estoy aquí, y es Navidad y se suponía que debíamos estar juntos. Me quieres. Pero puede que no baste con eso. Es lo que estás pensando.

—No —Neal carraspeó y lo repitió—. No. Puede que lo haya pensado. Durante el trayecto de California a Colorado. Pero entonces… me cansé. Estaba literal, peligrosamente agotado. Y me pasó eso de los extraterrestres. Y luego salió el sol. Y un doble arcoíris. Te hablé del doble arcoíris, ¿verdad?

—Sí —asintió Georgie—, pero no entiendo qué significa.

—No significa nada. Sencillamente, me harté de estar enojado, de sentirme siempre en un callejón sin salida, de pensar que nada es suficiente o que podría no serlo.

—Y entonces, cuando llevabas veinticuatro horas despierto, decidiste no romper conmigo.

—Georgie, no hagas eso.

—Pero ¿y si tienes razón? ¿Y si el amor no basta?

Neal suspiró.

—Últimamente pienso que es imposible saberlo.

—¿Saber qué? —persistió ella.

—Si es suficiente o no. ¿Quién puede saber si el amor es suficiente? Es una pregunta idiota. O sea, si te enamoras, si tienes esa suerte, ¿qué sentido tiene empezar a preguntarse si eso bastará para hacerte feliz?

—Pero sucede constantemente —arguyó Georgie—. El amor no siempre es suficiente.

—¿Cuándo? —preguntó Neal—. ¿En qué casos?

A Georgie sólo le vino a la mente el final de *Casablanca*, además de Madonna y Sean Penn.

—Sólo porque ames a alguien —prosiguió Georgie— no significa que las vidas de ambos vayan a encajar perfectamente.

—Ninguna vida se ajusta completamente a otra —señaló Neal—. Para encajar, hay que estar dispuesto a hacer un esfuerzo. Es un proceso que dos personas llevan a cabo… porque se aman.

—Pero…

Georgie se mordió la lengua. No quería convencer a Neal de lo contrario, aunque estuviera equivocado. Aunque ella mejor que nadie supiera hasta qué punto se equivocaba.

Neal siguió hablando en tono de impaciencia.

—No digo que todo sea color de rosa por el mero hecho de que dos personas se amen lo suficiente…

Por el mero hecho de que nos amemos lo suficiente, oyó Georgie.

—Sólo digo —prosiguió él— que quizás eso que llamamos "suficiente" no exista.

Georgie guardaba silencio. Se enjugó los ojos con la camiseta de Neal.

—¿Georgie? ¿Estás pensando que me equivoco?

—No —contestó ella—. Estoy pensando que... —oh, por Dios, sé que estás equivocado— te quiero. Te quiero mucho. Demasiado. Me quitas el sentido.

Neal guardó silencio un segundo.

—Eso es bueno —dijo.

—¿Sí?

—Por favor. Sí.

—¿Estás cansado?

El ahogó una risa.

—No.

Pero tal vez sí. A Neal siempre le había gustado hablar con ella por teléfono, pero no era una quinceañera.

—Ni una pizca —le aseguró—. ¿Y tú?

—No.

—Aunque no me molestaría ponerme la piyama. ¿Te llamo luego?

—No —se apresuró a decir ella, y luego mintió—: No quiero despertar a mi madre.

—Bueno, pues llámame tú. Dame veinte minutos. Voy a bañarme.

—De acuerdo —accedió Georgie.

—Procuraré contestar al primer timbrazo.

—Muy bien.

—Muy bien —Neal sopló un beso al auricular y Georgie se rio, porque no parecía en absoluto la clase de chico que manda besos por teléfono. Pero lo era.

—Adiós —se despidió Georgie, y esperó a que se cortara la línea.

# CAPÍTULO 18

Georgie decidió bañarse también. Le pidió prestado un camisón a su madre, pero ésta sólo tenía piyamas de dos piezas: top y pantalón a juego o saltos de cama absurdamente provocativos.

—¡Con una camiseta me basta!

Envuelta en una toalla, Georgie gritaba a través de la puerta del baño de su madre.

—No tengo camisetas viejas. ¿Quieres una de Kendrick?

—Ay, ¿qué dices? No.

—Pues te tendrás que conformar.

La madre de Georgie abrió la puerta y le arrojó algo. Ella desplegó unos shorts de piyama color aguamarina (de raso, con lazos color crema) y un top de tirantes a juego, ribeteado de encaje. Gimió.

—¿Llevas todo este rato hablando con Neal? —le preguntó su madre.

—Sí —asintió Georgie, que habría dado cualquier cosa por tener ropa interior limpia. No quería llevar unos calzones prestados.

—¿Cómo está?

—Bien —advirtió que estaba sonriendo—. Muy bien.

—¿Y las niñas?

—De maravilla.

—¿Están arreglando las cosas?

—No hay nada que arreglar —respondió Georgie. *Sí*, pensó. *Eso creo.* Asomó la cabeza por la puerta del baño—. ¿Dónde está Kendrick?

—En la sala, viendo la tele.

Georgie salió.

—Mírate —exclamó su madre—. Qué linda estás. Algún día, cuando vayas de compras, avísame para que te acompañe.

—Tengo que volver a llamar a Neal —se excusó Georgie—. Gracias, este..., por la piyama. Y por todo.

Se inclinó para besar a su madre en la mejilla. Georgie intentaba mostrarse más cariñosa con ella desde que tenía hijos propios. Alice y Noomi la buscaban con avidez; prácticamente se le subían encima cuando estaba en casa. Georgie experimentaba angustia física cuando pensaba que algún día pudieran rehuirla o crisparse cuando intentara besarlas. ¿Y si se pasaban un año entero sin llamarla "mamá"?

De ahí que Georgie procurara ser más afectuosa con su madre. Cuando podía.

En cuanto la besó en la mejilla, su madre giró la cara para plantarle un besito en los labios. Georgie frunció el ceño y se apartó.

—¿Por qué siempre haces eso?

—Porque te quiero.

—Yo también te quiero. Voy a llamar a Neal —Georgie se estiró la orilla de los shorts de raso; por más que estirara, no taparían lo suficiente—. Gracias.

Miró en ambas direcciones antes de salir al pasillo. Se detuvo frente a la habitación de Heather; su hermana estaba acostada en la cama. Tenía la laptop en el regazo y llevaba auriculares.

Se los quitó al ver a Georgie.

—Hola, Victoria, ¿viniste a contarme un secreto?

—Hazme un favor.

—¿Cuál?

—Me muero de hambre pero no quiero entrar en la sala con esta facha.

—Si papá te ve vestida con la lencería de mamá, se traumatizará.

Heather llamaba "papá" a Kendrick. Era lógico, pues él la había criado, y le llevaba algo más de veinte años.

—Soy yo la que se va a traumatizar. ¿Por qué sólo tiene piyamas de lencería?

—Es una mujer muy sensual. Lo sé porque me lo repite constantemente —Heather se levantó de la cama—. ¿Qué se te antoja? Me comí toda la pasta. Y los bocaditos de chocolate; no quedaban muchos. ¿Quieres que te pida una pizza?

—No —rehusó Georgie—. Me comeré lo que haya.

—Te puedo prestar una piyama, ya lo sabes.

—Eres muy amable —repuso la otra—. ¿Por qué no me las dejas todas para que pueda fabricar una prenda cómoda y holgada?

—Seguro que tengo alguna que te queda.

—Ay, por Dios, basta. Tráeme algo de comer, ¿quieres? Voy a esconderme en mi habitación.

—¿Estuviste hablando con Neal?

Georgie sonrió.

—Sí.

—Eso es bueno, ¿no?

Asintió.

—Ve. Tengo hambre.

Heather le trajo una manzana, tres rebanadas de queso para sándwich y un gigantesco refresco mexicano. Alice lo habría hecho mejor.

—Llama a Neal —propuso Heather—. Quiero saludar a las niñas.

—En Omaha es más de la una —señaló Georgie—. Están durmiendo.

—Ah, claro. La diferencia horaria.

Georgie retiró el envoltorio de una rebanada de queso y empezó a comérsela.

—Gracias. Ahora vete.

—Tienes que colocar el queso alrededor de la manzana; es como una manzana caramelizada.

—¿Y en qué se parece eso a una manzana caramelizada?

—Llámalo —le pidió Heather—. Quiero saludarlo.

—No.

La madre de Georgie, de puro milagro, no había metido la pata con Neal, pero ni en sueños iba a permitir que Heather se acercara al teléfono.

—¿Por qué no? —quiso saber Heather.

—Ya sabes por qué —replicó Georgie.

—No, no lo sé.

—Porque tenemos que hablar de cosas... privadas.

—¿Del divorcio y así?

—No.

—¿Van a tener sexo por teléfono?

Georgie hizo una mueca.

—No.

—Porque no puedes tener sexo por teléfono llevando puesta la lencería de mamá.

—Sólo quiero hablar con mi marido, ¿okey? En privado.

—Claro. Pero antes deja que lo salude.

Georgie intentó abrir el refresco.

—¿Tienes un destapador?

—Sí, Georgie. Lo llevo aquí, en la piyama. Trae.

Heather tomó la botella y retorció el tapón con las muelas.

—Para —ordenó Georgie alargando la mano—. Te vas a estropear los dientes.

Heather suspiró con aire dramático y le tendió la botella a su hermana. Georgie se la colocó en la boca y la mordió con sumo cuidado.

El teléfono sonó.

Antes de que Georgie tuviera tiempo de reaccionar, Heather agarró el auricular.

—¡Hola, Neal!

La otra tiró la botella a la cama y se abalanzó sobre su hermana. Intentó hundir la mano por debajo de su cabeza para arrancarle el teléfono.

—Soy Heather… Sí, Heather.

—Heather —susurró Georgie—. Te voy a matar. Suéltalo.

La más joven se había acurrucado de tal modo que era imposible alcanzar el auricular. Con una mano empujaba a Georgie (en la cara) mientras con la otra aferraba el aparato. Su expresión pasó de insolente a victoriosa para adquirir después un aire de desconcierto. Soltó el auricular de sopetón y Georgie la echó de la cama.

Tomó el aparato.

—¿Neal?

—¿Sí?

Parecía confundido.

—Espera un momento.

Plantada en mitad de la habitación, Heather la miraba con unos ojos como platos y los brazos cruzados.

—Ése no es Neal —susurró. Menos mal que, como mínimo, hablaba en susurros.

—Sí es Neal —replicó Georgie.

—¿Y por qué no me reconoció?

—Seguramente no entendía por qué le gritabas.

—No parecía la voz de Neal.

—Heather, te juro que…

—Tienes una aventura. Ay, Dios mío, tienes una aventura. ¿Por eso te dejó?

Georgie se precipitó hacia delante para taparle la boca con la mano. Heather seguía con los ojos abiertos de par en par. Y llorosos. Ay, Dios.

—Heather, te juro que no tengo una aventura. Te lo prometo.

Su hermana apartó la cara.

—Por tu vida —dijo Heather.

—Por mi vida.

—Por las vidas de Alice y Noomi —insistió la otra.

—No digas eso. Es horrible.

—Sólo si estás mintiendo.

—De acuerdo. Sí. Lo juro.

Heather hizo un mohín.

—Sé que ése no es Neal, Georgie. Aquí pasa algo raro. Me lo dice mi intuición femenina.

—No tienes intuición femenina. Aún no eres una mujer.

—Tonterías. Soy tan mayor como para que me recluten.

—Por favor, vete —le suplicó Georgie—. Tengo que hablar con Neal. Mañana por la mañana te lo explicaré.

—Está bien…

Georgie empujó a su hermana al pasillo y cerró la puerta. El corazón le latía desbocado. (Tenía que volver a meterse a clases de yoga. O a lo que fuera que hiciera la gente últimamente. Spinning. Georgie llevaba sin pisar un gimnasio desde el nacimiento de Alice.) Ojalá su habitación tuviera pasador. La puerta ni siquiera ajustaba bien; su madre decía que a los perros les gustaba entrar y dormir en la cama.

Se acercó al teléfono y tomó el auricular. Se lo llevó a la oreja, con recelo.

—¿Neal?

—¿Georgie? ¿Quién era?

—Era… Heather. Mi prima Heather.

—¿Tu madre le puso "Heather" a Heather teniendo una sobrina que se llamaba igual?

—Sí. Eso parece. Por Heather, mi prima.

—¿Va a pasar la Navidad en tu casa?

—Sí.

—¿Y tienes allí más familia, aparte de tu prima?

—No, sólo Heather.

—No sabía que tuvieras primos.

—Todo el mundo tiene primos.

—Pero no tienes tíos.

Georgie se sentó en el suelo.

—¿Estás practicando para cuando seas policía ferroviario?

—No parece que tu prima te caiga muy bien.

—Es que no quiero malgastar nuestro precioso tiempo hablando de Heather.

—Nuestro precioso tiempo —repitió Neal con voz queda.

—Sí.

—Te extraño, Georgie.

—Yo también te extraño.

—Disculpa. Me cansé de esperar tu llamada.

—No pasa nada —le aseguró ella.

—¿Estás en la cama?

—No. Estoy sentada en el suelo, comiendo queso de sándwich.

—¿En serio? —dijo como si se riera—. ¿Qué llevas puesto?

Georgie mordió la rebanada de queso. La situación era absurda. Todo era absurdo.

—Será mejor que no lo sepas.

—Aquí está nevando.

A Georgie se le encogió el corazón. Todavía no había visto la nieve.

Nunca nevaba cuando iba a Omaha, ni siquiera en diciembre. Margaret decía que Georgie traía el sol con ella.

Sin embargo, estaba nevando ahora en honor de Alice y Noomi.

Y nevaba en 1998.

—¿Sí?

—Sí —Neal hablaba en un tono suave y cálido. Como si estuviera acostado—. Acaba de empezar.

Georgie se metió en la cama y dio una palmada suave para apagar la luz.

—Cuéntame cómo es.

—No puedo —dijo él—. Careces de marco de referencia.

—He visto la nieve en la televisión.

—Suele ser falsa.

—¿Y cómo es la nieve de verdad?

—No parece polvo. Es pegajosa. No se dispersa cuando la pisas, normalmente no. ¿Cómo te la imaginas?

—No sé. Nunca lo he pensado. Me imagino nieve.

—Piénsalo.

—Bueno, pues… parece cristal, o sea, los copos de nieve parecen de cristal, pero sé que es blanda. Yo pensaba que tenía un tacto parecido al de la cerámica, creo. Pero que, en vez de romperse, se desmenuzaba en la mano.

—Mmm…

—¿Acerté? —preguntó Georgie.

—Prácticamente en nada.

—¿Y cómo es?

—Bueno, pues es hielo —respondió él.

—Ya sé que es hielo.

—Tienes razón en parte; es blanda. Has tomado raspados, ¿no? ¿De pequeña no tenías una máquina de esas que hacen hielo frappé? ¿En forma de casita?

—Claro que no, mi madre no me compraba cosas bonitas.

—Pero te habrás tomado un raspado.

—Sí.

—Y sabes que el raspado es blando al tacto. Sólido, pero blando. Y que se comprime cuando lo presionas con la lengua contra el paladar.

—Sí… —asintió ella.

—Bueno, pues es así. Igual que el hielo. Pero blanda. Y como rellena de aire. A veces, como esta noche, es consistente… y forma grumos, como una mezcla de algodón de azúcar y plumas mojadas.

Georgie se echó a reír.

—Ojalá estuvieras aquí —dijo Neal—. Para poder verla. Si estuvieras aquí, dormirías en el sótano. Hay un sofá cama.

Conocía el sofá cama.

—No me gustan los sótanos.

—Éste te gustaría. Tiene un montón de ventanas. Y una mesa de futbolito.

Georgie se acomodó en la cama, debajo del edredón.

—Ah, ya, futbolito.

—Y una estantería llena de juegos de mesa.

—Me gustan los juegos de mesa.

—Ya lo sé… Estás acostada, ¿verdad?

—Ajá…

—Lo noto. Tu voz ha desistido.

—¿Desistido de qué?

—No sé. De permanecer erguida. Y de estar alerta. De ser inteligente. De todas esas cosas que haces durante el día.

—¿Me estás diciendo que he renunciado a ser inteligente?

—Te estoy diciendo —se explicó él— que me gusta cuando desistes de todo hasta el día siguiente.

—A mí me gustas tú por teléfono —confesó Georgie—. Siempre me has gustado por teléfono.

—¿Siempre?

—Mmm.

—Si estuvieras aquí —continuó Neal—, dormirías en el sótano. Y yo me daría cuenta de que está nevando y no querría que te lo perdieras. Bajaría…

—Mejor que no, Margaret se traumatizaría si te sorprendiera colándote en mi habitación.

—Bah. Soy sigiloso. Bajaría y te despertaría. Y te prestaría unas botas y un viejo anorak.

—Mejor la chaqueta universitaria.

—No abriga lo suficiente —arguyó Neal.

—Hablamos de nieve hipotética, Neal. Préstame tu chamarra universitaria.

—No te entiendo. ¿Te horroriza la lucha libre pero te gusta la chamarra del equipo?

—No luchas con la chamarra puesta.

—Podría hacerse realidad, ¿sabes? La escena. La próxima Navidad.

—Mmm.

—Así que te llevaría afuera con las botas prestadas y la chamarra universitaria, al jardín, y te diría que no hay postes de luz por aquí, ¿va? Se ven las estrellas...

Georgie había estado con Neal en aquel jardín, que parecía el lindero de un bosque, montones de veces a lo largo de los años. Nunca había nevado, pero se veían las estrellas.

—Y te observaría mientras te familiarizas con la nieve —prosiguió él.

—¿Mientras me familiarizo?

—Mientras la tocas. La saboreas. Observaría cómo se te prende al cabello y a las pestañas.

Ella frotó la mejilla contra la almohada.

—Como en *La novicia rebelde*.

—Y cuando tuvieras demasiado frío, te abrazaría. Y allí donde te tocara, la nieve se fundiría.

—Deberíamos hablar por teléfono cuando estás en California.

Él se rio.

—¿En serio?

—Sí. Llamarnos de una habitación a otra.

—Podríamos comprar un par de celulares.

—Buena idea —asintió Georgie—. Pero tienes que prometerme que contestarás el tuyo.

—¿Y por qué no iba a hacerlo?

—No sé.

—Y entonces —continuó él—, cuando tuvieras tanto frío que yo no pudiera hacerte entrar en calor (lo que sucedería muy pronto, porque estás demasiado acostumbrada al sol) te llevaría adentro. Y nos sacudiríamos la nieve y dejaríamos las botas en el zaguán trasero.

—¿El zaguán trasero? ¿No se supone que el zaguán está adelante?

—Es el zaguán donde te quitas las prendas mojadas del jardín.

—Me encanta eso de que una casa tenga previsto que te mojes. Desde los planos.

—Y entonces bajaría al sótano contigo... Y tú tendrías el frío metido en los huesos. Y se te habría mojado el pantalón de la piyama. Tendrías las mejillas encendidas y la cara dormida.

—Parece peligroso —observó Georgie.

—No es peligroso. Es normal. Agradable.

—Mmm.

—Y yo no podría dejar de tocarte —dijo Neal—, porque nunca te he notado fría.

—Eres adicto al frío.

Neal bajó la voz hasta convertirla en un murmullo.

—Soy adicto a ti.

—No hables así —susurró Georgie.

—¿Cómo?

—Con esa voz.

—¿Qué voz? —murmuró él.

—Ya sabes qué voz. La voz que sugiere: *¿Te gustaría que te sedujera?*

—¿Pongo voz de la señora Robinson?

—Sí —respondió ella—. Eres un descarado.

—¿Y por qué no puedo seducirte, Georgie? Eres mi novia.

Ella tragó saliva.

—Sí, pero es que estoy acostada en mi cama de infancia.

—Georgie, nos hemos acostado juntos en esa cama. La semana pasada, sin ir más lejos.

—Sí, pero tú también estás en tu cama de infancia.

*Y eres prácticamente un niño.* Georgie no podía decirle guarradas a ese Neal. Sería como engañar a su Neal, ¿no?

—¿Ya no te acuerdas del verano pasado? —preguntó él.

Ella sonrió y desvió la mirada, aunque Neal no la veía.

—El verano del sexo telefónico fabuloso —dijo.

¿Cómo iba a olvidar el verano del sexo telefónico fabuloso?

—Exacto —asintió él—. El verano del encuentro cara a cara a larga distancia.

Georgie había olvidado el mote. Se echó a reír.

—No, no lo he olvidado.

—¿Pasa algo?

—No puedo mantener sexo telefónico espectacular contigo —llevo quince años sin mantener sexo telefónico—. Llevo puesta la lencería de mi madre.

Neal se rio. Sin reparos. En voz alta, algo que rara vez sucedía.

—Si lo dices para ponerme cachondo, lamento decirte, tesoro, que esa táctica no funciona.

—Es en serio, llevo puesta la lencería de mi madre —repitió Georgie—. Es una historia muy larga. No tenía nada más.

Georgie lo oyó sonreír incluso antes de que empezara a hablar.

—Por Dios, Georgie, pues quítatela.

*Neal.*

*Neal, Neal, Neal.*

—Te llamo mañana.

—No —pidió ella—. Quédate.

—Me estoy durmiendo —Neal sopló una risa. Sonó ahogada. Georgie imaginó su cara contra la almohada, el teléfono apoyado en la oreja; estaba imaginando un celular. No.

—Igualmente.

—Puede que ya esté dormido —murmuró él.

—Da igual. Es agradable. Yo también me dormiré. Tú deja el teléfono cerca, para que te oiga cuando despiertes.

—Y cuando llegue el recibo le explico a mi padre que mantuve una llamada de larga distancia durante diez horas porque, en su momento, me pareció romántico dormirme en el teléfono.

Ay, Dios. Una llamada de larga distancia. Georgie las había olvidado; ¿aún existían?

—Pero sería romántico —arguyó—. Como despertarse en la mente del otro.

—Te llamaré cuando despierte.

—No me llames —se alarmó ella—. Ya te llamaré yo.

Él resopló.

—Sonó mal —reconoció Georgie—. Pero es en serio: no me llames. Yo te llamaré.

—Está bien, llámame, tesoro. Llámame en cuanto te despiertes.

—Te quiero —dijo ella—. Me encantas así.

—¿Dormido?

—Abierto —respondió. Y luego—: ¿Neal?

—Llámame antes de vestirte.

Ella se rio.

—Te quiero.

—Yo también te quiero —mascullό él.

—Te extraño —dijo Georgie.

Neal no respondió.

A Georgie se le cerraban los ojos. El auricular le resbaló por la mejilla; lo recuperó y se lo llevó a la oreja.

—¿Neal?

—Mmm.

—Te extraño.

—Sólo serán unos días —murmuró él.

—Buenas noches, Neal.

—Buenas noches, cariño.

Georgie esperó a que él colgara. Devolvió el auricular al soporte y se arrastró por la cama para dejar el teléfono en la mesita de noche.

## LUNES,
## 23 DE DICIEMBRE DE 2013

# CAPÍTULO 19

La primera vez que Georgie despertó, acababa de despuntar el día y fue porque no llevaba calzones. Al principio se sobresaltó. Luego le hizo gracia. Y al final se tapó la cabeza con el edredón e intentó volver a dormirse. Porque tenía la sensación de haber estado soñando, de haber estado soñando algo agradable, y quizás podría recuperar el sueño si no acababa de abrir los ojos.

Se durmió pensando que no recordaba la última vez que se había sentido tan bien. Puede que "bien" significara lo mismo que "enamorada" y claro que estaba enamorada de Neal, siempre había estado enamorada de él, pero ¿cuándo habían platicado a lo largo de seis horas por última vez, así, sin más, sólo ellos dos? Quizás ésta fuera la última vez, pensó. Y volvió a dormirse.

La segunda vez que Georgie despertó fue porque alguien gritaba. Dos personas. Y aporreaban la puerta de su habitación.

—¡Georgie! ¡Voy a entrar!

¿Era la voz de Seth?

—¡Georgie, no va a entrar!

*Y la de Heather...*

Georgie abrió los ojos. La puerta se abrió y al instante volvió a cerrarse de un portazo.

—Carajo, Heather —gimió Seth—. Eso era mi dedo.

Georgie se sentó. Llevaba el breve top de su madre. Ropa, necesitaba ropa. Vio la camiseta de Neal en el suelo y, agarrándola con desesperación, se la puso.

—¡No voy a permitir que entres en la habitación de mi hermana como Pedro por su casa! —gritó Heather.

—¿Estás protegiendo su honor? Porque es un poco tarde para eso.

—No es tarde. Él sólo fue de visita a casa de su madre.

—¿Qué? —a Seth le faltaba el aliento. La puerta se abrió, y Seth vio a Georgie antes de que volviera a cerrarse—. ¡Georgie!

Se abrió nuevamente. Esta vez Seth y Heather cayeron en el interior de la habitación, prácticamente el uno encima del otro.

—Ay, Dios mío —exclamó Georgie—. Suelta a mi hermana.

Heather agarraba el cuello del suéter de Seth.

—Pues dile que me suelte —protestó él.

—¡Fuera! —vociferó Georgie—. ¡Esto parece una pesadilla!

Heather soltó a Seth y se levantó. Se quedó allí, cruzada de brazos. Miraba a Georgie con tanto recelo como a Seth.

—Tocó el timbre y entró como un vendaval.

Seth se estiró los puños del suéter con rabia al tiempo que fulminaba a Heather con la mirada.

—Sabía que te encontraría aquí.

—Una deducción brillante —replicó Georgie—. Mi coche está estacionado ahí afuera. ¿A qué viniste?

—¿A qué vine? —se olvidó de los puños por fin—. ¿Me estás tomando el pelo? O sea, ¿me estás tomando el pelo? ¿Qué haces tú aquí? ¿De qué se trata todo esto, Georgie?

Georgie se enjugó la cara con la camiseta de Neal y echó un vistazo al teléfono, que estaba junto al despertador. Las doce.

—Señor —gimió—. ¿De verdad ya es mediodía?

—Sí —dijo Seth—. Mediodía. Y no fuiste a trabajar y no contestas el teléfono y sigues llevando esa camiseta absurda.

—Se me estropeó la batería.

—¿Qué?

Se ajustó el edredón a la cintura.

—No contesto el teléfono porque no me funciona la batería.

—Ah, claro —exclamó él—, eso explica por qué estás en casa de tu madre durmiendo hasta esas horas.

Sonó el timbre. Heather miró a Georgie.

—¿Te encuentras bien?

Seth levantó las manos al cielo.

—¡Por el amor de Dios, Heather! Me parece que tu hermana, que es mi mejor amiga desde antes de que tú nacieras, estará a salvo conmigo.

Heather lo señaló con ademán amenazador.

—¡Ahorita está delicada!

El timbre volvió a sonar.

—Estoy bien —dijo Georgie—. Abre la puerta.

Heather salió al pasillo hecha una furia.

Seth se atusó el cabello y negó con un gesto de la cabeza.

—Okey, que no cunda el pánico, aún hay tiempo; y traje café. Todavía disponemos de unas doce horas de trabajo, ¿de acuerdo? Y otras tantas mañana, por lo menos. Y quizás cinco o seis el día de Navidad.

—Seth…

—¿Qué quiso decir con "delicada"?

—Mira, Seth, lo siento. Deja que me vista.

—Ya llevas puesta tu camiseta especial de Metallica —la acusó él—. Por lo que parece, ya estás vestida.

—Deja que me cambie, entonces. Y que me lave los dientes y acabe de despertarme. Lo siento. Ya sé que tenemos que escribir los guiones.

—Por Dios, Georgie —Seth se desplomó en la cama, de cara a ella—, ¿crees que me preocupan los guiones?

Ella dobló las piernas por debajo del edredón.

—Sí.

Seth enterró la cara entre las manos.

—Tienes razón. Me preocupan. Me preocupan muchísimo —alzó la vista con expresión desalentada—. Pero grabar por fin la serie de nuestros sueños no será tan satisfactorio si te mudas a casa de tu madre y empiezas a dormir dieciocho horas al día.

—Lo siento —repitió ella.

Él volvió a atusarse el cabello, ahora con ambas manos.

—Deja de repetir eso. Sólo… dime lo que te pasa.

Georgie echó una ojeada al teléfono amarillo.

—No puedo.

—Ya sé lo que te pasa.

—¿Sí?

*No, no podía saberlo.*

—Sé que es a causa de Neal. No estoy ciego.

—Nunca he pensado que estuvieras ciego —replicó Georgie—. Sólo que estás demasiado pendiente de ti mismo.

—Puedes contarme lo que te pasa.

—La verdad es que no —repuso ella.

—El universo no se va a desintegrar, Georgie.

—Alguna otra cosa podría hacerlo.

Seth suspiró.

—Es que… ¿te dejó?

—No.

—Pero no has podido hablar con él.

*No*, pensó ella, *desde el miércoles. Aunque… sí, toda la noche.*

—¿Por qué dices eso?

Seth puso los ojos en blanco, casi como si sintiera pena ajena.

—Te he visto llevarte la laptop cuando vas al baño, por si suena el celular.

—Tengo que dejarlo conectado —arguyó ella.

—Cómprate otro teléfono.

—Lo voy a hacer. No he tenido tiempo.

Seth unió sus adorables cejas castañas. Parecía un senador electo. O el actor que escogerías para interpretar a un senador electo. Como la estrella de una serie jurídica de la cadena USA.

—¿Por qué no le dices que yo tengo la culpa? Sacrifícame a mí.

—No funcionará —arguyó Georgie al tiempo que apretaba con fuerza el edredón por la zona de su regazo—. Decir que eres un tarado implicaría que yo me rodeo de tarados.

Seth puso los ojos en blanco.

—Digas lo que digas, me seguirá considerando un tarado.

Ella suspiró y miró al techo.

—Por Dios, Seth. ¿Ves por qué no podemos hablar de esto?

—¿Cómo? No estoy diciendo que él sea un tarado. Sólo digo que él piensa que yo lo soy.

—Neal no es un tarado.

—Ya lo sé —dijo Seth.

—Además, odio esa palabra.

—Lo sé.

Georgie tenía ganas de frotarse los ojos pero no quería soltar el edredón.

—O sea, se hace el tarado… —remató Seth.

—Seth.

—¿Qué? Es su pose, ¿no? Sabes que ésa es su pose. Es como un personaje de Samuel L. Jackson.

—No soporto a Samuel L. Jackson.

—Lo sé, pero te encanta ese rollo de: "¿Te pasa algo, idiota, eh? ¿Te pasa algo?". Te encanta.

—Cállate. Ni siquiera conoces a Neal.

—Lo conozco, Georgie. Llevo sentado a su lado toda mi puta vida. Lo conozco en plan fumador pasivo. Me siento como si ambos compartiéramos tu custodia.

—No —Gegorgie se apretó las sienes con la punta de los dedos—. Por esto obviamos el tema. Tú no tienes ninguna custodia.

—Una parte, sí. Los días laborables.

—No. Neal es mi marido. Él tiene la custodia plena.

—¿Y entonces por qué no está aquí intentando averiguar lo que te pasa?

—Porque… —gritó Georgie.

—¿Por qué?

—¡Porque la cagué!

Seth estaba enojado.

—¿Porque no fuiste a Omaha?

—Últimamente porque no he ido a Omaha. Porque nunca voy a Omaha.

—¡Vas una vez al año! Siempre me traes ese aderezo tan bueno de Mil Islas.

—Lo digo en un sentido metafórico. Siempre escojo la tele. Siempre escojo el trabajo. Siempre estoy dejando de ir a Omaha.

—A lo mejor deberías preguntarte a ti misma por qué no vas, Georgie.

—¡A lo mejor sí! —le gritó ella.

Seth se miró el regazo. Discutir no era propio de ellos; Seth y Georgie nunca se peleaban. O, más bien, siempre se estaban peleando: discutían, se insultaban y se burlaban el uno del otro. Pero nunca se peleaban por nada importante.

Seth era consciente de que las cosas no iban como la seda entre su marido y ella. Pues claro que era consciente. Hacía veinte años que se pasaba el día pegado a ella. Había presenciado cómo todo se iba al garete, o eso debía de parecer desde su perspectiva, pero jamás lo había mencionado.

Porque había reglas.

Y porque algunas cosas eran sagradas. No la vida de Georgie, sino el trabajo; el trabajo era sagrado. Seth y Georgie dejaban sus vidas al otro lado de la puerta cuando se ponían a trabajar. Y esa capacidad suya era hermosa en parte. Era liberadora.

Por muy mal que les fuera en la vida, Seth y Georgie siempre tenían su serie, aquélla en la que estuvieran trabajando a la sazón, y siempre se tendrían el uno al otro. De ahí que protegieran ese espacio.

Protegían el trabajo para que siempre siguiera ahí, como un oasis que les consumía los días.

Ay, Dios mío. No, por favor. Era así precisamente como Georgie lo había estropeado todo.

Siendo fantástica en algo. Siendo fenomenal con alguien. Retirándose a esa parte de su vida que le resultaba más fácil.

Se echó a llorar.

—Eh —le dijo Seth mientras tendía la mano para acariciarla.

—No —ordenó Georgie.

Él esperó a que el llanto amainara.

—¿Llegaste a escribir algo ayer por la noche?

—No.

—¿Y hoy vas a ir a trabajar?

—Yo… —Georgie negó con la cabeza—. No lo sé.

—Podemos trabajar aquí, si quieres. Nos vendrá bien un cambio de aires.

—¿Y Scotty?

Seth se encogió de hombros.

—Está trabajando en casa. Trabajó un episodio. No está… mal. No tiene nuestro estilo, pero no está mal. Algo es algo.

Trabajo. Georgie tenía que ponerse a trabajar. Se había quedado en casa por Navidad para poder terminar la serie. Si no trabajaba, la semana completa habría sido una pérdida de tiempo; Georgie habría sacrificado su matrimonio por nada. Cuando estaba a punto de decirle a Seth: *Okey, okey, iré a trabajar*, sonó el teléfono.

El fijo.

Seth y ella lo miraron. El aparato enmudeció.

—Vamos —la animó Seth—. Te traje café. No sé por dónde anda; se lo di a tu hermana para quitarla de en medio. Híjole, cómo te protege. ¿Has estado recibiendo amenazas de muerte?

Se oyeron unos pasos rápidos por el pasillo antes de que la puerta se abriera despacio. Heather asomó la cabeza y los hombros.

—Es para ti —le dijo, enojada, a su hermana—. Es Neal.

El corazón de Georgie latió desacompasadamente. (Genial. ¿Ahora tenía palpitaciones?) (Un momento. ¿Neal también podía llamar en el teléfono de la cocina? La situación estaba fuera de control)

—Gracias. ¿Puedes colgar cuando haya contestado?

—¿Quieres que le cuelgue a Neal?

—No —dijo Georgie—. Contestaré desde aquí.

—¿Se puede?

—¿Lo dices en serio?

Heather se enojó otra vez.

—Disculpa si ignoro cómo funciona tu anticuada tecnología del siglo veinte.

—Ve a la cocina, espera hasta que me oigas contestar y entonces cuelga.

—Contesta ahora —se empeñó Heather.

Georgie miró el teléfono, que no alcanzaba alargando la mano, y luego a Seth. Procuró no echar un vistazo a los shorts de la piyama que yacían en el suelo.

—Contestaré en seguida —dijo Georgie.

—Bien —Heather miró a Georgie de cerca, como si intentara adivinar qué tramaba—. Platicaré con Neal mientras espero.

—No hables con él, Heather.

Heather entornó los ojos hasta convertirlos en dos rendijas.

—Sólo lo saludaré, le preguntaré por las niñas…

Georgie le propinó un puntapié a Seth.

—Agarra el teléfono.

—¿Qué? ¿Quieres que hable yo con Neal?

—Nadie va a hablar con Neal. Toma el teléfono —le atizó otro puntapié— y me lo pasas. Y tú —señaló a Heather— eres una hermana horrible. Y una persona peor todavía.

Georgie le propinó un tercer puntapié a Seth. Él paró y levantó el auricular. Lo mantuvo en el aire unos segundos, sujetándolo con dos dedos como si fuera una bomba, y se lo pasó a Gegorgie.

Heather aguardó en el umbral.

—*Cuelga* —articuló Georgie en silencio—. *Ahora.*

Se llevó el auricular a la oreja y aguardó a oír el clic. Sonaban voces en casa de Neal; sus padres. Y oía su respiración.

Heather tocaba repetidamente el teléfono de la cocina.

—¿Hola? —dijo Georgie.

—Eh —respondió Neal.

Georgie sintió cómo su rostro se distendía; bajó la vista para que Seth no se diera cuenta.

—Eh. ¿Te importa que te llame yo?

Esperaba que fuera el Neal correcto. (No quería decir eso. Quería decir el Neal joven.)

—Ya sé que me pediste que no te llamara —se excusó él—, pero se estaba haciendo tarde y pensé... No sé qué pensé, que quería hablar contigo, supongo.

Sí, era el Neal correcto.

—Okey —repuso ella—, pero ¿te importa que te llame yo?

—Claro —accedió él—. Lo siento.

—No me pidas perdón. Te llamo enseguida.

—Buenos días, Georgie.

Ella miró el reloj.

—Allí son casi las dos, ¿verdad?

—Sí —asintió Neal—. Pero… allí no, ¿verdad? Te llamo ahora porque quería asegurarme de darte los buenos días.

—Ah —notó cómo se le ensanchaba la cara—. Buenos días.

—¡Ajá! —dijo Seth.

Georgie alzó la vista para mirarlo, sorprendida.

Él se apoyó contra el clóset, complacido consigo mismo.

—No llevas calzones.

—¿Ése es Seth? —preguntó Neal.

Georgie cerró los ojos.

—Sí.

Notó cómo Neal se ponía a la defensiva… y luego hacía esfuerzos por sobreponerse, como si la armadura de Iron Man hubiera vuelto a su lugar con un ligero zumbido. Lo oyó todo desde la otra punta del país y a quince años de distancia.

La voz de Neal se tornó helada.

—¿Acaba de decir que no llevas calzones?

—Se está haciendo el idiota.

—Claro. Bueno. Llámame, ¿va? Cuando termines de hablar con Seth. Es por eso, ¿no?

—Sí —reconoció Georgie—. Es por eso.

—Bien —él exhaló un soplido entrecortado—. Hablamos luego.

Y colgó.

Georgie le aventó el auricular a Seth, con fuerza, aunque no con la fuerza suficiente. El cordón detuvo el vuelo y el aparato cayó al suelo. Durante un segundo, Gegorgie tuvo miedo de que se hubiera roto. (A lo mejor bastaría con que conectara otro teléfono. Por lo que parecía, la góndola café de la cocina también era mágica.)

—No te basta con arruinar mi matrimonio en el presente —siseó—, ¿verdad? Tienes que arruinarlo en todas partes al mismo tiempo.

Seth enarcó las cejas; a juzgar por su expresión, cualquiera habría pensado que Georgie sí lo había golpeado con el teléfono. Parecía a punto de empezar a gritar: *¡Las reglas! ¿Ya no te acuerdas de las reglas?*

—Arruinar tu matrimonio… —dijo.

Georgie suspiró e hizo un gesto de negación.

—No debería haber dicho eso —siguió negando con la cabeza—. Discúlpame. Es que… ¿por qué tuviste que abrir la boca?

—¿Piensas que estoy arruinando tu matrimonio?

—No, Seth, no pienso que estés arruinando mi matrimonio. Sólo eres cómplice del delito.

—No soy cómplice del delito; soy tu mejor amigo.

—Ya lo sé.

—Siempre seré tu mejor amigo.

—Ya lo sé.

—Aunque esto…

—No —lo interrumpió ella.

Seth se recostó contra el clóset, propinándole un suave puntapié primero y luego apoyando el pie como si fuera un modelo de jeans anaranjados. (Llevaba jeans color naranja.) Se cruzó de brazos.

—¿Y qué quisiste decir con eso de "en todas partes al mismo tiempo"? —preguntó Seth.

—No quise decir nada. Sólo estoy cansada.

—Y asustada —apuntó Seth con voz queda.

Ella miró el edredón.

—Y asustada.

—Y hablarme de lo que te asusta es una idea catastrófica...

Ella apretó los labios y se los mordió al tiempo que asentía.

—Pues no hablemos de ello, Georgie. Pongámonos a escribir.

Georgie alzó la vista. Seth se estaba mostrando tan sincero como era capaz; sus rasgos expresaban tanta franqueza que apenas lo reconocía.

—Es la única ayuda que te puedo prestar.

Los ojos de ella se posaron en el teléfono.

—Tengo que llamar a Neal.

—Bien. Llama a Neal. Luego vístete. Iré a buscar un café y luego encontraré un sitio donde podamos trabajar. Y tú vendrás cuando estés lista... y no te mencionaré que duermes sin calzones, pero a partir de ahora siempre lo recordaré, Georgie, siempre... y nos marcaremos un guion alucinante. Dejaremos a Amy Sherman-Palladino a la altura del betún.

—Me encanta Amy Sherman-Palladino.

—Ya lo sé —dijo él, mirándola con expresión cómplice—. Soy tu mejor amigo.

—Lo sé.

—Te espero en la cocina.

—Seth...

—Y tú saldrás dentro de un minuto.

—Seth, ahorita no puedo. Tengo que llamar a Neal.

Él apoyó la cabeza en el clóset.

—Puedo esperar.

—No quiero que esperes.

—Georgie.

—Seth. Tengo que solucionar esto. En la medida que pueda.

—¿Y qué hago yo mientras tanto?

—Ve a trabajar —sugirió Georgie—. Escribe.

—¿Y tú vendrás a la oficina más tarde?

—Seguramente.

—Pero vendrás mañana sin falta.

—Sí.

Seth estampó la cabeza contra la puerta de conglomerado.

—Bien. Es que… Bien —abrió la puerta de una patada—. Cuatro días —gimió—. Tenemos cuatro días para conseguirlo.

—Ya lo sé.

—Perfecto… pero si por un imprevisto hoy no pudieras recoger los pedazos de tu matrimonio, nada te impide ir a trabajar.

—Deja de hablar de mi matrimonio. Para siempre.

Seth se detuvo en la puerta y le sonrió.

—De acuerdo, está bien, me vas a acompañar a la puerta, ¿no?

Georgie cruzó los brazos sobre el edredón.

—Será mejor que te eche Heather. Yo la animaré desde aquí.

—Pensaba que le caía bien a Heather —musitó él, y dejó que la puerta se cerrara sola cuando salió.

Georgie no aguardó a que Seth hubiera abandonado la casa, no esperó a que se le despejara la mente ni la vista; no se detuvo a meditar el hecho de que Neal la hubiera llamado, dos veces ya, lo que implicaba que el teléfono mágico funcionaba en ambos sentidos, lo que significaba… *A saber lo que significa. Es un teléfono mágico. No tiene por qué haber reglas.*

Marcó tan deprisa que se equivocó en un número y tuvo que volver a empezar.

Respondió el padre de Neal. Georgie sintió escalofríos, otra vez.

—Hola, Paul…, señor Grafton. Soy Georgie. ¿Está, mmm, está Neal?

—Puedes llamarme Paul —respondió el hombre.

—Paul —repitió Georgie, y le entraron ganas de echarse a llorar nuevamente.

—Por poco no nos encuentras —comentó él—. Aquí está Neal.

Un roce y luego:

—¿Sí?

—Hola —dijo Georgie.

—Hola —respondió Neal. Con frialdad, pero quizás no enojado. Con Neal nunca se sabía—. ¿Seth te dio tregua?

—Ya se fue.

—Ah.

—¿Te ibas? Tu padre dijo…

—Sí. Vamos a ver a la hermana de mi abuela. Está en una residencia.

—Es un gesto muy bonito de tu parte.

—La verdad es que no. Está en una residencia y pasará sola la Navidad. Es lo mínimo que podemos hacer.

—Ah —dijo Georgie.

—Perdón. Es que… odio las residencias. Mi tía abuela no tiene hijos, así que…

—Lo siento.

—Okey —resopló Neal—. Pensaba que estabas durmiendo.

—¿Cuándo?

—Cuando te llamé.

—Estaba durmiendo —respuso ella.

—Estabas con Seth.

—Entró a despertarme.

—Habías dicho que me llamarías cuando te despertaras.

—Iba a llamarte.

—En algún momento —añadió él.

—Neal, prometiste que nunca sentirías celos de Seth.

—No estoy celoso de Seth. Estoy enojado contigo.

—Ah.

—Tengo que irme —dijo él—. Te llamo cuando regrese.

*No me llames*, estuvo a punto de responder Georgie.

—Está bien, aquí estaré.

—De acuerdo.

No era plan decirle "te quiero" sólo para comprobar si él hacía lo propio.

—Aquí estaré —repitió.

—Okey.

Neal colgó.

# CAPÍTULO 20

Neal colgó.

Porque para él era muy fácil.

Durante un segundo, Georgie se dijo que ojalá lo supiera: quién era ella en realidad, desde qué época lo llamaba, todo. Neal no colgaría el teléfono con tanta tranquilidad si supiera que estaba hablando con el futuro. Uno no cuelga un teléfono mágico.

Georgie deambuló hasta la cocina, hambrienta.

Heather estaba plantada delante de la puerta de la calle, hablando con alguien. Georgie divisó el coche de la pizzería a través del ventanal y se preguntó si sería de mala educación interrumpirlos para tomar la pizza o si, sin la excusa de la entrega, su ligoteo se iría al garete.

Prendió la cafetera y rebuscó por el refrigerador sin encontrar nada.

Al cabo de unos minutos, Heather entró sonriendo en la cocina.

—¿Y la pizza? —preguntó Georgie—. Me muero de hambre.

—Ah, no pedí una pizza.

—Pero el repartidor estaba aquí.

Heather pasó junto a Georgie y se inclinó hacia el refrigerador.

—Se equivocó de pizza.

—Nadie se equivoca de pizza. Todas las pizzas son buenas, por definición.

—Se equivocó de dirección —rectificó Heather—. Seguro que se confundió porque pedimos pizza muy a menudo.

—Heather, es en serio, nadie se equivoca de pizza. Ese chico vino a platicar contigo.

Heather levantó la cabeza y abrió el cajón de las verduras.

—¿Cuánto tiempo llevas con esto? —preguntó Georgie.

—¿Llevo con qué?

—¿Cuánto hace que pides pizza por hobby y no como sustento?

—¿Cuánto hace que Seth te despierta en la cama?

Georgie cerró la puerta del refrigerador. Heather tuvo que apartarse a toda prisa.

—No te pases.

Su hermana la miró como si estuviera a punto de decir algo más, algo peor, pero apretó los labios y se cruzó de brazos.

Georgie decidió marcharse. Se detuvo a la entrada de la cocina.

—Voy a bañarme. Si llama Neal, avísame.

Heather la ignoró.

—Por favor —pidió Georgie.

—Okey —consintió su hermana sin molestarse en girar la cabeza.

Georgie echó un vistazo al teléfono amarillo antes de meterse en la regadera, sólo para asegurarse de que había línea y de que el timbre estuviera conectado. (¿Pensando quizás que alguien se había colado en la habitación para desconectarlo?)

En cierta ocasión, cuando iba en bachillerato, estaba tan preocupada de que no fuera a oír la llamada de un chico que decidió llevarse el teléfono al baño cada vez que tuviera que ir. (Él no llegó a llamar.) (El plantón no desanimó a Georgie ni una pizca.)

Permaneció bajo la regadera hasta que el agua empezó a salir fría. Luego le robó a su madre unos pants y una sudadera con un pug estampado y se dirigió al cuarto de lavado.

Cuando Georgie era pequeña, la lavadora y la secadora estaban afuera, contra el garaje, bajo un techo de plástico. Pero Kendrick le había construido a su madre un cuarto de lavado en la parte trasera de la casa, con suelo de mosaico y una mesa para separar las prendas. Georgie alcanzaría a oír el teléfono desde allí, si sonaba.

Abrió la lavadora y metió los jeans, la camiseta y el brassier.

Era un brassier muy deprimente.

En sus tiempos, había sido de color rosa, en algún momento entre Alice y Noomi, pero ahora era de un beige grisáceo, y una de las varillas inferiores asomaba por un agujero entre los pechos de Georgie. A veces la varilla escapaba casi por completo y asomaba por el escote de la camisa; otra, se doblaba en sentido contrario y se le clavaba. Cualquiera habría pensado que tanta incomodidad induciría a Georgie a comprarse brassieres nuevos, pero ella se limitaba a devolver la varilla a su lugar cuando nadie la veía y olvidaba el problema hasta la siguiente vez que lo llevaba.

A Georgie le daba rabia comprar cualquier cosa, pero los bras se llevaban la palma. No podías hacerlo por internet ni tampoco encargar a nadie que lo hiciera por ti.

Comprar brassieres siempre había sido un horror, incluso cuando sus pechos eran jóvenes y preciosos. (Si Georgie averiguara cómo llamarse a sí misma al pasado, le diría a su antiguo yo la suerte que tenía de ser tan joven y encantadora.) (*Te habla el fantasma del futuro comprabrassieres. Nadie es totalmente simétrico. Pasa de todo.*)

Cerró la tapa de carga, seleccionó un programa SUAVE y se sentó en el suelo, de espaldas a la secadora. El calorcito y el zumbido la reconfortaron, y se sintió como uno de aquellos monos Rhesus que preferían la madre de trapo.

¿Cómo era posible que todo se hubiera torcido de repente?

Todo parecía ir tan bien cuando Georgie se había dormido la noche anterior... Mejor que bien. Puede que mejor que nunca...

Qué raro. Cuando hablaba con el Neal del pasado, se llevaban mejor de lo que se habían llevado nunca, en su pasado o en su presente común. Quizás fueran estas versiones de sí mismos las que debían estar juntas; una Georgie más madura y un Neal menos insatisfecho. Lástima que aquello no pudiera durar.

¿Cuánto tiempo duraría?

Estaban a 23 de diciembre.

Georgie sabía lo que sucedería en 1998. Neal se presentaría en su casa el día de Navidad. Eso significaba que el Neal del teléfono fijo tendría que abandonar Omaha al día siguiente para pedirle que se casara con él.

¿Sucedería igualmente? ¿Se le declararía Neal? ¿O Georgie lo había estropeado todo hacía una hora, de un plumazo llamado Seth?

Puede que lo hubiera estropeado todo la primera vez que llamó al pasado.

Ayer, Georgie había estado considerando si, en teoría, debía convencer a Neal de que dejara de amarla; si tal vez ése fuera el objetivo de toda la magia, rescatarlo de sus redes. Pero ¿y si fuera al revés? ¿Y si lo hubiera disuadido por el mero hecho de abrir la boca?

El pensamiento de Georgie se había tornado cálido y circular cuando Heather entró en el cuarto de lavado por la puerta de atrás. Dio un trago al envase de sopa Campbell especial para microondas que llevaba en la mano. De pollo y estrellitas.

—¿Comes alguna vez? —preguntó Heather—. ¿O acaso Neal te sirve la comida cada mañana?

—A veces pido comida a domicilio —aclaró Georgie.

—¿Y qué les das de comer a las niñas?

—Neal se encarga de eso.

—¿Y si Neal no está en casa?

—Yogur.

Heather le tendió a Georgie la sopa, una ofrenda de paz, y luego se sentó a su lado, contra la secadora.

—Gracias —dijo Georgie.

Heather todavía la miraba con recelo. Inspiró hondo y lanzó un suspiro entre dientes.

—Sé que está pasando algo, así que más vale que me lo digas. ¿Te acuestas con Seth?

Georgie tomó un sorbo de sopa. Se quemó la lengua.

—No.

—¿Tienes un novio cuya voz se parece a la de tu marido, pero que no es tu marido, y que también se llama Neal?

—No.

—¿Está pasando algo verdaderamente raro?

Georgie giró la cabeza hacia Heather y la apoyó contra la máquina.

—Sí.

Heather la imitó, recostando la cabeza contra la secadora.

—Ni siquiera recuerdo haberte visto nunca sola, sin Neal —dijo.

Georgie asintió despacio y tomó otro sorbo de sopa, ahora con más cuidado.

—Viniste a nuestra boda. ¿Te acuerdas?

En teoría, Heather iba a ser la niña encargada de arrojar pétalos de flor por el pasillo nupcial, pero ninguno de los amigos de Georgie pudo permitirse el viaje a Nebraska. De ahí que Heather acabara siendo la única dama de honor; además de Seth, que dio por supuesto que estaría junto a Georgie durante la ceremonia.

Georgie ni siquiera estaba segura de que debiera invitar a Seth (porque la ceremonia se celebraba en Omaha y por Neal), pero Seth empezó a referirse a sí mismo como "el padrino de Georgie" y ella no supo negarse.

Acudió a la boda ataviado con un traje de tres piezas marrón y una corbata verde pálido. Heather llevaba un vestido de chantú color lavanda y una chaqueta verde. Avanzó por el pasillo del brazo de Seth.

Y éste insistió en que Heather acudiera a la despedida de soltera de Georgie, una cena para el cortejo nupcial que celebraron en un restaurante italiano de cien años de antigüedad, cerca de casa de Neal. Comieron espagueti con una dulcísima salsa de tomate y Seth habló hasta por los codos de la telecomedia en la que trabajaba, la misma en la que había conseguido hacerle un hueco a Georgie. Ella bebió demasiado Paisano y Heather se quedó dormida con la cabeza apoyada en la mesa.

—*Menos mal que yo soy el conductor designado* —dijo Seth.

Georgie tenía una foto tomada al día siguiente, durante la boda, en la que Seth aparecía firmando el certificado matrimonial de Georgie en calidad de testigo. Heather estaba a su lado, de puntitas, curioseando. Seth con el chaleco marrón. Georgie con su vestido blanco. Neal resplandeciente.

Georgie tomó otro trago de sopa.

—Estabas preciosa —le dijo a Heather—. Creo que pensabas que eras tú la que se casaba. Neal te sacó a bailar y te pasaste todo el baile roja como un tomate.

—Me acuerdo —asintió su hermana—. O sea, vi las fotos. Entonces tenía la edad de Noomi.

Georgie y Neal no celebraron una ceremonia tradicional; ni tampoco una recepción común. Se casaron en el jardín trasero de Neal. Los lilos estaban en flor y Georgie llevaba un puñado de ramitas que la madre de su marido había arreglado en forma de ramo.

Todo se hizo lo más barato posible. Neal y ella acababan de graduarse, y Georgie no empezó a trabajar en la telecomedia hasta su regreso de la luna de miel. (Cinco días en Nebraska, en la cabaña que alguien les prestó junto a un río lodoso.) (Sus cinco mejores días.)

Intentaron pagar la boda de su bolsillo. La madre de Georgie y Kendrick ya habían hecho un gran esfuerzo con los boletos de avión y ella no quería pedirles ayuda a los padres de Neal.

Fue Georgie la que propuso que se casaran en Omaha. Sabía que a Neal le haría ilusión. Su ruptura, su conato de ruptura, seguía fresca en la memoria de ella, y Georgie quería que Neal recordara aquel día como un acontecimiento feliz; en todos los aspectos. Quería que fuera feliz ese día, que se sintiera absolutamente en su elemento.

Al final, la familia de Neal los ayudó con los gastos. Sus padres compraron el pastel y sus tías prepararon trufas de menta, que no pueden faltar en las bodas de Nebraska, y canapés. El pastor que había bautizado y confirmado a Neal acudió para oficiar la ceremonia. Y después de la boda, el padre de Neal sacó el equipo al patio e hizo de disc jockey.

La única canción que Georgie pidió sin falta fue *Leather and lace,* de Fleetwood Mac.

Todo empezó como una broma.

En una de sus primeras citas, *Leather and Lace* sonó en un restaurante, y Georgie, muriéndose de risa, le dijo a Neal que aquella era "nuestra canción". Ambos intentaron, sin conseguirlo, encontrar otra todavía más ridícula. (Neal propuso *Gypsies, Tramps & Thieves*; Georgie votó por el tema *Taxi.*)

Tras eso, *Leather and lace* empezó a sonar en la radio en todos los momentos significativos de su relación…

Una vez, mientras Neal la besaba en el coche, junto al domicilio de la madre de Georgie.

Otra vez, durante un viaje por carretera a San Francisco.

Y también en cierta ocasión en que Georgie creía estar embarazada y hacían cola para entrar en la farmacia Walgreens a comprar una prueba de embarazo. (Neal con la mano en su cintura. Georgie sosteniendo la caja como si fuera un paquete de chicles. Stevie Nicks cantando suavemente sobre vivir tu propia vida y ser más fuerte de lo que crees. En algún momento, *Leather and lace* se convirtió en su canción. En serio.

Cuando empezó a sonar el día de su boda, en el patio de los padres de Neal, a Georgie la embargó la emoción.

¿Fue entonces cuando comprendió que de verdad acababa de casarse?

¿O sólo cuando fue consciente de que había encontrado a un chico capaz de bailar con ella, con absoluta sinceridad, frente a frente, *Leather and Lace*? (*Quédate conmigo, quédate.*)

Después de *Leather and Lace*, Neal bailó *Moon river* con su madre. (La versión de Andy Williams.) Y luego Georgie bailó con Seth, y Neal con Heather, *Both sides now*. (La versión de Judy Collins.)

Pocas horas después, cuando todos los demás ya habían entrado en casa (Seth se puso rumbo al aeropuerto en cuanto cortaron el pastel), Neal y Georgie se quedaron en el patio, bailando lentos al compás de cualquier tema que sonara en la emisora de antiguos éxitos.

En realidad, nunca habían bailado anteriormente. Ni lo hicieron después. Y, a decir verdad, ni siquiera podría decirse que bailaran entonces... Neal agarraba a Georgie con una mano en la espalda, la otra en el cuello, ella se apoyaba en él con ambas manos en su pecho, y se mecían de lado a lado.

No estaban bailando. Sólo era un modo de prolongar la boda. Un modo de saborear el instante, de paladear la sensación mentalmente, una y otra vez. *Ya estamos casados. Estamos casados.*

Cuando tienes veintitrés años, no lo sabes.

No sabes lo que significa en realidad colarte en la vida de otra persona y quedarte allí. No te imaginas de cuántas maneras distintas se van a enzarzar sus existencias, hasta qué punto se va a adherir la mutua piel. La desolación que te provocará la mera posibilidad de una separación dentro de cinco años, de diez..., de quince. Ahora, cuando Georgie pensaba en el divorcio, se imaginaba tendida junto a Neal en sendas mesas de operaciones, con un equipo de cirujanos tratando de desenredar sus dos sistemas vasculares.

A los veintitrés, no lo sabía.

Aquel día, en el patio, pensaba que estaba protagonizando el día más importante de su vida hasta el momento, no el más trascendente a partir de entonces. No el día que lo cambiaría todo. Que iba a transformarla, a nivel celular. Como un virus que reprograma tu ADN.

Aquel día, aquella noche, en el patio…

Georgie fingía bailar. Se agarraba a la camisa de Neal. Frotaban las narices entre sí.

—*Eres mi esposa* —dijo Neal, y se rio, y ella intentó agarrarle los hoyuelos con los dientes. (A lo mejor, si lo conseguía, se quedarían ahí.)

—*Tuya* —dijo ella.

Puede que Georgie lo hubiera atisbado en aquel instante, aquel infinito que se desplegaba desde el punto en el que se mecían juntos. Que todo cuanto ella fuera a partir de entonces estaría indefectiblemente ligado a aquel día, a aquella decisión.

Neal llevaba un traje azul marino, y había esperado hasta el día anterior a la boda para ir a la peluquería. De ahí que llevara el cabello cortísimo.

—*Tuya* —repitió ella.

Neal le apretó la nuca.

—*Mía*.

La secadora se detuvo.

—Yo nunca me he enamorado —confesó Heather—. No creo que sea apta.

Georgie soltó el envase y se llevó las gafas a la frente para frotarse los ojos.

—¿Y cómo lo sabes?

Heather se encogió de hombros.

—Bueno, aún no me ha sucedido.

—A lo mejor tienes que pedir más pizzas.

—Hablo en serio, Georgie.

—De acuerdo. En serio, Heather, sólo tienes dieciocho años. Tienes tiempo de sobra para enamorarte.

—Mamá dice que, a mi edad, ya se había enamorado tres veces.

—Bueno —Georgie frunció el ceño—, ella tiene una capacidad fuera de lo común. Su sistema inmunológico no funciona en lo relativo al amor.

Heather jugueteó con el cordón de su sudadera.

—Ni siquiera he salido con nadie.

—¿Lo has intentado? —le preguntó Georgie.

Su hermana arrugó la nariz.

—No quiero intentarlo.

—Sucederá cuando vayas a la universidad.

—Tú salías con chicos cuando ibas en prepa —insistió Heather—. ¿Llegaste a enamorarte antes de conocer a Neal?

—¿A qué vienen tantas preguntas?

—Es que necesito hablar con alguien —confesó Heather— y mamá es una pervertida.

—¿Y no puedes hablar con tus amigas?

—Mis amigas están tan perdidas como yo. ¿Llegaste a enamorarte antes de conocer a Neal?

Georgie lo meditó. Durante el bachillerato, hubo un chico al que consideró algo más que un blanco móvil; durante unas cuantas semanas. Luego se le pasó. Y después vinieron los años en los que compartía sofá con Seth.

—Puede —contestó Georgie—. Es posible que estuviera a punto de enamorarme, en términos acumulativos, si sumamos dos o tres relaciones.

—Pero no como te enamoraste de Neal.

—No como me enamoré de Neal.

—¿Cómo supiste que era el hombre de tu vida?

—No lo sabía. No creo que ninguno de los dos lo supiera.

Heather puso los ojos en blanco.

—Neal lo sabía; te pidió que te casaras con él.

—No sucede así —explicó Georgie—. Ya lo verás. Más bien conoces a alguien, te enamoras y esperas que sea el hombre de tu vida; y entonces, en algún momento, te la tienes que jugar. Sencillamente, asumes un compromiso y esperas haber acertado.

—Nadie describe así el amor —Heather frunció el ceño—. Puede que lo estés haciendo mal.

—Es obvio que lo estoy haciendo mal —convino Georgie—, pero de todas formas pienso que funciona así para casi todo el mundo.

—Entonces piensas que casi todo el mundo se lo juega todo, su vida entera, con la esperanza, únicamente con la esperanza, de que lo que sienten sea real.

—Que sea real o no… es irrelevante —aclaró Georgie, que se giró para mirar a Heather a los ojos—. Es como si dos personas se fueran pasando una pelota, confiando en ser capaces de evitar que caiga al suelo. No tiene nada que ver con lo mucho que se amen. Si no se amaran, no estarían jugando esa estúpida partida. Se quieren y albergan la esperanza de poder seguir jugando.

—¿Y la pelota es una metáfora de...?

—No estoy segura —reconoció Georgie—. La relación. El matrimonio.

—Me estás deprimiendo —le espetó Heather.

—Quizás no deberías hablar del matrimonio con una mujer cuyo marido acaba de abandonarla.

—No te abandonó —señaló su hermana—. Fue a visitar a su madre.

Georgie miró el envase vacío que tenía en el regazo.

—Estoy esperando que me digas que vale la pena... —dijo Heather.

La hermana mayor tragó saliva.

—Decir eso es una tontería.

Guardaron silencio durante un minuto, hasta que uno de los pugs —la perrita embarazada— bajó corriendo las escaleras del cuarto de lavado. Ver correr a un pug escaleras abajo equivale a verlo darse un trancazo. Georgie hizo una mueca y apartó la vista. La perrita corrió hacia ella, se detuvo y empezó a ladrarle con agresividad.

—Tú también me caes mal—dijo devolviendo la vista al animal.

—Es por la sudadera —explicó Heather—. Odia esa sudadera.

Georgie miró con desprecio a la perrita, que parecía hipnotizada por su sudadera prestada.

—Son muy territoriales —siguió diciendo Heather—. Ven, quítate de ahí..., déjala meterse en la secadora.

—Puede que me caiga mal —objetó Georgie—, pero no quiero asarla.

—Le gusta —explicó su hermana al tiempo que empujaba a Georgie para poder abrir la puerta de la secadora—. Aquí adentro se está calentito.

Metió a la perrita en el tambor, encima de la ropa.

—¿Y si hace demasiado calor ahí adentro?

—Saldrá.

—Me parece muy peligroso —protestó Georgie—. ¿Y si no sabes que está adentro y prendes la secadora?

—Siempre miramos.

—Yo no habría mirado.

—Bueno, pues ahora lo harás. ¿Lo ves? Le gusta.

Georgie observó cómo la perrita se acomodaba sobre un montón de ropa oscura. Se alegró de que sus prendas siguieran en la lavadora. Frunció el ceño y se volvió a mirar a Heather.

—Recuérdame que nunca te vuelva a pedir que cuides a las niñas.

El bra de Georgie se hizo trizas. Su madre tenía una Speed Queen con un aspa anticuada, y la varilla suelta se había enrollado en las aspas y se había enganchado con algo del tambor. Georgie lo arrancó.

No hacía ni noventa minutos que Neal le había colgado. Puede que ni siquiera hubiera llegado aún a la residencia de su tía, que estaba en Iowa. Georgie no podía quedarse esperando todo el día. Consideró la idea de ir a trabajar… Uf, no; se sentía incapaz de aguantar a Seth en estos momentos.

Sostuvo el brassier en alto, tratando de decidir si podía llevarlo con una sola varilla. Por fin, lo metió en la secadora junto con el resto de sus prendas (sacando primero al pug) y entró corriendo en la casa.

Heather estaba sentada en el sofá, golpeteando el celular.

—¿Te late ir al centro comercial? —le preguntó Georgie.

—¿El día antes de Nochebuena? Claro, es una idea genial.

—Okey. Vamos.

Heather ya la estaba mirando con los ojos entornados. Los cerró casi por completo.

—¿No te vas a poner bra?

—Voy al centro comercial a comprarme uno.

—¿Y por qué no pasas a la casa por algo de ropa?

Georgie imaginó su casa. Oscura y remota, prácticamente como Neal la había dejado.

—Tengo que volver antes de que llame Neal.

—Pues llévate el teléfono.

—Llamará al fijo. ¿Vienes?

—No —dijo Heather—. Me quedo. Así habrá alguien aquí para contestar el teléfono cuando Neal llame —trazó unas comillas imaginarias en torno al nombre.

Se miraron enojadas.

—Acompáñame —suplicó Heather—. Te compraré algo.

—¿Qué?

—A lo mejor tengo que pasar por la tienda Apple.

Heather se levantó de un salto, pero se detuvo en el acto.

—No creas que me vas a sobornar; no pienso guardar tus secretitos sucios.

—No tengo ningún secretito sucio.

El celular de Georgie seguía conectado al encendedor del coche y despertó en cuanto arrancó el motor. Tenía siete llamadas perdidas y cuatro mensajes de voz de Seth, además de dos llamadas perdidas y un mensaje de voz de Neal.

Georgie detuvo el auto entre la casa y la calle para oír el mensaje. Contuvo el aliento, ansiosa por oír su voz. Por oír la voz del Neal actual.

—¿Mamá? —era Alice—. La abuela quiere saber si nos dejas ver *La guerra de las galaxias*, episodio cinco. Le dije que sí, pero ella dice que es muy violenta. Y papá fue al cementerio a visitar al abuelo, y no se llevó el celular, así que no le podemos pedir permiso a él. Le dije a la abuela que no se preocupe: cerraremos los ojos cuando Luke le corte la cabeza a Darth Vader, pero no lo cree. Llámanos, ¿sí? Te quiero —Alice besó el teléfono—. Adiós.

Georgie dejó el celular en el tablero y acabó de sacar el coche.

—¿Te pasa algo? —preguntó Heather.

—No —repuso Georgie. Se quitó las gafas y se enjugó una lágrima con el dorso de la mano.

—Porque acabamos de salir de casa y ya conduces como una loca.

—No me pasa nada —dijo Georgie.

# CAPÍTULO 21

No encontraban estacionamiento en el centro comercial. Dieron vueltas y más vueltas antes de localizar un lugar. Georgie abrió la guantera para sacar la licencia de manejo y la tarjeta de crédito.

—¿No llevas bolso? —le preguntó Heather.

—Casi nunca lo necesito.

—Pensaba que las mamás llevaban bolsos enormes con botiquines de mano y paquetes de cereales con miel.

Georgie la fulminó con la mirada.

—Eres una especie de indigente —la acusó su hermana—, ¿verdad? Si Neal no vuelve, acabarás rapiñando agua y comida.

Georgie se guardó el celular y las tarjetas en el bolsillo.

—Nada de perder el tiempo —advirtió a Heather—. Olvídate de ir al Orange Julius a tirarles la onda a los tipos guapos.

—No tengo doce años, Georgie.

—Entramos y salimos. Compramos el brassier, compramos una batería nueva para mi celular y nos largamos.

—¿Me vas a comprar un celular nuevo? Porque casi prefiero un iPad.

—¿Quién dijo que te voy a comprar un celular?

—Se sobreentiende. Además, mamá dice que eres muy generosa.

—Tú date prisa. Quiero estar en casa cuando llame Neal.

En el centro comercial sonaba *Jingle bell rock*; y también en la tienda, y en el probador de la sección de ropa íntima.

Ya había un montón de brassieres en el suelo y Georgie seguía probándose otros más, sin mirarse al espejo. Estaba tan distraída que ni se acordaba de comprobar cómo le quedaban.

*Llévate uno cualquiera, Georgie. O cómpratelos todos. Da igual. Sólo estás matando el tiempo.*

Por Dios, qué mal momento para matar el tiempo. Su futuro estaba en juego y, ahorita, no podía hacer nada más que distraerse. Al menos, hasta que Neal llamara.

Porque iba a llamar, ¿verdad?

¿Y si no lo hacía? ¿Y si estaba demasiado enojado? ¿Y si seguía enojado mañana por la mañana?

Tenía que hablar con Neal para hacer las paces. Tenía que asegurarse de que mañana, en 1998, se subiera al coche para plantarse en casa de Georgie el día de Navidad.

*Pero ¿y si no lo hacía?*

¿De verdad pensaba Georgie que los últimos quince años se iban a esfumar por arte de magia? ¿Tan convencida estaba de la realidad de esta extraña situación que pensaba que su matrimonio se iba a desvanecer poco a poco igual que Marty McFly en mitad de la canción *Earth angel*?

Si Neal no le pedía matrimonio en 1998…

La Georgie de veintidós años jamás sabría de lo que se había perdido. Aquella chica pensaba que todo había terminado, que ya nunca lo recuperaría.

Aquella semana, cuando Neal se marchó a Omaha, Georgie se hundió.

Pasó los siete días sumida en un estado de irrealidad. Tendida en la cama, forzándose a sí misma a no llamarlo. ¿Por qué iba a llamarlo? ¿Qué iba a decirle? ¿Discúlpame? Georgie no lo lamentaba. No lamentaba saber lo que quería en la vida. No lamentaba estar haciendo lo posible por conseguirlo.

Y Neal tampoco había tratado de seducirla con un plan alternativo: *Georgie, quiero criar ovejas en Montana.* (¿Es allí donde crían las ovejas?) *Te necesito. Ven conmigo.*

No, Neal sólo decía: *Detesto vivir aquí. Detesto este plan. Detesto todo lo que a ti te gusta.*

Neal no le ofrecía nada más que negativas.

Y luego, ni siquiera negativas. Se había marchado sin ella; había pasado por casa de Georgie para cortar.

Georgie estaba convencida de que habían roto.

Durante los primeros días de ausencia de Neal, sintió un vacío físico entre las costillas, una lágrima al fondo de los pulmones. Georgie despertaba presa del pánico, convencida de que le faltaba el aire, o de que había perdido la capacidad de mantenerlo en su interior.

Y entonces el aliento la golpeaba como una pelota de beisbol en el corazón.

El aire estaba ahí, sólo tenía que prestarle atención. *Adentro, afuera. Adentro afuera.* Se preguntó si tendría que pasar el resto de su vida recordándose a sí misma que debía respirar. Puede que a partir de entonces aquellas dos palabras se convirtieran en su monólogo interno. *Adentro, afuera. Adentro, afuera.*

Neal no llamó para disculparse.

¿Y por qué iba a hacerlo?, se preguntaba Georgie. ¿Por qué iba a disculparse? ¿Por querer algo distinto? ¿Por haberse percatado de cuáles eran sus límites?

Mejor para él, si tanto se conocía a sí mismo.

Mejor para él, si se había dado cuenta.

Neal la quería. Georgie lo sabía. No podía despegar las manos de ella; no podía despegar la tinta de ella. Siempre estaba dibujando en su piel, en su barriga o en su muslo o en su hombro. Dejaba una caja de marcadores Prismacolor junto a la cama y cuando Georgie se bañaba el agua corría por el plato del color del arcoíris.

Sabía que Neal la quería.

Mejor para él, si había comprendido que eso no bastaba para hacerlo feliz. Era muy maduro de su parte. Seguramente les estaba ahorrando a ambos mucho sufrimiento.

*Dios mío, Dios mío, Dios mío.*

*Adentro, afuera. Adentro, afuera. Adentro, afuera.*

*Quédate conmigo, quédate.*

Aquella mañana de Navidad, el estado emocional de Georgie no había variado ni un ápice. No se sentía mejor ni más fuerte.

Estaba segura de que, a partir de entonces, la pérdida de Neal empañaría todas las Navidades. Georgie no podría volver a oír *Jingle bells* sin tener la sensación, ese horrible peso en el estómago, de que Neal volvía a alejarse de ella.

Seth la llamaba constantemente para preguntarle cómo estaba, pero Georgie no quería hablar con él. No quería oírle decir que estaba mucho mejor sin Neal.

Georgie no estaba mejor. Y aunque Neal tuviera razón, aunque lo suyo no pudiera funcionar, aunque fueran nefastos el uno para el otro, no estaba mejor sin él. (Aunque tengas el corazón roto y sufras un infarto, no quieres que te lo quiten.)

La mañana de Navidad, la madre de Georgie le pidió que saliera para ver cómo Heather abría los regalos. Su hermana tenía tres años en aquel entonces, lo suficientemente mayor como para entender que todo lo que se amontonaba debajo del árbol era para ella. Georgie se sentó en el sofá enfundada en un pantalón de piyama de franela y una raída camiseta, y comió hot cakes con los dedos.

Kendrick estaba allí. En aquella época, no hacía mucho tiempo que rondaba por la casa. A Georgie le dio un certificado de regalo para el cine adornado con un lazo. A Heather le trajo un Teletubby parlante que la volvía loca.

Se esforzaba tanto en hacerle plática a Georgie (Kendrick, no el Teletubby) que ella no tuvo corazón para ignorarlo (aunque, como no tenía corazón en absoluto, la conversación no acababa de fluir). Cuando sonó el timbre, Kendrick acudió a la puerta a toda prisa, seguramente para alejarse de Georgie.

—Es tu amigo Neal —dijo cuando regresó a la sala.

—Querrás decir Seth —lo corrigió ella.

Kendrick se rascó la barba; llevaba una ridícula barbita.

—Neal es el bajito, ¿no?

Georgie dejó el plato sobre la mesa de centro y se levantó del sofá.

—¿Por qué no lo invitaste a entrar? —le preguntó su madre a Kendrick.

—Dice que prefiere esperar afuera.

Georgie no creía que fuera Neal. No podía creer que fuera él. En primer lugar, porque Neal estaba en Omaha; por nada del mundo se habría perdido la Navidad en casa de su madre. Y en segundo lugar, porque habían cortado. Y en tercer lugar, porque ¿y si Georgie creía que Neal acababa de llamar a su puerta y luego resultaba que no? Era muy probable. Y eso acabaría de hundirla.

La puerta de la calle seguía abierta cuando Georgie llegó.

Neal estaba al otro lado del mosquitero, mordiéndose el labio y mirando hacia la calle, como si esperara verla llegar por allí.

Neal.

*Neal, Neal, Neal.*

La mano de Georgie temblaba cuando empujó el mosquitero.

Neal se volvió a mirarla y sus ojos se abrieron de par en par. Casi como si no se atreviera a creer que la tenía delante.

Retrocedió un paso para que Georgie pudiera salir al porche. Le entraron ganas de agarrarlo con fuerza. (Y seguramente habría podido hacerlo sin que él protestara; era poco probable que Neal se hubiera plantado en su puerta la mañana de Navidad para mandarla a volar, ¿verdad? Era imposible que hubiera vuelto sólo para decirle que se marchaba otra vez.)

Neal tenía los ojos turbios, el semblante tenso. Aún parecía embargado por el dolor.

—Georgie —dijo.

Georgie se echó a llorar al instante. De cero a once.

—Neal.

Él negó con la cabeza y ella corrió a abrazarlo. Aunque hubiera ido hasta allí sólo para confirmarle que todo había terminado, Georgie, por lo menos, le arrancaría un último abrazo.

Neal la estrechó entre sus brazos y la apretó con tanta fuerza que se mecieron sobre sí mismos.

—Georgie —dijo Neal, e intentó despegarse.

Ella no se lo permitió.

—Georgie —repitió él—. Espera.

—No.

—Sí. Espera. Tengo que decirte una cosa.

Georgie se aferraba a él. Neal tuvo que obligarla a soltarlo. Luego retrocedió un paso.

En cuanto se hubo retirado, apoyó una rodilla en el suelo. Georgie creyó que se iba a disculpar, que se estaba postrando a sus pies.

—No —le dijo—. No tienes que hacerlo.

—Shhh. Déjame hacer esto.

—Neal…

—Georgie, por favor.

Ella se cruzó de brazos y lo miró con expresión dolida. No quería que se disculpara. Ese gesto los arrastraría otra vez al centro de aquella patética situación.

—Georgie —empezó él—. Te quiero. Te quiero más de lo que detesto todo lo demás. Nosotros conseguiremos que sea suficiente. ¿Te quieres casar conmigo?

Georgie se quedó paralizada cuando se iba a abrochar el brassier y se giró para mirarse en el espejo del probador.

*Oh…*

# CAPÍTULO 22

Navidad.

Con una rodilla apoyada en el suelo.

Mirándola a los ojos.

—*Nosotros lograremos que sea suficiente* —dijo.

La noche anterior, cuando hablaron por teléfono, Georgie le había preguntado a Neal si el amor bastaba.

Y hacía quince años, él había respondido.

¿Era… podía ser una mera coincidencia?

O significaba eso que…

*Que ya había sucedido.*

Que esto (todo, las llamadas, las peleas, las conversaciones de cuatro horas de duración) ya había sucedido. Para Neal. Hacía quince años.

¿Y si Georgie no estaba perturbando el espacio-tiempo con aquellas llamadas? ¿Y si esto era el espacio-tiempo? ¿Y si siempre lo había sido?

—*Nosotros lograremos que sea suficiente* —le dijo Neal aquel día a la puerta de su casa.

Georgie recordaba el tono de su voz, recordaba que le pareció un gesto bonito; pero en aquel entonces sólo podía prestar atención al anillo que él le ofrecía.

¿Acaso Neal estaba aludiendo a la conversación que, desde la perspectiva de él, habían mantenido?

—*¿Y si no basta con eso?* —le había preguntado Georgie la noche anterior.

—*Nosotros lograremos que sea suficiente* —le prometió Neal en 1998. *¿Te quieres casar conmigo?*

# CAPÍTULO 23

—Oh —Georgie se miraba boquiabierta en el espejo—. Ay, Dios mío —jadeó.

—No puede ser tan horrible —la animó Heather desde el otro lado de la puerta—. Ni siquiera has cumplido los cuarenta.

—No, yo… —Georgie salió del cubículo malva poniéndose la sudadera del pug—. Tengo que ir a casa ahorita.

—Pensé que Neal te iba a llamar a nuestra casa.

—Eso es. Tengo que volver. Ahora.

La vendedora las esperaba a la salida de los probadores.

—¿Le gustó alguno?

—Éste está bien —dijo Georgie. Introdujo las manos por debajo de la camiseta y, tras arrancar las etiquetas del brassier, se las dio a la dependienta—. Me lo llevo.

Echó a andar hacia la caja registradora.

Neal nunca le había contado a Georgie por qué había cambiado de idea; por qué la había perdonado, por qué había regresado a California y le había pedido que se casara con él. Y Georgie jamás se lo había preguntado. Por miedo a que lo reconsiderara…

Pero quizás ésta fuera la explicación. Quizás ella fuera la razón. Su yo del presente.

—Lo siento, señora —se disculpó la dependienta—, pero no puede salir con la prenda puesta. Normas de la empresa.

Georgie la miró fijamente. Era una mujer blanca, delgada, un poco más joven que Georgie, con los labios pintados en un tono tostado. Se había pasado todo el rato tratando de colarse en el probador para asegurarse de que los bras le ajustaran bien.

—Pero si lo voy a comprar —protestó Georgie.

—Lo siento, señora. Son normas de la empresa.

—Bien —dijo Georgie—. Tengo que irme. Me lo quitaré y ya vendré a buscarlo otro día.

—Pero ya le arrancó las etiquetas. Tiene que comprarlo.

—Está bien —asintió Georgie—. De acuerdo.

Introdujo las manos por debajo de la sudadera para quitarse el brassier. Tras unas cuantas maniobras, se lo sacó por una manga y lo dejó sobre el mostrador.

—Márquelo dos veces —dijo Heather—. Se llevará dos.

La dependienta partió en busca del segundo brassier.

—Pero qué fresca eres —sonrió su hermana—. ¿Alguna vez te he dicho que cuando sea mayor quiero ser tú?

—No hay tiempo para esto. Tenemos que irnos. Ahora.

—Pero si íbamos a pasar por la tienda Apple. Georgie, por favor. Quiero un iPad. Ya lo he bautizado.

—Puedes pedirlo por internet. Tenemos que marcharnos.

—¿En serio? ¿De verdad me vas a comprar un iPad? ¿Puedo pedir un caballo también?

Cuando Neal abandonó California aquella Navidad, Georgie daba por supuesto que habían cortado y, cuando volvió, quería casarse con ella. Y en el intervalo, en el intervalo…

Quizás el teléfono. Quizás ella.

Era posible que esta semana, estas llamadas (todo) ya hubiera sucedido. De algún modo, en algún momento…

Y Georgie sólo tenía que asegurarse de que volviera a pasar.

—¿Georgie? Eh.

Heather empujó la bolsa con los brassieres contra el pecho de Georgie. Ella la agarró.

—Perdona por interrumpir tu aneurisma —dijo Heather—, pero no parabas de decir que el tiempo era un factor esencial en este momento.

—Sí —asintió Georgie—. Sí.

Siguió a su hermana al coche y le dio el llavero.

—Tú conduces.

—¿Por qué? —preguntó Heather.

—Tengo que pensar.

Georgie se acomodó en el asiento del pasajero y se apoyó el celular en la barbilla. Ni siquiera se molestó en conectarlo.

# CAPÍTULO 24

Georgie colocó el teléfono de disco amarillo delante de ella, sobre la cama, y lo miró fijamente. Luchó contra el impulso de comprobar si había línea, por si a Neal se le ocurría llamar en ese momento exacto.

Esto lo cambiaba todo.

¿No?

Si Neal se le había declarado en el pasado, Georgie debía de haberlo convencido desde el futuro. Daba igual lo que pasara a partir de ahora. Lo que le dijera. Si él la llamaba o no.

Lo que sea que hiciera Georgie a continuación ya había sucedido. Estaba caminando sobre sus propios pasos; era imposible que metiera la pata.

Se inclinó hacia el teléfono y levantó el auricular. Volvió a colgar en cuanto oyó el pitido de la línea.

¿Ésa era la razón de todo lo sucedido a lo largo de la semana, preservar el estado de cosas actual? En parte debería sentirse agradecida…

Sin embargo, Georgie había pensado (había albergado la esperanza) de que aquella arruga en el tiempo le estuviera brindando la posibilidad de algo mejor.

*Por el amor de Dios, ¿para qué sirve un teléfono mágico, en cualquier caso? No es una máquina del tiempo.*

Georgie no podía cambiar el pasado. Únicamente podía comunicarse con éste. Si Georgie tuviera una máquina del tiempo de verdad, podría arreglar su matrimonio. Podría volver al momento en que todo empezó a torcerse y cambiar el curso de los acontecimientos.

De no ser porque….

En realidad, no existía tal momento.

Las cosas nunca se habían estropeado. Su relación siempre había ido mal… y siempre bien. El matrimonio de Neal y Georgie era como una balanza en equilibrio constante. Y de repente, en algún momento, sin que ninguno de los dos se percatara, se había inclinado hacia el lado de lo negativo y la habían dejado allí. Ahora, sólo un enorme contrapeso la devolvería a su lugar. Una cantidad imposible de cosas buenas.

Lo positivo que todavía conservaban no pesaba lo suficiente…

Los besos que aún parecían besos. Las notas que Neal pegaba en el refrigerador cuando Georgie llegaba tarde a casa. (Una soñolienta tortuga de cuya boca salía un globo que le informaba que Neal le había dejado enchiladas en el estante inferior.) Las miraditas que compartían cuando alguna de las niñas decía algo gracioso. La costumbre de Neal de rodearle los hombros con el brazo cuando iban al cine todos juntos. (Seguramente lo hacía por comodidad.)

Y buena parte de lo positivo que quedaba entre ambos giraba en torno a Alice y Noomi; pero Alice y Noomi se interponían entre los dos de manera tan palpable…

Georgie estaba convencida de que tener hijos es nefasto para el matrimonio. Se puede sobrevivir a ellos, claro que sí. Es posible sobrevivir a un derrumbamiento, pero eso no significa que salgas bien parado.

Las niñas acaparaban una cantidad ingente de tiempo y energía.... Y lo hacían en primer lugar. Ellas tenían preferencia a la hora de tomar o dejar todo aquello que tenías para ofrecer.

Cuando el día llegaba a su fin (después del trabajo, después de pasar un rato de calidad con Alice y Noomi) Georgie solía estar demasiado cansada como para tratar de reconducir la situación con Neal antes de quedarse dormida. Así que todo seguía yendo mal. Y las niñas siempre les daban algún otro tema del que hablar, algo en lo que concentrarse...

Algo más que amar.

Cuando Georgie y Neal intercambiaban sonrisas, casi siempre lo hacían por encima de las cabezas de Alice y Noomi.

Y Georgie no estaba segura de querer cambiar eso... aunque pudiera.

Tener hijos provoca un terremoto en tu matrimonio y luego te induce a felicitarte por el cataclismo. Aunque pudieras devolverlo todo a su estado original, no lo harías.

Si Georgie fuera capaz de hablar con su antiguo yo, con la persona que era antes de que la balanza se desequilibrara, ¿qué le diría? ¿Qué podía decirle?

*Ámalo.*

*Ámalo más.*

¿Cambiaría eso las cosas?

Cuando Georgie estaba en el octavo mes de su primer embarazo, Neal y ella aún no habían decidido con quién dejarían al bebé.

Georgie opinaba que debían contratar a una niñera. Haciendo un esfuerzo, se lo podían permitir. Seth y ella acababan de empezar a trabajar en su tercera serie, una telecomedia de la CBS sobre cuatro compañeros de cuarto muy distintos entre sí que se reunían en un bar. Neal la llamaba "el *Friends* genérico".

Por aquel entonces, Neal trabajaba en un laboratorio farmacéutico. Durante un tiempo, había considerado la idea de inscribirse en la escuela, pero no sabía qué quería estudiar, así que buscó trabajo en la investigación privada. Luego lo contrataron en otro laboratorio. El trabajo no le gustaba nada pero, como mínimo, tenía mejor horario que Georgie. Salía a las cinco; y a las seis ya estaba en casa, preparando la cena.

Los estudios de televisión contaban con una guardería que no estaba mal. Fueron a visitarla y Georgie anotó su nombre en la lista de espera.

Todo saldría bien, decía Neal. Todo saldría bien.

Sencillamente, las cosas iban muy deprisa.

Siempre habían dado por sentado que algún día tendrían hijos, pero no lo habían hablado en detalle. Lo más parecido a una plática al respecto tuvo lugar en su primera cita, cuando Georgie comentó que quería tener hijos y Neal no puso objeciones.

Llevaban siete años casados cuando consideraron que había llegado el momento… de intentarlo, no de hablarlo. Georgie ya había cumplido los treinta y muchas de sus amigas sufrían problemas de fertilidad.

Quedó embarazada en cuanto dejaron de usar condones.

Ya era una realidad. Pero seguían sin hablar de ello. No había tiempo. Georgie estaba tan cansada cuando llegaba a casa del trabajo que casi todas las noches se quedaba dormida en el sofá a la hora de máxima audiencia. Neal la despertaba y subía detrás de ella por la angosta escalera, sosteniéndola por las caderas y apoyándole la cabeza entre los omóplatos.

Todo saldría bien, le decía.

Georgie estaba de treinta y siete semanas cuando salieron a celebrar su octavo aniversario de boda. Fueron a un restaurante indio que había cerca de su casa (su vieja casa de Silver Lake) y Neal la convenció de que tomara un vaso de vino. (*Un vaso de vino tinto no le va a hacer daño al bebé a estas alturas.*) Hablaron un poco más de la guardería del estudio; era de orientación Montessori, dijo Georgie (seguramente por tercera vez aquella noche) y los niños tenían su propio huerto.

Una familia de origen indio cenaba en la mesa contigua. Antes de que nacieran sus hijas, a Georgie le era muy difícil adivinar la edad de los niños, pero el matrimonio tenía una hijita de un año y medio aproximadamente. Se bamboleaba de silla en silla y por fin se apoyó en el reposabrazos de Georgie al tiempo que le sonreía con aire triunfante. La niña llevaba un vestido rosa de seda y unos pantalones del mismo color, también de seda. Tenía el cabello negro y lucía unos pequeños pendientes de oro.

—Ay, perdone —se disculpó la madre de la pequeña al tiempo que se inclinaba para cargar a su hija y sentarla en su regazo.

Georgie dejó la copa en la mesa con fuerza. El vino salpicó el mantel amarillo.

—¿Te pasa algo? —le preguntó Neal, y bajó la vista a su vientre. La miraba con cautela desde que se le notaba el embarazo, como si fuera a partirse en dos en cualquier momento, sin previo aviso.

—No, nada —respondió ella, pero le temblaba la barbilla.

—Georgie —Neal le tomó la mano—, ¿qué te pasa?

—No sé qué estamos haciendo —susurró Georgie—. No sé por qué nos metimos en esto.

—¿Por qué nos metimos en qué?

—En esto de ser padres —dijo ella a la vez que echaba un triste vistazo a la niña vestida de rosa—. Estamos..., de lo único que hablamos es de lo que vamos a hacer con él cuando no estemos. ¿Quién lo va a criar?

—Nosotros.

—¿De seis a ocho de la tarde?

Neal se arrellanó en la silla.

—Pensé que querías tenerlo.

—Puede que me haya equivocado. Quizás no debería tener todo lo que quiero.

*Puede que no lo merezca.*

Neal no le dijo que todo iría bien. Parecía demasiado sorprendido para hablar. O quizás demasiado enojado. Permaneció allí, viendo a Georgie llorar (el entrecejo fruncido, la mandíbula tensa) y no quiso acabarse la chana masala.

Al día siguiente le dijo que iba a dejar el trabajo.

—No puedes dejar el trabajo —objetó Georgie.

Seguía acostada en la cama. Neal le había traído una taza de té negro y un plato de huevos revueltos.

—¿Por qué no? —preguntó él—. Lo detesto.

Lo detestaba. Llevaba trabajando allí tres años, le pagaban una miseria y su jefe era un ególatra redomado que siempre andaba haciendo alarde de que iba a "curar el cáncer".

—Ya lo sé —admitió Georgie—, pero... ¿tú quieres quedarte en casa?

Neal se encogió de hombros.

—Vas a ser muy desgraciada si tenemos que dejar al bebé en la guardería.

—Lo superaré —afirmó Georgie. Lo haría, y también se sentiría culpable por ello.

—¿No quieres que me quede en casa?

—Ni siquiera lo he pensado, ¿tú sí?

—No hay nada que pensar —concluyó él—. Yo puedo hacerlo. Tú, no. No necesitamos mi sueldo.

—Pero… —Georgie tenía la sensación de que debía poner objeciones, pero no sabía por dónde empezar. Y, en realidad, le parecía una magnífica idea. Ya empezaba a sentirse mejor en cuanto a tener un bebé, sabiendo que estaría con Neal, que no tendrían que dejárselo (aún no conocían el género del bebé, pero de momento habían acordado "Alice" si era una niña y "Eli" si era un niño) a un extraño durante nueve horas al día.

—¿Estás seguro? —le preguntó al tiempo que se desplazaba para levantarse de la cama. Estaba inmensa (Georgie había engordado mucho durante los dos embarazos) y sufría calambres en la parte baja de la espalda cada vez que se sentaba. Neal se inclinó hacia ella para que pudiera agarrarse a su cuello y la ayudó a levantarse asiéndola por las caderas—. Es un gran sacrificio —señaló.

—Cuidar de mi hijo no será un sacrificio. Es lo que hacen los padres.

—Sí, pero ¿estás seguro? ¿No quieres pensarlo un poco?

Neal miraba a Georgie de frente, sin sonreír (a los ojos, fijamente) para que supiera que hablaba en serio.

—Estoy seguro.

—De acuerdo —repuso ella, y lo besó, sintiendo mientras tanto cómo la embargaba el alivio. Y una especie de satisfacción evolutiva, como si hubiera acertado al elegir a aquel hombre; encontraría las mejores cachiporras y ahuyentaría a todos los depredadores.

Se quedaron juntos, acurrucados alrededor del enorme bebé que se interponía entre ambos, y Georgie tuvo la sensación de que todo saldría bien.

Así fue como Neal se convirtió en papá de tiempo completo.

Así fue como Neal tiró su propia profesión por la borda antes de saber siquiera qué quería hacer en la vida.

¿Y ahora qué pasaría si seguían juntos? (Ay, Dios, ¿de verdad acababa de formular esa pregunta?)

Noomi empezaría la escuela el año próximo. ¿Volvería a trabajar Neal? ¿Qué querría hacer? ¿Qué querría ser?

¿Policía de ferrocarril?

# CAPÍTULO 25

Neal no llamaba.

Georgie estaba acostada en la cama, mirando el teléfono. Intentaba averiguar si, concentrándose mucho, era capaz de ver la magia. Si el teléfono resplandecía o se desdibujaba o hacía algún tipo de ruido fantasmal al estilo de *Ponte en mi lugar* cuando ésta se desataba.

Uno de los pugs, el macho, deambulaba por el dormitorio. Se plantó delante de la cama y se puso a ladrar hasta que Georgie lo tomó en brazos.

—No me caes bien —le dijo—. Ni siquiera sé cómo te llamas. Para mí, tú eres "el sudoroso" y la otra es "cara de torta".

Sí conocía sus nombres. Se llamaban Porky y Petunia.

Porky olisqueó la barriga de Georgie con su chato hocico y gimoteó. Ella le frotó los nudillos por el lomo y el cuello.

La puerta se abrió para ceder el paso a Heather.

—Estoy bien —se adelantó Georgie. Desde que habían regresado del centro comercial y Georgie se había escondido en el cuarto para seguir comiéndose el coco junto al teléfono, su hermana no paraba de preguntarle cómo estaba.

—Te traje Pringles —anunció Heather.

—No se me antojan.

Heather entró igualmente y se sentó en la cama.

—Eres una mentirosa —tiró un montón de papas fritas en la colcha y Georgie y Porky empezaron a comérselas. Cuando se acabaron el envase, Heather se limpió los dedos en los pantalones prestados de Georgie, de velour, y se acostó en la cama, junto al perro—. ¿Estás bien?

Georgie no respondió. En cambio, se echó a llorar.

Porky se encaramó a su regazo.

—No soporta ver llorar a las personas —le explicó Heather.

—Bueno, pues yo no lo soporto a él, así que no me ayuda precisamente.

—En el fondo te cae bien.

—No —insistió Georgie—. Siempre tiene la cara húmeda y apesta a bocaditos de tocino, y eso cuando huele bien.

—¿Por qué no llamas a Neal?

—Seguro que no está en casa. Además, prefiero no llamarlo si no quiere hablar conmigo.

—A lo mejor consigues que cambie de idea.

Georgie intentó alisar las arrugas que rodeaban los ojos de Porky.

—Si Neal y tú se separaran —preguntó Heather—, ¿te vendrás a vivir aquí?

—¿Por qué? ¿Te molesto?

—No, me gusta mucho que estés por aquí. Es como tener una hermana —Heather le propinó un codazo a Georgie—. Eh, ¿no tenías que decir *no nos separamos, Neal sólo fue a visitar a su madre*?

Georgie se encogió de hombros.

Tras cosa de otro minuto, Heather volvió a empujarla.

—Tengo hambre —dijo.

—¿Dónde está mamá?

—En la fiesta de Navidad de su trabajo.

—Podríamos preparar manzanas con queso —propuso Georgie.

—Me comí todas las rebanadas —Heather se tendió de lado y apoyó la cabeza en la mano—. Podríamos pedir una pizza...

Georgie forzó una sonrisa que ahorita no podía brotar espontáneamente.

—Me parece muy bien.

—Podríamos llamar a Angelo's —propuso Heather.

—Genial —dijo Georgie—, pero diles que no se equivoquen de pizza. Si se equivocan de pizza, la devolveremos.

Su hermana sonrió también.

—¿Te gustan los corazones de alcachofa?

—Me encantan los corazones de alcachofa. Me encanta cualquier tipo de corazón.

Heather se levantó de un salto y pulsó el ícono de rellamada. Mientras pedía la pizza, agitaba la pierna y se mordía el labio.

—Esperaré en la sala —dijo en cuanto concluyó la llamada.

—Buena idea —convino Georgie.

Georgie y Porky reanudaron su melancólica contemplación. Georgie mirando el teléfono. Porky, a Georgie.

—Perdón —le dijo Georgie rascándole la barbilla—, pero de verdad que no me caes bien.

Se acordó de Noomi. A su hija pequeña le encantaban los perritos. Decía que parecían gatos muy feos. *Miau*, diría Noomi, y acercaría la cara a Porky tanto como el perrito consintiera. (Que —todo hay que decirlo— era mucho.)

—Miau —dijo Georgie.

Porky estornudó.

Los dos pugs adoraban a Neal. Georgie sabía que les daba de comer por debajo de la mesa. (Porque era un blandengue. Y porque no le gustaba nada cómo cocinaba la madre de Georgie.) En cuanto Neal se sentaba en el sofá, los dos perritos empezaban a mordisquearle los jeans hasta que se los subía al regazo. Así acababa Neal todas las tardes de Acción de Gracias y una comida navideña sí y otra no: con dos niñas pequeñas y dos perritos amontonados en el regazo. Neal, cansado y aburrido, pero sonriendo a su esposa desde la otra punta de la sala, con esos hoyuelos suyos jugando al escondite con ella.

Sintió cómo las lágrimas le inundaban los ojos nuevamente.

Porky gimió.

—Ay, Dios —dijo Georgie, y se sentó—. Tengo que hacer algo.

Echó un último vistazo al teléfono. No sonó.

—Vamos.

Dejó al perro en el suelo y abandonó la habitación.

—¿Qué haces? —le preguntó Heather. Se había soltado el pelo, se había rociado los rizos con algo y ahora estaba esperando en la puerta, literalmente, apoyada en el marco.

—Volverme loca —le soltó Georgie.

—¿Y no puedes hacerlo en tu cuarto?

—Pensé que estabas preocupada por mí.

—Lo estaba. Lo estaré. Pero ahora —Heather señaló la puerta con gestos enfáticos— van a traer una pizza.

—Suele pasar cuando pides una.

—Cierto —dijo Heather mirando a Georgie con unos ojos como platos—. Pero la pizza llegará en cualquier momento.

—Ah, okey —balbuceó Georgie—. Voy a...

Sonó el timbre. Heather dio un respingo.

—Voy a sacar la ropa de la secadora.

Heather asintió.

—Puede que tarde un poco —continuó Georgie—. Tú... pégame un grito o lo que sea cuando tengas la pizza.

Heather volvió a asentir. El timbre sonó otra vez. Georgie sintió ganas de decirle a Heather que todo eso no tenía ninguna importancia, que su drama con el repartidor de pizzas era insignificante comparado con el teléfono del destino de Georgie, con ese aparato mágico que le había destrozado la vida... pero se abstuvo. Dio media vuelta para dirigirse al cuarto de lavado.

En el mismo instante en que cruzó la puerta, Georgie oyó los gemidos.

Porky estaba plantado delante de la secadora abierta, ladrando.

—Maldita sea, Heather.

Su hermana debía de haber metido a Petunia en la secadora otra vez, para que se echara una siesta sobre las prendas limpias y calentitas de Georgie.

Bajó la escalera a toda prisa, irritada con todos y cada uno de los habitantes de aquella casa. Porky la miró y ladró.

—¿Qué pasa? —preguntó Georgie—. ¿Tú también quieres babearme la ropa?

Se inclinó para cargar al cara de torta barrigón. En ese instante, vio la sangre.

—Ay, mamá...

Porky se puso a ladrar otra vez. Georgie se acuclilló delante de la secadora intentando no tapar la luz. Sólo veía un montón de ropa manchada de sangre. La camiseta de Metallica de Neal estaba en lo alto del montón, y se movía. La apartó. Petunia estaba acurrucada debajo y mordisqueaba algo oscuro que se retorcía.

—Ay, Dios. Ay, Dios… ¡Heather! —gritó Georgie. Se levantó de un salto y entró corriendo en la casa.

Cuando llegó a la cocina, vio a Heather parada frente a la puerta de la calle; miraba a Georgie como si acabara de decidir que más tarde la mataría. El repartidor de pizzas estaba allí, delante de ella…

Ay. El repartidor de pizzas era una chica.

Más bajita que Heather, enfundada en unos jeans oscuros sujetos con finos tirantes de cuero, una camiseta blanca y una gorra de beisbol que tal vez llevara el logo de ANGELO'S estampado en la parte delantera. Se parecía un poco a Wesley Crusher, sólo que más guapa y con los brazos más bonitos. No estaba nada mal.

*Ah*, pensó Georgie. Luego dijo en voz alta:

—Heather. Es Petunia.

—¿Qué?

—Petunia está dando a luz.

—¿Qué?

—¡Petunia! —repitió Georgie, ahora en un tono más urgente—. Está pariendo en la secadora.

—Imposible. Le van a hacer una cesárea dentro de dos semanas.

—¡Genial! —gritó Georgie—. ¡Ve y díselo a ella!

—¡Ay, Dios! —gritó Heather. Pasó corriendo junto a su hermana camino del cuarto de lavado. Georgie echó a correr también sin pasar de la puerta.

Heather se arrodilló delante de la máquina y lanzó un grito. Porky correteaba de acá para allá; sus uñas resonaban contra el piso como un tamborileo de dedos contra un escritorio metálico. Ya estaba ronco de tanto ladrar.

—¡Ay, no, no, no, no! —repetía Heather.

—¡Híjole! —exclamó alguien.

La repartidora de pizzas rodeó a Georgie para bajar las escaleras.

—¡Híjole! —repitió, y se arrodilló junto a Heather.

—Se va a morir —gimió la hermana de Georgie.

La chica le tocó el hombro.

—No se va a morir.

—Sí. Las cabezas de los cachorros son demasiado grandes. Hay que hacerle una cesárea. Ay, Dios —Heather respiró unas cuantas veces como una posesa—. Dios mío.

—No le pasará nada —la tranquilizó Georgie—. La naturaleza seguirá su curso.

—No —insistió la otra, ahora llorando—. Los pugs son una raza inútil. Tenemos que llevarla al veterinario.

—Me parece que es un poco tarde para eso —dijo la repartidora, que se había asomado a la secadora—. Hay perritos ahí adentro.

Porky corrió otra vez hacia la máquina y la chica lo tomó en brazos. Acariciándole la cabeza, le susurró:

—Calla.

—Bien—dijo Georgie.

Heather seguía llorando y respirando como si se hubiera empeñado en desmayarse.

—Bien —repitió Georgie—. Heather, apártate.

—¿Por qué?

—Voy a ayudar a Petunia.

—Ni siquiera te cae bien.

—Sal de ahí.

La repartidora de pizzas jaló el codo de Heather y ésta se hizo a un lado.

—Yo tampoco le caía bien a mi obstetra —murmuró Georgie—. Saca el teléfono, Heather. Busca "pugs de parto".

—Lo haría si tuviera un smartphone —refunfuñó Heather.

—Yo lo busco —se ofreció la chica, que estaba ganando puntos por momentos—. Toma —le tendió el perro a Heather—. No sería mala idea que trajeras toallas limpias.

—¿Has hecho esto antes? —le preguntó Heather con tono esperanzado, mientras se secaba la cara con el pelaje de la pug.

—No —reconoció la otra—, pero veo el canal Animal Planet.

—Ve —le ordenó Georgie al tiempo que metía las manos en la secadora.

Petunia se había vuelto a esconder debajo de la camiseta y, temblando, mordisqueaba algo. Georgie intentó retirar las prendas para echar un vistazo.

—Okey, okey —dijo la repartidora—. Se está cargando. Okey, ya está… Dar a luz suele ser especialmente complicado tanto para los pugs como para sus dueños…

—No me digas… —le espetó Georgie—. Está muy oscuro. No veo nada.

—Ah —la chica le tendió a Georgie un llavero de cadena por encima del hombro—. Hay una linterna.

—Qué útil.

Georgie agarró la pesada cadena y buscó la pequeña linterna de acero inoxidable.

—Viene bien cuando tienes entregas nocturnas, para ver los números de la tarjeta de crédito... Okey, aquí dice que los embarazos de los pugs son complicados y que deberíamos estar dispuestos a costear una cesárea...

—Sáltatelo —la interrumpió Georgie.

Petunia estaba mojada y manchada de sangre. Llevaba algo en la boca que se movía. *Oh, no, se lo está comiendo.*

—¡Se está comiendo a los perritos! —gritó Heather. Estaba inclinada detrás de Georgie con un montón de toallas y tres botellas de agua.

—No se los está comiendo —la tranquilizó la chica al tiempo que le posaba una mano en el brazo. Les mostró la pantalla del celular a ambas para que lo entendieran mejor—. El cachorro está en el saco amniótico. Nacen en sacos, y la madre los mordisquea para sacar a los perritos. Es una buena señal que los esté mordiendo. Dice que las pugs hembra son unas pésimas madres. Si no lo hiciera, lo tendríamos que hacer nosotras.

—¿Tendríamos que mordisquearlos? —preguntó Georgie.

La chica la miró como si estuviera loca, pero no perdió su talante paciente.

—Usaríamos un paño —explicó.

—Traje paños —dijo Heather.

La otra le sonrió.

—Bien hecho.

—¿Y qué más dice? —preguntó Georgie.

La repartidora de pizzas, todavía con su capacidad al cien pero claramente distraída, devolvió la vista a su celular.

—Mmm..., okey, cachorros. Pueden nacer de uno a siete.

—Siete —repitió Georgie.

—Sacos… —siguió diciendo la otra—, mordisquear… Ah, también tiene que morder el cordón umbilical.

—Genial.

—Y las placentas. Cada cachorro tiene la suya. Eso es importante. Tienes que buscar las placentas.

—¿Y cómo son las placentas?

—¿Quieres que lo busque en Google?

—No —dijo Georgie—. Sigue leyendo.

Petunia continuaba mordisqueando al inquieto recién nacido.

—Buena chica —le dijo Georgie—. O eso espero…

Palpó a tientas alrededor de Petunia y retrocedió cuando sintió algo blando y caliente.

—¿Qué? —preguntó Heather, todavía presa del pánico.

—No sé —dijo Georgie, que volvió a meter la mano. Lo encontró otra vez, blando y caliente. ¿Era un perrito? Georgie sacó algo que parecía una bolsa llena de sangre y lo dejó caer—. La placenta.

—¡Una! —exclamó la chica con entusiasmo.

—¿No tendrías que seguir leyendo? —Georgie volvió a introducir la mano en la secadora.

—No hay nada más. Procure que el perro esté cómodo. Asegúrese de que la madre extraiga a los cachorros del saco. Cuente las placentas. Asegúrese de que los amamante…

Georgie percibió algo húmedo debajo de Petunia y lo agarró instintivamente.

—Santo Dios —dijo—. Otro perrito. Todavía en el saco. Parecía una salchicha cruda. Georgie agarró una de las toallas de Heather y empezó a frotar la membrana—. ¿Así?

La chica de las pizzas despegó la vista del teléfono.

—Con más fuerza, creo.

Georgie frotó el bultito hasta que la piel se rompió y apareció un sonrosado cachorro en el interior.

—¿Está vivo? —preguntó Heather.

—No sé —respondió Georgie.

El perrito estaba caliente, pero no tanto como para estar vivo. Georgie siguió frotándolo. Las lágrimas se estrellaban en su mano. Petunia gimió y la chica de Heather se acercó a la secadora para acariciarla.

Heather se arrodilló al lado de su hermana.

—¿Está vivo? —ahora ella lloraba también.

—No lo sé.

El perrito se agitó y Georgie lo frotó con más fuerza, ahora masajeándolo con las manos.

—Me parece que respira —dijo Heather.

—Está frío —Georgie se acercó el cachorro al pecho y se lo metió debajo de la sudadera sin dejar de frotar. El animal se estremeció y emitió un quejido—. Creo que…

Heather abrazó a Georgie.

—¡Sí!

—Cuidado —le advirtió ésta.

La repartidora se despegó de la secadora con otro perrito contra la camiseta blanca.

—¡Ay, Dios mío! —exclamó Heather, y la abrazó a ella también.

Había tres cachorros.

Y tres placentas.

Por fin, Georgie se acordó de llamar a su madre.

Y luego llamó al veterinario, que le explicó cómo cortar el cordón umbilical que quedaba y acomodar a Petunia.

Lavaron a los cachorros con una esponja. Georgie se encargó del que aún sostenía dentro de la camiseta. A continuación los colocaron a todos en el interior de la secadora, con toallas limpias.

—Es su nido —dijo Heather a la vez que le propinaba unas palmaditas a la secadora, como si la máquina también hubiera colaborado en el alumbramiento.

Georgie intentó meter la camiseta de Metallica en la lavadora, pero Heather se la arrebató con una mueca de asco.

—Georgie, no. No lo puedo consentir.

—Heather. Es la camiseta de Neal. De la prepa.

—Se sacrificó por una buena causa.

La hermana mayor renunció. Heather le tendió la camiseta a la repartidora, que estaba poniendo en orden el estropicio.

La chica se llamaba Alison, y el rostro de Heather la seguía allá donde iba como un girasol que busca la luz del día.

—Sigues sin caerme bien —le dijo Georgie a Petunia al tiempo que se agachaba para acariciar la distendida barriga de la perrita—. Pero mírate, amamantando como una campeona. ¿Quién dice que eres una pésima madre?

Los cachorros estaban limpios, pero las tres chicas seguían impregnadas de sangre y jugos fetales, y vómito de pug, Georgie estaba segura.

La madre de las dos hermanas se quedó horrorizada cuando por fin entró en el cuarto de lavado entre el repiqueteo de sus tacones de gatita.

—No pasa nada —intentó tranquilizarla Georgie—. Todo va bien.

—¿Dónde están mis bebés? —preguntó la mujer mientras observaba el montón de toallas, y de chicas, ensangrentadas.

Heather y Alison estaban sentadas, juntas, frente a la secadora. Alison acariciaba a Porky, que había permanecido encerrado en el baño de la entrada durante buena parte de la intervención. Con su camiseta blanca manchada de sangre, Alison parecía un carnicero.

—Están ahí —respondió Heather—. En la secadora.

La madre de Georgie se acercó a toda prisa y Alison se levantó rápidamente para cederle el sitio.

—Mi preciosa mamá —exclamó la mujer—. Mi pequeña heroína.

Alison retrocedió un paso.

—Bueno… —dijo, mirando a Heather.

La hermana de Georgie se había asomado al interior de la secadora.

—Tengo que irme —anunció Alison. Transcurrido otro par de segundos, le tendió el perro a Georgie (que de inmediato se lo pasó a Kendrick). Se secó las manos en los jeans y echó a andar hacia la puerta.

—Alison —dijo Georgie—, gracias. Nos salvaste la vida. Si alguna vez tengo otro hijo, quiero que tú seas la comadrona.

Alison desdeñó el asunto con un gesto de la mano, como si no fuera para tanto, y siguió andando.

—¿Quién es? —preguntó Kendrick en cuanto la perdieron de vista.

—Es la repartidora de… —empezó a decir Georgie, pero se mordió la lengua cuando Heather sacó la cabeza para mirarla con expresión aterrorizada—. Heather, ¿me puedes echar una mano en la cocina?

La agarró de la manga y la arrastró escaleras arriba, hasta el interior de la casa. En aquel momento, la puerta de la calle se cerró.

—¿Qué haces? —le preguntó Georgie.

—Nada —contestó Heather, zafándose del apretón de su hermana—. ¿Qué haces tú?

—Asegurándome de que no dejas ir sola a una chica guapísima y valiente como ella.

—Georgie, no quiero hablar de eso.

—Heather, esa chica acaba de ayudarnos a atender un parto.

—Porque es una buena persona.

—No. Porque está dispuesta a mancharse de sangre y líquido amniótico sólo para impresionarte.

Heather puso los ojos en blanco.

—¿Qué te pasa? —le preguntó Georgie—. Te mueres por besar a esa chica. Incluso yo la besaría. Ve y hazlo. O ve y, no sé, avanza en esa dirección.

—No es tan fácil, Georgie.

—Yo creo que sí.

—Yo no soy tú. No puedo… tomar lo que quiero sin más. Y mamá está ahí, y descubrirá que soy gay.

—Lo descubrirá de todos modos. No le molestará.

—Acabará por aceptarlo. Acabaré por decírselo. Pero no mientras siga viviendo en esta casa. No quiero hacerlo, no vale la pena; nada de esto vale la pena. O sea, ¿qué quieres que haga? ¿Arrastrarme? Y poner histérica a mamá, y seguramente darle un disgusto… Y sencillamente estropearlo todo sólo porque quizás podría salir con una chica a la que ni siquiera conozco.

—Sí —replicó Georgie—. Funciona así. Exactamente.

Heather se cruzó de brazos.

—No, tú no sabes cómo funciona; tú misma me lo dijiste. Y eso después de haberte pasado toda la vida intentando averiguarlo. No vale la pena.

Georgie no paraba de mover la cabeza de lado a lado, como poseída por el movimiento.

—Por Dios, Heather, olvida lo que te dije. No me hagas caso. ¿Por qué me haces caso? Pues claro que vale la pena.

—Pero si no es nada—arguyó Heather, y miró hacia la puerta con expresión angustiada—. Sólo es una posibilidad.

—La posibilidad de ser feliz.

—¿O la posibilidad de que me rompan el corazón, como a ti?

—La posibilidad de estar viva. De ser... Heather, olvida lo que te pude haber dicho. Vale la pena. ¿Qué crees? ¿Qué no daría cualquier cosa por ver a Neal cruzar esa puerta ahorita? Es así como funciona. Lo arriesgas todo, una y otra vez. Y te aferras a la esperanza de ser capaz de evitar que él se marche.

—Ella.

—Quien sea, por Dios.

Sonó el timbre y ambas se voltearon a ver. Al cabo de un segundo, la puerta se abrió y Alison entró con aire inseguro. Se retiró el largo flequillo de la cara.

—Perdón —se disculpó—. Pensé que los encontraría a todos detrás. Creo que olvidé las llaves encima de la secadora...

—Voy a buscarlas —se ofreció Georgie antes de que ninguna de las otras dos pudiera abrir la boca—. Vuelvo enseguida.

Le apretó el brazo a Heather al pasar y, cuando llegó al cuarto de lavado, se sentó junto a su madre y le señalo cuál de los cachorros era el suyo.

Dejó las llaves de Alison sobre la secadora.

# CAPÍTULO 26

La madre de Georgie le prestó otros pantalones de velour. Y una camiseta con la inscripción PINK.

Heather le dejó a Alison una camiseta del bachillerato cuyo cuello le sobraba por todas partes.

Crearon un nuevo nido para los perros junto al árbol de Navidad, y la madre de Georgie decidió que Kendrick y ella no podían pasar las fiestas en San Diego, dejando solos a los cachorros.

—Te haremos compañía, Georgie.

Todo el mundo coincidió en que Alison no podía volver al trabajo, no después de aquella aventura. La chica pasó diez tensos minutos en el teléfono intentando explicarle a Angelo la situación.

—¿Te despidieron? —le preguntó Heather cuando Alison regresó a la sala.

Ella se encogió de hombros.

—De todas formas, la semana que viene vuelvo a Berkeley.

Viéndolo por el lado bueno, Alison llevaba tres pizzas grandes en el coche, además de una ración de lasaña, unos champiñones fritos muy fríos y una docena de trenzas de pan al parmesano.

—Alabado sea el cielo —dijo Georgie mientras abría una de las cajas.

Por suerte para Heather, su madre sólo tenía ojos para los cachorros e hizo caso omiso de las dos chicas, que intercambiaban risitas en el sofá mientras comían vorazmente la pizza.

La propia Georgie iba por la tercera porción cuando sonó el teléfono de la cocina. El fijo.

Heather miró a Georgie y ésta dejó la pizza en el plato. Estuvo a punto de pisar a Porky cuando echó a correr hacia el teléfono.

Llegó al tercer timbrazo.

—¿Sí?

—Hola —dijo Neal—. Soy yo.

—Hola —respondió Georgie.

Heather la había seguido. Tendió la mano.

—Contesta en tu habitación —le sugirió—. Yo colgaré.

—¿Neal? —dijo Georgie al aparato.

—¿Sí?

—Espera un momento, ¿sale? No te vayas. ¿Vas a alguna parte?

—No.

Heather continuaba en la misma postura, con la mano tendida hacia el aparato. Georgie sostuvo el auricular contra su pecho.

—Prométeme que no hablarás con él —le susurró.

Heather tomó el auricular y asintió.

—Por las vidas de Alice y Noomi —insistió Georgie.

Heather volvió a asentir.

Georgie soltó el teléfono y corrió por el pasillo. Le temblaban las manos cuando levantó el auricular amarillo.

(Nunca temblaba de nervios. Seguramente estaba prediabética.)

—Ya lo tengo —dijo. Oyó un chasquido. Su hermana había colgado—. ¿Neal?

—Sigo aquí.

Georgie se desplomó en el suelo.

—Yo también.

—¿Está todo bien?

—Sí —dijo Georgie—. Sí. Es que tuve un día muy raro. Además, en el fondo… no creía que fueras a llamar.

—Te lo prometí.

—Ya lo sé pero… estabas enojado.

—Yo… —Neal se mordió la lengua y volvió a empezar la frase—. Al final pasamos bastante rato con mi tía. Nos costó marcharnos. Se alegró tanto de vernos que nos quedamos a comer en la residencia. Fue deprimente y sumamente horrible, así que pasamos por Bonanza de camino a casa.

—¿Qué es Bonanza?

—Una especie de restaurante de carnes tipo bufet.

—¿Y en Nebraska todos los restaurantes se llaman como una película del oeste?

—Supongo que sí —asintió él.

—Seguro que bautizan los restaurantes italianos con títulos de pelis de Sergio Leone.

—¿Y por qué tuviste un día tan raro?

Georgie se echó a reír. Sonó como una grabación reproducida al revés.

—¿Georgie?

—Disculpa, es que… —¿Por qué *tuve un día tan raro?*—. Ayudé a nacer a tres cachorros y descubrí que Heather es gay.

—¿Qué? Ah..., por un momento pensé que hablabas de tu hermana. ¿Tu prima es gay?

—Da igual —zanjó Georgie.

—¿Y a santo de qué ayudaste a nacer a tres cachorros? ¿Los cachorros de quién?

—También da igual. Pero creo que nos vamos a quedar con uno.

—¿Nos? ¿Tu madre y tú? ¿O nosotros?

—Nosotros, nosotros, nosotros —aclaró Georgie—. Nos lo vamos a llevar a casa.

—¿Georgie?

—Perdón.

—¿Ayudaste a un perro a parir tres cachorros?

—No quiero hablar de eso.

—¿Y de qué quieres hablar?

—No sé. Espera un segundo.

Georgie dejó el teléfono sobre la alfombra. En algún momento, había empezado a respirar como Heather durante la emergencia de los pugs. Georgie se alisó el cabello y se recompuso la coleta. Luego se quitó las gafas y se frotó los ojos.

*Ya está, Georgie. A jugar.*

No, aquello no era un juego. Era su vida. Su absurda vida.

*Lo que digas es irrelevante*, se recordó. *Mañana Neal te pedirá que te cases con él. Ya lo hizo. Dijo: "Nosotros conseguiremos que sea suficiente". Es el destino.*

A menos que...

A menos que no lo fuera. Puede que Neal sólo hubiera dicho eso de "que sea suficiente" porque lo hubiera estado pensando aquel día y no porque lo hubieran hablado. ¿Le había dado a Georgie alguna otra pista durante los años en que aquellas conversaciones habían tenido lugar? (La pregunta sería más fácil de responder si Neal fuera de esos que proporcionan pistas de vez en cuando.)

Ésta era la última oportunidad que Georgie tenía de hablar con Neal antes de que él partiera rumbo a California. Su última oportunidad de inducirlo a ponerse en camino. ¿Qué debía decirle?

Inspiró profundamente, adentro, y exhaló, afuera. Luego recuperó el auricular.

—¿Neal?

—Sí. Aquí estoy.

—¿Crees en el destino?

—¿Cómo? ¿A qué te refieres?

—O sea, ¿crees que está todo decidido? ¿Qué existe la predestinación?

—¿Me estás preguntando si soy calvinista?

—Puede ser —Georgie volvió a intentarlo—: ¿Crees que las cosas ya están decididas? Que está todo escrito. ¿Piensas que el futuro está ahí, esperándonos?

—No creo en el destino —respondió Neal—, si te refieres a eso. Ni en la predestinación.

—¿Por qué no?

—Porque no tiene en cuenta la noción de la responsabilidad. O sea, si el futuro está grabado en piedra, ¿para qué esforzarse? Prefiero pensar que cada uno de nuestros actos define lo que sucederá a continuación. Que trazamos nuestro propio camino... Georgie, ¿por qué me lo preguntas?

—No sé.

Georgie tenía la sensación de oírse a sí misma desde muy lejos.

—Eh… Georgie.

—¿Sí?

—Perdona por haberte hecho esperar.

—¿Ahorita?

—No —repuso él—. Hoy. Todo el día.

—Ah. No pasa nada.

Neal resopló con impotencia.

—Me molesta que pensaras que no iba a llamar… No soporto que nuestra relación penda de un hilo. ¿Desde cuándo nuestra relación pende de un hilo?

—Desde que te marchaste a Omaha sin mí.

—Sólo vine a visitar a mi madre.

La voz de Georgie apenas si estaba ahí cuando fue a buscarla.

—No es verdad.

Oyó cómo Neal apretaba los dientes.

—De acuerdo —cedió él—. Tienes razón.

Georgie no respondió.

Neal también guardó silencio.

—No corté contigo —dijo por fin—. Lo sabes, ¿verdad?

—Lo sé —asintió ella—, pero no estamos bien.

Neal gruñó.

—Pues lo arreglaremos.

—¿Cómo?

—¿Desde cuándo eres tan pesimista, Georgie? La última vez que hablamos, todo iba bien.

—No, la última vez que hablamos, esta mañana, estabas enojado conmigo a causa de Seth.

Georgie apoyó la lengua entre los dientes. Le entraron ganas de mordérsela con todas sus fuerzas.

—Porque le diste prioridad. Otra vez.

—No es verdad —replicó ella—. Se presentó así nomás. Me despertó.

—Se presentó así nomás en tu dormitorio.

—Sí.

Neal volvió a gruñir.

—No soporto ese tipo de cosas. Las odio, Georgie…

—Ya lo sé, Neal.

—¿Es lo único que me vas a decir? ¿Que ya lo sabes?

—Te puedo asegurar que jamás lo invitaré a mi dormitorio —prometió ella—, pero a veces entrará así nomás. Dijiste que no me obligarías a escoger.

—Y tú dijiste que me escogerías a mí.

—Lo haría —aseveró ella—. Lo hago.

Neal resopló.

Georgie aguardó.

—¿Por qué estamos discutiendo? —preguntó él—. ¿Es tu venganza por no haberte llamado antes?

—No.

—Entonces, ¿por qué estamos discutiendo?

*¿Por qué estaban discutiendo? No deberían estar discutiendo.* Georgie debería estar hechizándolo, consiguiendo que la perdonara, asegurándose de que la amara; dejando que las cosas siguieran su curso.

—Porque… —balbuceó—. ¡Porque me da la gana!

—¿Qué?

—Quiero que todo salga a la luz. Quiero dejar las cosas claras, por horribles que sean. ¡Quiero discutirlas ahora, para no tener que volver a hacerlo!

Georgie se había puesto a gritar.

Neal contuvo la rabia.

—No creo que sea posible.

—¡No puedo más! —se desesperó ella—. No soporto discutir las mismas cosas una y otra vez. O evitar las mismas discusiones una y otra vez. Me siento incapaz de seguir ni un día más fingiendo que no estás enojado conmigo, simulando que nos va bien, hablando con ese estúpido tono alegre que adopto cuando me percato de que tú me odias en silencio.

—Georgie —ahora Neal parecía sorprendido, y herido—. Yo nunca te odio.

—Sí me odias. Me odiarás. Detestas la influencia que ejerzo en tu vida y eso es como odiarme a mí; igual de malo. Aún peor, porque odias tu vida por mi culpa.

—Por Dios. Yo no odio mi vida.

—Lo harás.

—¿Es una amenaza?

Ella ahogó un sollozo.

—No. Es una promesa.

—¿Pero qué…? —Neal se interrumpió. Nunca soltaba palabrotas en su presencia; no creía que las dijera jamás, punto—. ¿Qué te pasa esta noche?

—Quiero acabar de una vez.

—¿Acabar con qué? ¿Con lo nuestro?

—No —sollozó ella—. Puede. Quiero decir lo que siempre nos callamos. No quiero engañarte para que vuelvas conmigo, Neal. No quiero decirte que las cosas van a ir bien porque sé que no será así.

—No entiendo nada de lo que dices.

—Las cosas no van a ir bien. Si vuelves. Si me perdonas o si haces lo que sea que te propongas hacer. Si te dices a ti mismo que ya te acostumbrarás, a Seth, a Los Ángeles y a mi trabajo, cometerás un error. Nunca te acostumbrarás. Y me culparás a mí. Me odiarás por obligarte a vivir aquí.

Neal la interrumpió en tono frío.

—Deja ya de decir que te odio. Deja de usar esa palabra.

—La palabra es tuya —replicó ella—. No mía.

—¿Por qué haces esto?

—Porque no te quiero engañar.

—¿Por qué repites eso?

—Porque una parte de mí te quiere engañar. Una parte de mí quiere decirte lo que sea que tenga que decir para asegurarse de que me sigas queriendo. Quiero decirte que las cosas serán distintas…, mejores. Que tendré en cuenta tus sentimientos, que me comprometeré más. Pero no será así, Neal, sé que no será así. Y no quiero engañarte. Nada va a cambiar nunca.

Neal guardaba silencio.

Georgie se lo imaginó al otro lado de la cocina, de la cocina de su casa, mirando el fregadero. Acostado a su lado, en la cama, de cara a la pared. Alejándose en un coche sin volver la vista atrás.

—Todo va a cambiar —afirmó Neal antes de que ella estuviera lista para reanudar la conversación—. Tanto si queremos como si no. ¿Me estás diciendo…? Georgie, ¿me estás diciendo que no estás dispuesta a ser más considerada? —no le dio tiempo a responder—. Porque yo sí quiero serlo. Te prometo ser más considerado.

—No te puedo prometer que vaya a cambiar —respondió ella. Georgie no podía hacer promesas que su yo de veintidós años no podía cumplir.

—Querrás decir que no quieres.

—No —repuso ella—. Yo…

—¿Ni siquiera me puedes prometer que lo intentarás? ¿De ahora en adelante? ¿Que tendrás más en cuenta mis sentimientos?

Georgie se enrolló el cordón amarillo a los dedos con fuerza, hasta cortarse la circulación.

—¿De ahora en adelante?

—Sí.

No podía hacer promesas en nombre de su yo de veintidós años. Pero ¿y en nombre de su versión actual? De la que en este momento hablaba con él por teléfono. De la que se resistía a dejarlo ir.

—Yo..., me parece que eso sí te lo puedo prometer.

—No te pido que me prometas que todo irá como la seda —prosiguió Neal—. Sólo que lo intentarás. Que tendrás en cuenta cómo me siento cuando Seth entra en tu dormitorio. Que pensarás en las muchas horas que paso de plantón cuando sales tarde de trabajar. O que tendrás presente cómo me puedo sentir cuando me paso toda la noche atrapado en la fiesta de unos desconocidos. Sé que me he portado como un idiota, Georgie... Procuraré no serlo. ¿No quieres intentarlo conmigo?

—¿De ahora en adelante?

—Sí.

*De ahora en adelante. De ahora en adelante.* Georgie se aferró a la idea con todas sus fuerzas.

—De acuerdo —dijo—. Te lo prometo.

—Muy bien. Yo también.

—Seré más considerada contigo, Neal —se apoyó contra la cama—. No te haré a un lado.

—Tú no me haces a un lado.

—Sí —afirmó ella—. Lo hago.

—Sencillamente te distraes con...

—Te hago a un lado porque sé que vas a seguir ahí mientras yo me dedico a mis cosas. Doy por supuesto que me amarás pase lo que pase.

—¿Sí?

—Sí, Neal. Y lo siento mucho.

—No lo sientas —le pidió él—. Quiero que lo des por supuesto. Te amaré pase lo que pase.

Georgie tuvo la sensación de que se iba a derrumbar otra vez.

—No digas eso. Retíralo.

—No.

—Retíralo.

—Estás loca —replicó Neal—. No.

—Si dices eso, me estás diciendo que no tiene importancia que sea una desconsiderada. Es como si me dieras carta blanca. Me estás perdonando de antemano.

—En eso consiste el amor. Es un seguro de accidentes.

—No, Neal. No lo merezco. Y ni siquiera es verdad. Porque si fuera así, no te habrías marchado.

—Lo siento —se disculpó. La "s" sonó pastosa, como si tuviera la boca pegada al micrófono—. No volveré a irme.

—Lo harás —le aseguró ella—. Y será culpa mía.

—Por Dios, Georgie, ya estamos otra vez. No puedo hablar contigo si te pones así.

—Bueno, pues así es como soy. Voy a ser aún peor.

—Voy a colgar —anunció él.

Ella negó con la cabeza.

—No.

—Y volveremos a empezar.

—¡No!

—Sí. Volveremos a empezar esta conversación desde el principio.

No gritaba, pero su voz se estaba crispando, como algo que está a punto de estallar.

—No quiero —jadeó ella—. No funcionará. Todo sucedió ya. Las cosas malas y también las buenas.

—Voy a colgar ahora, Georgie. Y los dos respiraremos profundamente. Y cuando te llame, volveremos a empezar.

—No.

Neal colgó. Georgie intento inspirar hondo, pero el aliento se le clavó en la garganta como un piedra.

Devolvió el auricular a la horquilla y salió al pasillo, al baño de Heather. Georgie apenas si reconoció su propio rostro en el espejo. Estaba pálida y aterrada, como un fantasma que ha visto un fantasma. Se lavó la cara con agua fría y lloró sin lágrimas con la cara enterrada entre las manos.

Así había convencido Georgie a su marido de que le pidiera matrimonio. Prácticamente suplicándole que no lo hiciera. Poniéndose histérica.

Neal también estaría histérico si tuviera un teléfono mágico...

Tenía un teléfono mágico y ni siquiera lo sabía.

Dios mío, ¿por qué le había dicho todas esas cosas tan horribles? Georgie volvió a mirarse al espejo. A la mujer con la que Neal había acabado.

Se las había dicho porque eran ciertas.

Georgie volvió al dormitorio y miró el teléfono amarillo.

Tomó el auricular y escuchó la señal, luego lo dejó en el suelo y se metió en la cama.

¿Ese ruido que hace el teléfono cuando lo dejas descolgado? Al cabo de un rato, cesa.

Cuando Georgie despertó, no podía creer que se hubiera dormido. (¿Cómo era posible? Sería capaz de dor-

# MARTES,
# NOCHEBUENA DE 2013

# CAPÍTULO 27

mir durante un bombardeo.) Se sentó y miró el reloj. Las nueve. Luego volvió la mirada al teléfono descolgado sobre la alfombra.

¿Qué había hecho?

Salió a rastras de la cama, con las manos por delante, y colgó el teléfono antes de aterrizar siquiera en el suelo. Tras unos cuantos intentos y algunos minutos, obtuvo señal otra vez. Marcó el número de la madre de Neal con impaciencia, introduciendo el dedo en el siguiente hueco antes de que el disco hubiera terminado de girar...

Ocupado.

¿Qué había hecho?

La madre de Neal debía de estar hablando por teléfono. O su padre. (Ay, Dios, su padre.)

Georgie recordó que antes existía la posibilidad de irrumpir en una llamada ajena, en caso de emergencia. Llamabas al operador y éste la interceptaba. Le sucedió a Georgie en una ocasión, cuando iba en bachillerato, antes de que tuvieran llamada en espera; una amiga de su madre necesitaba ponerse en contacto con ella y Georgie llevaba dos horas platicando con Ludy. Cuando el operador habló, Georgie tuvo la sensación de estar oyendo al mismísimo Dios. Tras eso, tardó un tiempo en ser capaz de hablar por teléfono sin imaginar que el operador estaba allí, en alguna parte, escuchando la conversación.

Colgó y volvió a probar. Ocupado.

Colgó otra vez… y el teléfono sonó.

Georgie se llevó el auricular a la oreja a toda prisa.

—¿Sí?

—Soy yo —dijo Heather—. Estoy dentro de la casa.

—Estoy bien —respondió Georgie.

—Ya lo veo. La gente que está bien no para de decirle a todo el mundo lo bien que está.

—¿Qué quieres?

—Me voy dentro de un rato y mamá quiere que salgas a desayunar y a despedirte. Está preparando pan francés.

—No tengo hambre.

—Dice que a las personas deprimidas hay que recordarles que coman y se bañen. Así que deberías bañarte también.

—Okey —accedió Georgie.

—Va, adiós —se despidió Heather—. Te quiero.

—Te quiero, adiós.

—Pero saldrás a despedirte, ¿no?

—Sí —prometió la hermana mayor—. Adiós.

—Te quiero, adiós.

Georgie colgó y volvió a marcar el número de Neal. Ocupado.

Miró el reloj; las nueve y cinco. ¿A qué hora saldría Neal de Omaha, si tenía que llegar a California al día siguiente por la mañana? ¿A qué hora había llegado el día de Navidad?

No se acordaba. La semana de su ruptura había transcurrido entre una nube de lágrimas. Una nube de lágrimas que llevaba quince años en el espejo retrovisor.

Georgie descolgó nuevamente. Uno, cuatro, cero, dos...

Cuatro, cinco, tres...

Cuatro, tres, tres, uno...

Ocupado.

—¡Báñate! —le gritó su madre desde el pasillo—. ¡Estoy preparando pan francés!

—¡Voy! —gritó Georgie a través de la puerta.

Se arrastró hasta el clóset y empezó a sacar cosas.

Patines. Papel de regalo. Montones de viejos ejemplares de *La cucharada*.

Al fondo del clóset había una caja roja y verde de las que se usan para guardar adornos de Navidad. Georgie había escrito NO TIRAR en todas las caras, con marcador negro permanente. La sacó, retiró la tapa y se arrodilló delante de ella, en el suelo.

La caja estaba abarrotada de papeles. Georgie había empezado una segunda caja de recortes cuando Neal y ella se casaron (estaba en su casa, en alguna parte del desván), pero en aquella época ya tenía computadora e internet, y sus recortes se convirtieron en marcapáginas y capturas de pantallas; jpegs que arrastraba al escritorio y acababan olvidados o perdidos, cuando le fallaba el disco duro. Georgie ya no imprimía fotos. Si quería mirar viejas instantáneas navideñas, tenía que ponerse a buscarlas por las tarjetas de memoria. Conservaban aún toda una caja de videocasetes de la infancia de Alice que ni siquiera podían mirar porque no tenían reproductor.

Los primeros papeles del montón se remontaban a poco después de que Georgie se fuera de la casa de su madre. Justo antes de que Neal y ella se casaran. (Algo que ya había sucedido, se recordó.)

Encontró el recibo del vestido de novia; trescientos dólares, de segunda mano, comprado en una casa de empeño.

—*Espero que quienquiera que lo estrenara fuera feliz* —le dijo Georgie a Neal—. *No quiero restos de sex-appeal de un matrimonio fracasado.*

—*Da igual* —repuso Neal—. *Nosotros vamos a ser felices. Lo neutralizaremos.*

Él era feliz entonces, cuando se comprometieron. Georgie nunca lo había visto tan contento.

Tan pronto como ella le dio el sí, tan pronto como él le puso el anillo en el dedo (se le atascó en la segunda articulación del dedo corazón, de ahí que Neal se lo deslizara en el meñique) Neal se puso en pie de un salto y la abrazó. Sonreía con tantas ganas que sus hoyelos alcanzaron profundidades ignoradas hasta entonces.

Le pasó los brazos por la cintura y por el cuello y le besó toda la cara.

—*Cásate conmigo* —repetía una y otra vez—. *Cásate conmigo, Georgie.*

El recuerdo se había desdibujado con el paso del tiempo, lo que le parecía impensable; ¿cómo había podido olvidar un solo detalle de aquel instante? En algún momento, su cerebro debió de restar importancia al acontecimiento. Tenía tan asumido que Neal y ella eran marido y mujer que el hecho de cómo habían llegado hasta allí había pasado a un segundo plano.

Recordaba que Neal estaba exultante. Recordaba que había ahuecado la mano por detrás de su cabeza y le había dicho: *De ahora en adelante. De ahora en adelante.*

Dios mío… ¿De verdad Neal había dicho eso? ¿De verdad Georgie no había captado el pleno sentido de su propia promesa?

Georgie siguió rebuscando por la caja de recortes, ahora más en serio.

Su título universitario.

Un estúpido gráfico que había arrancado de la revista de humor *Spy*.

La última tira de *Detengan el sol*. Aquélla en la que el elegante erizo de Neal iba al cielo.

Ah, ahí estaban. Las instantáneas Polaroid.

La madre de Georgie fue la última persona del planeta en renunciar a su cámara Polaroid; carecía de la fuerza de voluntad necesaria para llevar a revelar la película de 35 milímetros.

Encontró tres fotos del día que Neal le pidió que se casara con él; las tres tomadas dentro de casa, delante del árbol de Navidad. Georgie llevaba puesta una holgada camiseta de su grupo de improvisación del bachillerato que decía: *¡Ahora, vamos!* Tenía tan mal aspecto como si llevara una semana llorando. (Porque así era.) Neal llevaba una arrugada camisa de franela y se había pasado toda la noche al volante. Sin embargo, ambos desprendían juventud e inocencia. Georgie delgadita. Neal regordete.

Sólo una de las fotos estaba enfocada: Georgie, con expresión resignada, mostrando a la cámara aquel anillo demasiado estrecho, y Neal sonriendo. Debía de ser la única foto del mundo en la que Neal aparecía sonriendo. Cuando sonreía con ganas, las orejas se le separaban de la cabeza, como paréntesis colocados al revés.

Después de tomar las fotos, la madre de Georgie había obligado a Neal a comer hot cakes, y él había reconocido que llevaba dos noches sin dormir. *Paré unas horas en Nevada, creo.* Georgie lo arrastró a su habitación y lo empujó contra la cama. Le arrancó los zapatos y el cinturón, y le desabrochó los jeans para que pudiera frotarle las caderas y la barriga en la espalda. Se acurrucó con él debajo del edredón.

—*Cásate conmigo* —seguía diciendo él.

—*Sí* —repetía ella.

—*Me parece que puedo vivir sin ti* —confesó él, como si llevara veintisiete horas pensando en ello—, *pero no sería vida.*

Georgie desplegó las Polaroid por el suelo. Tres instantes en movimiento. Ahí estaba; ahí Neal era feliz y albergaba esperanzas. Su Neal. El bueno.

—¡Georgie! —gritó su madre—. ¡Ándale!

Dejó las fotos en el suelo y aguardó para comprobar si las imágenes se tornaban negras.

# CAPÍTULO 28

La madre de Georgie abrió la puerta del dormitorio y entró sin molestarse en tocar.

—Estaba a punto de salir —le aseguró Georgie.

—Demasiado tarde —respondió su madre—. Vamos a acompañar a Heather a casa del doctor Wisner ahorita mismo.

A Georgie siempre se le olvidaba que Heather no se apellidaba como ella. Todas tenían apellidos distintos. El de la madre era Lyons; el de Heather, Wisner y Georgie era McCool. Había querido cambiarlo por el de Grafton, pero Neal no se lo permitió.

*—Una no viene a este mundo con un nombre como Georgie McCool para mandarlo a volar en cuanto se le cruza una cara bonita por delante.*

*—Tu cara no es tan bonita.*

*—Georgie McCool. Por favor. Eres una chica Bond. No puedes cambiar de apellido.*

*—Pero voy a ser tu esposa.*

*—Lo sé. Y no me hace falta que te cambies nada.*

—¿Has hablado hoy con las niñas? —le preguntaba ahora su madre.

—Todavía no —dijo Georgie—. Hablé con ellas ayer.

¿Era verdad? Sí. Con Alice. Algo acerca de *Star Wars*. Ah, no..., era un mensaje de voz.

¿Y anteayer? ¿Había hablado con ellas?

—Deberías acompañarnos —le propuso la mujer—. Hacer el viaje con nosotros. El aire fresco te sentará bien.

—Prefiero quedarme —declinó Georgie—. Puede que me llame Neal.

Y si acaso la llamaba, ¿cómo debía interpretarlo? ¿Significaría que seguía en Nebraska? ¿Que no había solución?

—Llévate el celular —le propuso su madre.

Georgie se limitó a decir que no con la cabeza.

La otra se sentó en el suelo, a su lado. Ambas llevaban pantalones de estar en casa muy parecidos. Los de su mamá eran color turquesa. Los de Georgie, rosas. Su mamá tomó una de las Polaroid que su hija tenía en el regazo: una desenfocada, en la que Neal aparecía mirando a Georgie y ésta, a la cámara.

—Cielos, ¿te acuerdas? —suspiró la mujer—. Este chico recorrió medio país en coche en un solo día; no creo que parara ni para tomar café. Siempre ha sido el rey de los gestos grandilocuentes, ¿verdad?

Apoyado sobre una rodilla. Plantado a la puerta de la fraternidad de Seth. Pintándole flores de cerezo en el hombro.

Siempre lo había sido.

La madre de Georgie dejó la foto y, con una mano ligeramente temblorosa, apretó la rodilla de velour de Georgie.

—Las cosas mejorarán —dijo—. Es tal y como dice el anuncio. "Mejorará."

—¿Te refieres a la campaña para los chicos gays?

—Da igual cuál sea el motivo. Se puede aplicar a cualquier cosa. Sé que ahorita te sientes fatal; estás en mitad de la tormenta. Y es probable que las cosas empeoren aún más; no sé qué pasará con las niñas. Pero el tiempo cura todas las heridas, Georgie, de la primera a la última. Sólo tienes que superar esto. Algún día, Neal y tú serán más felices. Lo único que tienes que hacer es sobrevivir y darle tiempo al tiempo.

Empezó a besar a su hija en la mejilla. Georgie intentó no zafarse. (Y fracasó.) Su madre suspiró y se levantó.

—Te dejé un plato de pan francés en la cocina. Y queda un montón de pizza de ayer…

Georgie asintió.

La mujer se detuvo en el quicio de la puerta.

—¿Crees que si le suelto a tu hermana este mismo discursito reconocerá que tiene novia?

Georgie estuvo a punto de echarse a reír.

—Piensa que no lo sabes.

—No lo sabía —reconoció la otra—. Kendrick no paraba de decírmelo, desde que se puso aquel vestido para el baile de bienvenida, pero le dije que es totalmente normal que una chica con mucho pecho quiera disimular sus curvas. Mírate… Y tú no eres gay.

—Cierto… —dijo Georgie.

—Pero si se pone a fajar con una chica en mi sofá, por muy guapa que sea, bueno, no estoy ciega.

—Alison parece buena chica.

—No, si a mí me parece bien —prosiguió su madre—. De todos modos, las mujeres de nuestra familia tienen una suerte pésima con los hombres.

—¿Cómo es posible que digas eso? Estás con Kendrick.

—Bueno, ahora.

Georgie se encaminó a la sala para despedirse de Heather. Luego se bañó y volvió a ponerse las prendas de su madre. No podía creer que hubiera estado en una tienda de lencería y no se hubiera comprado calzones.

Consideró la idea de dirigirse al cuarto de lavado y sacar la camiseta de Neal de la basura…

Recordaba haberse puesto esa misma camiseta durante el primer fin de semana que pasaron en el departamento de Neal. Georgie llevaba dos días con las mismas prendas, que apestaban a salsa y a sudor, pero no quería ir a casa a cambiarse. Ninguno de los dos deseaba que el fin de semana concluyera. De ahí que se bañara y que Neal le prestara unos pants que le apretaban las caderas, la camiseta de Metallica y unos bóxer a rayas.

Ella se echó a reír.

—¿Quieres que me ponga tus calzoncillos?

—No sé —Neal se sonrojó—. No sabía qué querías.

Era domingo por la tarde; los compañeros de cuarto de Neal estaban trabajando. Georgie salió de la regadera con la camiseta y los bóxers, que también le quedaban justos. Neal fingió no darse cuenta.

Luego se echó a reír y la empujó contra la cama.

Era tan raro que Neal se riera…

Georgie siempre bromeaba diciendo que sus hoyuelos eran un desperdicio.

—Tu cara es como un relato de O. Henry. *Los hoyuelos más bonitos del mundo y el chico que nunca ríe.*

—Sí me río.

—¿Cuándo? ¿Cuando estás solo?

—Sí —respondió él—. Cada noche, cuando todos duermen, me siento en la cama y suelto risotadas maniacas.

—Nunca te ríes de mí.

—¿Quieres que me ría de ti?

—Sí —afirmó ella—. Soy guionista de comedia. Quiero que todo el mundo se ría de mí.

—Será que no soy demasiado risueño.

—O puede que no me consideres divertida.

—Eres muy divertida, Georgie. Pregúntale a cualquiera.

Ella le propinó un pellizco.

—Pero no lo suficiente para hacerte reír.

—Nunca me entran ganas de reír cuando alguien dice algo gracioso —dijo él—. Me limito a pensar: "Tiene gracia".

—Mi vida es como un relato de O. Henry —se lamentó Georgie—. *La chica más graciosa del mundo y el chico que nunca ríe.*

—Conque la chica más graciosa del mundo, ¿eh? Ahorita me estoy muriendo de risa.

A Neal se le marcaban los hoyuelos incluso cuando sonreía mentalmente. Y le brillaban los ojos.

Aquella misma conversación se había prolongado a lo largo de los años, pero se había tornado más amarga con el paso del tiempo.

—Sé que no miras la serie —le decía Georgie.

—Ni siquiera tú verías esa serie si no fueras la autora —replicaba Neal mientras doblaba la ropa limpia o cortaba aguacates.

—Sí, pero es mi serie. Y tú eres mi marido.

—La última vez que la vi, me acusaste de ser condescendiente.

—Es que estabas siendo condescendiente. Te comportabas como si estuvieras por encima de esas cosas.

—Porque estoy por encima de esas cosas. Por Dios, Georgie, tú también estás por encima de esas cosas.

Daba igual que tuviera razón.

En fin.

La primera vez que Georgie se puso esa camiseta, Neal se rio y la empujó contra la cama.

Porque no se reía cuando algo le hacía gracia; lo hacía cuando era feliz.

# CAPÍTULO 29

Los demás ya se habían marchado. La madre de Georgie había dejado la tele encendida para que los pugs oyeran los villancicos.

Georgie se sentó a la mesa de la cocina y se quedó mirando el teléfono de la pared.

Neal no llamaría desde el pasado. En el fondo, no quería que lo hiciera.

Pero tampoco quería que aquello terminara.

Georgie no estaba lista para perder aún a Neal. Ni siquiera al Neal del pasado. No estaba lista para dejarlo ir.

(Alguien le había proporcionado a Georgie un teléfono mágico, y lo único que había hecho era quedarse platicando hasta muy tarde con su antiguo novio. Si hubieran puesto en sus manos una máquina del tiempo de verdad, seguramente la habría usado para acurrucarse con él. *Que otro mate a Hitler.*)

Puede que el Neal con el que llevaba platicando toda la semana estuviera de camino a California y puede que no; tal vez fuera un producto de su imaginación… pero, en cualquier caso, tenía la sensación de que todavía podía recuperar a aquel Neal. Georgie aún creía que podía comunicarse con él.

Su Neal, por el contrario…

Su Neal ya no contestaba el teléfono cuando lo llamaba.

Su Neal había renunciado a comunicarse con ella.

Y tal vez eso significara que no era suyo. En el fondo, no.

Neal.

Georgie se levantó y se acercó al teléfono. Acarició la fina superficie abombada antes de levantar el auricular. Los botones se encendieron y ella, con cuidado, marcó el número del celular de Neal…

El buzón de voz entró al instante.

Se preparó para dejar un mensaje —aunque no sabía muy bien qué decir— pero no sonó el pitido.

—Lamentamos informarle —dijo una voz— que este buzón está… lleno —concluyó otra.

La llamada se desconectó y Georgie oyó la señal constante de la línea.

Se acurrucó contra la pared, sin soltar el auricular.

¿Qué más daba si Neal había ido o no a California en 1998… si no podía recuperarlo en el presente? ¿De qué le servía conseguirlo en el pasado sólo para perderlo en el futuro?

Dentro de pocos días, Neal traería a las niñas de vuelta a casa. Georgie iría a buscarlos al aeropuerto. ¿Qué se iban a decir tras diez días de silencio?

Si las cosas entre ambos estaban frías cuando Neal se había marchado la semana anterior, ahora estaban heladas.

El pitido constante se transformó en intermitente. Georgie soltó el auricular, que rebotó despacio al extremo del cordón en espiral.

¿Así se había sentido Neal la noche anterior? (En 1998.) ¿Cuando Georgie dejó el teléfono descolgado? Ya estaba muy preocupado, ya parecía sumamente asustado;

debió de volverse loco cuando descubrió que no podía contactar con ella. ¿Cuántas veces lo habría intentado?

Georgie siempre había pensado que un impulso intensamente romántico había inducido a Neal a conducir toda la noche con el fin de plantarse en su casa la mañana de Navidad. Pero era posible que hubiera agarrado el coche porque no podía contactar con ella. Puede que, sencillamente, hubiera sentido la necesidad de verla y de comprobar que seguían juntos…

Georgie se irguió en cámara lenta.

Neal. El rey de los gestos grandilocuentes. Neal, que cruzó el desierto y escaló montañas para reunirse con ella.

Neal.

El llavero de Georgie estaba en la barra, donde Heather lo había dejado. Lo agarró.

¿Qué más necesitaba? La licencia de manejo, la tarjeta de crédito, el teléfono… todas sus cosas estaban en el coche. Podía salir por la puerta del garaje y dejar la casa cerrada. Echó un vistazo a los cachorros camino de la calle.

Tenía que hacerlo.

Era su último cartucho.

# CAPÍTULO 30

Georgie se agachó para salir por la puerta del garaje antes de que se cerrara automáticamente.

—No deberías hacer eso —dijo una voz—. Es peligroso.

Se dio media vuelta; Seth estaba sentado en los peldaños del porche.

—¿Qué haces? —le preguntó.

Él negó con la cabeza.

—Sólo trataba de decidir qué decirte cuando llamara a la puerta. Esperaba encontrarte desvariando. Probablemente dopada. Y sin duda vestida como una lunática. Puede que no te hubiera dicho nada, que te hubiera dejado inconsciente (con algo pesado, quizás ese teléfono amarillo tuyo) para arrastrarte a la oficina.

Georgie dio unos cuantos pasos hacia él. Seth llevaba unos jeans oscuros, con los dobladillos arremangados de cualquier manera, unos zapatos de cordones en punta y un suéter verde de punto que Bing Crosby se habría puesto para cantar *Blanca Navidad*.

Lo miró a los ojos. Tenía un aspecto horrible.

—Supongo que no te disponías a venir al trabajo —comentó él.

Ella negó con la cabeza.

—Y que tampoco habrás estado escribiendo.

Georgie se limitó a mirarlo.

—Yo tampoco he escrito nada —prosiguió Seth… y se rio. Fue una carcajada auténtica, aunque algo apenada. Hundió las manos en los bolsillos del pantalón y miró el césped de la entrada—. En realidad, no es verdad… Te escribí montones de emails. *Eh, Georgie, ¿qué pasa? Eh, Georgie, ¿esto es gracioso? Eh, Georgie, no puedo hacerlo solo. Es la primera vez que lo intento y ahora sé que no puedo, es horrible* —la miró—. Eh, Georgie.

—Eh —respondió ella.

Se quedaron allí, sosteniéndose la mirada como si estuvieran sujetando algo muy caliente. Seth fue el primero en apartar la vista.

—Lo siento —dijo ella.

Él no respondió.

Ella dio otro paso.

—Podemos aplazar la reunión. A Maher Jafari le gusta lo que hacemos.

—No estoy seguro de que sea posible —repuso él—. No estoy seguro de que tenga importancia.

—La tiene.

Él la miró con gesto brusco.

—¿Y qué fecha estaría bien, en tu opinión? ¿Crees que para la semana que viene habrás vuelto a tus cabales? ¿Te parece que a Neal le vendrá bien en enero? ¿Piensas que para entonces se mostrará un poco más tolerante contigo?

—Seth, no…

Él se levantó y caminó hacia ella.

—¿No qué? ¿Que no te hable de Neal? ¿Prefieres que siga fingiendo que todo va bien? ¿Como haces tú?

—No lo entiendes.

Él levantó las manos con ademán exasperado.

—Nadie lo entiende mejor que yo. Llevo aquí desde el principio. Aquí mismo.

—No puedo hablar de esto ahorita. Tengo que irme.

Georgie se dio media vuelta, pero Seth la agarró del brazo para retenerla.

Habló en tono suave.

—Espera.

Georgie se detuvo y lo miró.

—He estado pensando —empezó él—. Me preguntaste si, de ser posible retroceder en el tiempo, cambiaría algo. Y te dije que sí. Y lo dije de veras. Pero no te dije… —lanzó un fuerte suspiro—. Georgie, puede que las cosas no deban ser así, ¿sabes?

Ella negó con la cabeza.

—No.

—Pienso una y otra vez en aquella fiesta de Halloween. Aquel día que Neal se portó como un tarado contigo. Me pediste que te llevara a casa y lo hice. Y… te dejé allí sola. A lo mejor no tendría que haberlo hecho. Quizás habría debido quedarme.

—Seth, no…

—A lo mejor estábamos destinados a otra cosa, Georgie.

—No.

—¿Cómo lo sabes? —le apretó el brazo—. No eres feliz. Y yo no soy feliz.

—Siempre pareces contento.

—Quizás comparado contigo.

—No —repitió Georgie—. Tu alegría parece genuina.

—Sólo me ves cuando estoy contigo.

Georgie inspiró débilmente y luego, con suavidad, retiró el brazo.

—Yo… —Seth volvió a meterse las manos en los bolsillos—. Ésta es la única relación que me ha funcionado. Ésta. Te quiero.

Las palabras cerraron los ojos de Georgie.

Los abrió.

—Pero no estás enamorado de mí.

Seth volvió a reír, otra vez con pena.

—Ha pasado tanto tiempo desde que eso era una opción que ya no lo sé… Sólo sé que me mata verte así.

Llevaba el cuello de la camisa arrugado bajo el suéter. Ella se lo alisó.

—A mí me mata —dijo Georgie— verte así.

Estaban muy cerca, cara a cara, mirándose a los ojos. Georgie no albergaba duda de que, por mucho tiempo que hubieran pasado juntos, jamás habían compartido esa postura exacta.

—Eso es lo que cambiaría —confesó Seth— si pudiera retroceder en el tiempo.

—No podemos retroceder en el tiempo —susurró ella.

—Te quiero —dijo él.

Georgie asintió.

Él se acercó aún más.

—Necesito que me lo digas.

Georgie no despegó la vista; lo meditó y, por fin, dijo:

—Yo también te quiero, Seth, pero…

—No digas nada —la interrumpió él—. Sólo… calla. Ya lo sé —relajó los hombros y desplazó el peso en un ángulo que lo separaba de ella. Ese mínimo gesto bastó para que la postura de ambos volviera a ser la de siempre.

Guardaron silencio.

—Y bien —Seth miró la calle—, ¿adónde ibas?

—A Omaha —respondió Georgie.

—A Omaha —repitió él—. Siempre te estás yendo a Omaha... —Seth le rodeó la cara con las manos y, rápidamente, le besó la coronilla. Luego se alejó a paso vivo y elegante hacia su coche—. No te olvides de mi aderezo.

# CAPÍTULO 31

Georgie nunca había ido sola al aeropuerto.

Y sólo en una ocasión había viajado en avión sin estar acompañada, cuando tenía once años, a Michigan, donde vivía su padre. La visita no había salido bien y Georgie nunca volvió. Y cuando su padre murió, estando ella en secundaria, y su madre le preguntó si quería asistir al funeral, prefirió no hacerlo.

—¿No fuiste?

Neal se había quedado perplejo cuando se lo contó. Se sabía que estaba perplejo porque enarcaba dos milímetros la ceja izquierda. (El rostro de Neal era como una flor que se abre. Verlo en acción requería toda una secuencia fotográfica. Pero Georgie había adquirido tal pericia en el arte de leer sus expresiones que sabía interpretar casi cualquier cambio en su rostro.)

—No lo conocí —arguyó Georgie.

Estaban sentados en el sofá cama del sótano de los padres de Neal. Celebraban la segunda o la tercera Navidad después de la boda y pasarían allí casi toda la semana.

La madre les había asignado el sofá del sótano, aunque en el antiguo dormitorio de Neal había una cama doble. *No quiere que contaminemos tu santuario*, se burlaba Georgie. Los padres de Neal no habían tocado el dormitorio desde que su hijo se fue a la universidad. Los recortes de prensa y las fotografías del equipo de lucha libre del que formaba parte en secundaria seguían en la pared. Aún había ropa en el clóset.

—*Como cuando vas a Disneylandia* —decía Georgie— *y te enseñan una réplica de la oficina de Walt, tal como la dejó.*

—¿Preferirías fotos de perros?

—*¿A fotos raras en las que apareces sudando, vestido con un traje de baño del siglo diecinueve?*

—*Se llama* maillot.

—*Es sumamente inquietante.*

La madre de Neal guardaba los álbumes de fotos familiares en el sótano. La semana que Georgie y Neal pasaron allí, los sacó todos.

—Si alguna vez llegas a ser presidente de los Estados Unidos —dijo Georgie, que tenía un gran álbum de cubiertas floreadas abierto sobre el regazo—, los historiadores le darán las gracias a tu madre por haber guardado tantos documentos.

—Gajes de ser hijo único —repuso él—. Quería conservar tantos recuerdos míos como pudiera.

Neal había sido un niño recio y flemático. Regordete y de ojos grandes cuando era un bebé. De mirada franca cuando cumplió quince años. Igualito a un hobbit en primaria; marcando abdomen con la camiseta por dentro de los jeans y las clásicas greñas de los años setenta. En secundaria ya se plantaba con firmeza sobre los dos pies, la espalda una pizca encorvada. No como si te desafiara a tumbarlo; Neal no era de ésos. Más bien como alguien a quien no podrías tumbar aunque quisieras. En los últimos años, ya era ancho y musculoso. Un objeto inamovible.

Sentada en el sofá, Georgie hojeaba los álbumes mientras Neal jugueteaba con su melena; ya habían visto todas aquellas fotos anteriormente.

Georgie se detuvo ante una foto en la que aparecían Neal y Dawn vestidos para un baile estudiantil. *Por Dios, parecían sacados de un video de John Cougar Mellencamp.*

—Ya —dijo él—. De todas formas...

—¿De todas formas, qué?

Georgie alisó el plástico por encima de la foto.

—Era tu padre.

Ella despegó la vista de Neal versión secundaria y miró al que tenía sentado al lado. Neal a los veinticinco. Más redondeado que en la adolescencia. Con menos tensión alrededor de los ojos. Que la miraba como si tuviera la intención de besarla en cuando hubiera acabado de defender su postura, fuera cual fuese.

—¿Qué? —preguntó Georgie.

—Es que no entiendo cómo pudiste faltar al funeral de tu padre.

—No tenía la sensación de que fuera mi padre —arguyó ella.

Neal aguardó a que ampliara la explicación.

—Su matrimonio con mi madre no duró ni diez minutos. Ni siquiera recuerdo haber vivido con él, y se mudó a Michigan cuando yo tenía cuatro años.

—¿Y no lo extrañabas?

—No había nada que extrañar.

—¿Pero no extrañabas algo? ¿Aunque sólo fuera el hecho de tener un padre?

Georgie se encogió de hombros.

—Pues no. Nunca me he sentido incompleta ni nada parecido, si te refieres a eso. Los padres deben de ser optativos, creo yo.

—Esa afirmación es una barbaridad.

—Bueno, ya sabes lo que quiero decir.

Georgie devolvió la mirada al álbum. Había montones de fotos de la graduación de Neal. En éstas mostraba impaciencia, como si, después de dieciocho años, se hubiera hartado del acoso fotográfico de su madre. El padre aparecía en casi todas también, aunque con una expresión mucho más tolerante.

—La verdad es que no. No te entiendo —replicó Neal.

Georgie pasó la página.

—Bueno, si lo tienes, y es un buen padre, pues genial. Pero no son necesarios.

Neal se irguió para separarse de ella.

—Son imprescindibles.

—No deben de serlo —dijo Georgie, que se giró en el sofá para mirarlo—. Yo no tuve padre.

La mirada de Neal era ceñuda; la boca, una línea recta.

—Eso no significa que no te hiciera falta.

—Pero si no me hizo falta… No lo tuve y estoy perfectamente.

—No lo estás.

—Sí —insistió ella—. ¿Por qué dices que no?

Él negó con un movimiento de la cabeza.

—No lo sé.

—No es propio de ti mostrarte tan irracional.

—No soy irracional. Nadie en el mundo me discutiría esto. Los padres no son optativos. Mi padre no era optativo.

—Porque estaba ahí —argumentó Georgie—. Pero si no hubiera estado, tu madre habría llenado los vacíos. Es lo que hacen las mamás.

—Georgie —Neal despegó la mano de su brazo, de su cabello—. Estás haciendo malabarismos con las palabras.

Ella abrazó el álbum de fotos contra su pecho.

—No hago nada. Soy el producto de una familia monoparental totalmente estable.

—Tu madre no es una persona estable.

—De acuerdo, eso es verdad. A lo mejor los niños tampoco necesitan madre.

Ahora le estaba tomando el pelo.

A Neal no le hizo gracia la broma. Se levantó del sofá y negó con la cabeza.

—Neal…

Se encaminó a las escaleras para alejarse de ella.

—¿Por qué te enojas? —preguntó Georgie—. Ni siquiera tenemos hijos.

Él se detuvo en mitad del tramo. Tuvo que agachar la cabeza para poder mirarla a los ojos.

—Porque ni siquiera tenemos hijos y ya me consideras optativo.

—Tú no —dijo ella, sin ceder ni un ápice; sin preguntarse qué quería decir en realidad—. Los hombres, en general.

Neal volvió a incorporarse y Georgie lo perdió de vista.

—Ahorita no puedo hablar contigo. Voy arriba a ayudar con la cena.

Georgie volvió a colocarse el álbum en el regazo y siguió hojeándolo hasta la última página.

—¿Adónde se dirige? —preguntó la empleada de la aerolínea sin alzar la vista.

—A Omaha.

—¿Apellido?

Georgie deletreó McCool y la mujer lo tecleó. Frunció el ceño.

—¿Tiene aquí su número de reservación?

—No tengo reservación —respondió Georgie—. Necesito una. Por eso estoy aquí.

La empleada miró a Georgie. Era una mujer negra de cincuenta y tantos, quizás sesenta y pocos. Llevaba el cabello recogido en un moño y observaba a Georgie por encima de unas gafas de montura dorada.

—¿No tiene boleto?

—Aún no —dijo Georgie—. Se había acercado al primer mostrador que había encontrado. Ni siquiera sabía si aquella compañía volaba a Omaha—. ¿Puedo sacarlo aquí?

—Sí… ¿Quiere viajar hoy?

—Lo antes posible.

—Es Nochebuena —apuntó la mujer.

—Ya lo sé —asintió Georgie.

La mujer (ESTELLE, decía su gafete) enarcó las cejas y, devolviendo la mirada a la pantalla de su terminal, siguió tecleando.

—Quiere ir a Omaha —repitió.

—Sí.

—Esta noche.

—Sí.

Tecleó algo más. De vez en cuando, murmuraba un "mmm" desconcertado.

Georgie cambió de postura para desplazar el peso a la otra pierna e hizo tintinear las llaves. Ya había olvidado dónde se había estacionado.

La empleada (Estelle) se alejó y tomó el auricular de un teléfono de pared. Parecía un aparato especial. Encima del mismo, empotrada en la pared, brillaba una luz anaranjada. *Ése es el aspecto que debería tener un teléfono mágico*, pensó Georgie.

Estelle regresó a su repiqueteante terminal.

—Está bien —suspiró al cabo de un minuto.

Georgie se humedeció los labios. Los tenía partidos, pero no llevaba pomada para los labios encima.

—Puede viajar esta noche hasta Denver con United. Una vez allí, tendrá que cruzar los dedos. Hay retrasos al otro lado de las montañas.

—Me lo quedo —aceptó Georgie—. Gracias.

—No me dé las gracias —le aconsejó Estelle—. Soy la mujer que está a punto de dejarla tirada en el aeropuerto de Denver la víspera de Navidad. ¿Identificación?

Georgie le tendió la tarjeta de crédito y la licencia de manejo.

El boleto costaba un ojo de la cara, pero ella no parpadeó.

—Por este precio, podría volar a Singapur —comentó Estelle—. Y sin escalas… ¿Algo que facturar?

—No —repuso Georgie.

Con una mano sobre la impresora, Estelle aguardó a que salieran los boletos.

—¿Y qué le espera en Omaha? Aparte de medio metro de nieve.

—Mis hijas —respondió ella, y se le encogió el corazón—. Y mi marido.

El semblante de la otra mujer se suavizó por primera vez desde que Georgie había llegado al mostrador. Le tendió los pases de abordar.

—Bueno, pues espero que llegue cuanto antes. Dese prisa. Tiene veinte minutos para abordar.

Durante los siguientes veinte minutos, Georgie se sintió la heroína de una comedia romántica.

Incluso decidió el tema de la banda sonora: Kenny Loggins interpretando una triunfante versión en vivo de *Celebrate me home*. (Suave y queda al principio para ir ganando intensidad después en un irresistible crescendo. Soul blanco a tope.)

Corrió por el aeropuerto. Sin maleta que arrastrar, sin niñas a las que apresurar.

Se cruzó con familias enteras. Con encantadoras parejas de ancianos. Con voluntarios que coreaban villancicos ataviados con suéteres rojos y verdes.

La certidumbre de Georgie aumentaba con cada paso que daba.

Tendría que haber hecho esto mismo en el instante en que Neal partió la semana anterior. Cruzar el país en busca de tu verdadero amor siempre es la estrategia más acertada. (Siempre. En todos los casos.)

Las cosas se arreglarían si Georgie conseguía reunirse con Neal. Si oía su voz. Si sentía sus brazos alrededor del cuerpo.

Igual que se habían arreglado cuando él se había presentado en su casa quince años atrás. (Mañana por la mañana.) Aquel día, en el instante en que había visto su rostro, lo había perdonado.

La puerta de la sala de abordar ya estaba abierta cuando Georgie, roja de la cara y sin aliento, llegó. Una guapa azafata rubia tomó su boleto y sonrió:

—Que tenga un buen vuelo… y feliz Navidad.

# CAPÍTULO 32

El avión no despegaba.

Los pasajeros se abrocharon el cinturón. Apagaron los aparatos electrónicos. La azafata guapa les indicó dónde estaba la puerta de emergencia en caso de accidente o riesgo de muerte. Luego el avión rodó por el aeropuerto durante unos minutos.

Y algunos más.

Unos veinte minutos en total.

Georgie estaba sentada entre una emperifollada mujer que se crispaba cada vez que le rozaba el muslo y un niño de la edad de Alice que llevaba una camiseta con el lema ES PATÉTICO estampado en la pechera. (Era demasiado joven para ver *Los desastres de Jeff*, en opinión de Georgie.)

—¿Así que te gusta Trev? —le preguntó Georgie.

—¿Quién?

—Tu camiseta.

El niño se encogió de hombros y conectó el celular. Un minuto después, la azafata se acercó y le pidió que lo apagara.

Tras cuarenta minutos rodando de acá para allá, Georgie se dio cuenta de que el niño era el hijo de la mujer estirada. Constantemente se dirigía a él por delante de Georgie.

—¿Quiere que intercambiemos el asiento? —le preguntó.

—Siempre dejamos un asiento libre entre los dos —explicó la mujer—. Por lo general, eso nos proporciona más espacio, porque nadie quiere sentarse en el centro.

—¿Y no prefieren sentarse juntos? —insistió Georgie—. Porque no me molesta cambiarme.

—No —respondió la mujer—. Será mejor que nos quedemos donde estamos. Utilizan los números de asiento para identificar los cuerpos.

El capitán se dirigió a los pasajeros por el intercomunicador para disculparse por no poder conectar el aire acondicionado y para pedirles que se quedaran sentados. *Somos los quintos en la cola de despegue.*

Luego volvió a dirigirse a ellos para informarles que ya no estaban haciendo cola, sino esperando noticias de Denver.

—¿Qué pasa en Denver? —le preguntó Georgie a la azafata cuando ésta, una vez más, se acercó a pedirle al niño que apagara el celular.

—Es el apocalipsis blanco —respondió ella en tono alegre.

—¿Está nevando? —preguntó Georgie—. ¿Nieva siempre en Denver?

—Hay una ventisca. De Denver a Indianápolis.

—¿Pero despegaremos de todas formas?

—La tormenta se está desplazando —explicó la azafata—. Estamos esperando a que nos lo confirmen y luego despegaremos.

—Ah —dijo Georgie—. Gracias.

El avión regresó a la zona de la puerta de abordar. Luego volvió a desplazarse de acá para allá. Georgie observó cómo el niño se entretenía con un videojuego hasta que se le agotó la batería del celular.

Toda la tensión y la adrenalina que habían inundado su cuerpo mientras estaba en el aeropuerto se le escurrió por los pies. Tenía hambre y estaba triste. Se echó hacia delante para no rozar a la mujer del asiento contiguo.

Georgie no dejaba de darle vueltas a la última conversación que había mantenido con Neal, a su última discusión. Y empezó a preguntarse si aquella discusión no acabaría siendo realmente la última. Si la actitud de Georgie lo había disuadido de pedirle que se casara con él, todas las peleas que habían mantenido desde entonces se borrarían, ¿no?

Cuando el capitán anunció por fin la buena noticia (*Hay un claro*), Georgie ya había tirado la toalla. *Esto es el purgatorio,* pensaba. *Un lugar al margen del espacio. Al margen del tiempo. Inaccesible.*

A su alrededor, los pasajeros prorrumpieron en aplausos.

A Georgie no le gustaba volar. Neal siempre le tomaba la mano durante el despegue y cuando había turbulencias.

Ahora que la familia era demasiado extensa como para que todos se sentaran juntos, se colocaban en parejas, en la misma hilera; Georgie y Neal en los asientos de pasillo, para que él le pudiera tomar la mano en caso de ser necesario.

En ocasiones, ni siquiera levantaba la vista del crucigrama; se limitaba a tenderle la mano cuando el avión empezaba a sacudirse. Georgie intentaba disimular el miedo, por las niñas. Pero siempre se asustaba. Si se le escapaba una exclamación o inspiraba con fuerza, Neal le apretaba la mano y la miraba. *Eh, tesoro. No es nada. Mira a esa azafata de allí; está durmiendo. Todo va bien.*

Las turbulencias continuaron a lo largo de una hora durante el vuelo a Denver. La mujer del asiento contiguo al de Georgie no les concedía la menor importancia, salvo si la cadera de Georgie rozaba la suya como consecuencia de las sacudidas.

El niño se había dormido contra su cuerpo. Ella se inclinó hacia él, apretó los puños y cerró los ojos.

Trató de imaginar a Neal sorteando la ventisca para reunirse con ella.

Pero no hubo ventisca en 1998.

Y puede que Neal no tuviera intención de reunirse con ella en este momento.

Trató de recordar las frases que había pronunciado durante la conversación telefónica de la noche anterior. Y las respuestas que él le había dado.

Neal debió de pensar que se había trastornado. Tendría que haberle hablado del teléfono mágico. Haberle contado la verdad. En ese caso, lo habrían resuelto juntos. Como Sherlock y Watson, cada uno a un extremo del espacio-tiempo.

O más bien Neal podría haber aclarado el misterio. Él era el Sherlock y el Watson de la relación.

El avión se ladeó y Georgie clavó la cabeza en el respaldo al tiempo que se repetía mentalmente las palabras de Neal. *No es nada. Todo va bien.*

El día declinaba en Denver. El avión voló en círculos (y se agitó) durante cuarenta y cinco minutos antes de que la tormenta amainara lo suficiente como para que pudieran aterrizar. Cuando Georgie cruzó por fin la pasarela, estaba segura de que iba a vomitar, pero la sensación remitió rápidamente. Hacía frío en el pasillo. Adelantando a la dama intocable y a su hijo, sacó el pase de abordar para Omaha.

Había perdido el vuelo, pero sin duda habría otro; Omaha es la ciudad más grande entre Denver y Chicago. (Eso decía Neal.)

Desorientada, se internó en el aeropuerto. Estaba atestado. Había gente sentada en el suelo, apoyada contra los ventanales. Todas y cada una de las puertas de abordar, de punta a punta del vestíbulo, estaban a reventar.

Georgie tenía que llegar al otro lado de la terminal. Encontró una banda eléctrica y la recorrió a paso vivo. Tenía la sensación de que el tiempo discurría más rápidamente para ella que para las personas a las que adelantaba. Nadie más parecía tener prisa. Y casi todas las tiendas estaban cerradas, con las luces apagadas, aunque todavía no habían dado las seis. *Es Nochebuena*, se dijo. Y luego: *Apocalipsis blanco*.

Cuando llegó a su puerta de abordar, no encontró ningún asiento libre en la sala de espera. La gente se amontonaba alrededor de un televisor mudo, mirando el canal del tiempo. En la zona del mostrador había un panel con tres números de vuelo. Los tres iban con retraso. En teoría, no había perdido el avión, porque no había despegado.

Georgie se formó en la cola, pensando que si se quedaba ahí tendría más probabilidades de llegar a Omaha.

Cuando por fin llegó al mostrador, el empleado de la aerolínea la recibió con un gesto sorprendentemente animado.

—Lo mejor que puede hacer es recurrir al *Apparate*.

—¿Perdón?

—Un chiste de Harry Potter —aclaró él.

—Ya.

Georgie no había leído los libros de Harry Potter, pero Seth y ella habían ido a ver casi todas las películas, los días que a él le latía salir de la oficina. A Georgie, los brujos no le decían nada, pero le chiflaba Alan Rickman.

*—¿Desde cuándo te gustan los tipos de mediana edad?* —le preguntó Seth.

*—Desde que soy una mujer de mediana edad.*

*—Bájale, Georgie. Tenemos treinta y tantos.*

*—Dios mío, me encantaba esa serie.*

*—Ya lo sé* —dijo él.

*—Lo que demuestra que soy una mujer de mediana edad* —concluyó Georgie. *Extraño* Treinta y tantos.

El Starbucks que había junto a su puerta de abordar estaba cerrado. Y el McDonald's. Y el Jamba Juice. Georgie sacó un sándwich de pavo de una máquina expendedora y un cargador de iPhone de otra. Luego compró un café horrible en el único local abierto, un bar decorado como una película del oeste, y regresó a la sala de espera. Encontró un sitio donde recostarse.

El cristal estaba frío a su espalda. Georgie forzó la vista para mirar a través del ventanal. No veía nada, ni siquiera nieve, sólo sombras, pero oía el viento. Aullaba como si Georgie siguiera en el avión.

Enfrente de ella, una mujer partía una galleta por la mitad para repartirla entre sus hijas, dos niñas tan pequeñas como para compartir un mismo asiento. Tenían sendas servilletas extendidas sobre el regazo y cada una sostenía un cartón de leche. La mujer estaba sentada junto a su marido, quien, con un indolente brazo apoyado en el respaldo de ella, le acariciaba el hombro con ademán distraído.

A Georgie le entraron ganas de acercarse a ellos. Quería quitar las migas de los abrigos de las niñas. Tenía ganas de hablar con ellos. *Yo también tengo hijas,* le diría a la mujer. *Dos, igual que tú.*

¿Las tenía?

¿Aún?

Georgie se ponía a prueba a sí misma haciendo inventario de sus recuerdos, redactando una lista, hacia atrás. El día que Alice cumplió siete años. El primer Halloween de Noomi en Disneylandia. Neal podando el césped. Neal despotricando del tráfico. Neal acurrucándose contra ella cuando Georgie sufría de insomnio.

*—¿Estás bien?*

*—No puedo dormir.*

*—Ven aquí, locatis.*

El día que Neal enseñó a Alice a hacer palomitas. Neal dibujando un jerbo dormido en el brazo de Georgie.

Ella nunca recordaba la diferencia entre el jerbo, el hámster y el conejillo de Indias, de ahí que Neal se los dibujara en la piel cuando se aburría. *Un acordeón*, le decía, y le dibujaba en el codo un globo con las palabras: "Soy un conejillo de Indias".

Se pasó la mano por el pálido brazo. A la niña de enfrente se le cayó el envase de leche. Georgie se inclinó para recogerlo. La madre le sonrió y ella le devolvió la sonrisa. *Yo también tengo dos hijas*, decía el gesto.

Echaba de menos a sus hijas. Quería verlas. Llevaba fotos en el teléfono…

Georgie miró a su alrededor y vio un enchufe en la pared, a pocos metros de donde estaba; dos personas habían conectado sus cargadores. Se acercó y preguntó si les molestaba que enchufara el suyo cuando hubieran terminado.

—Sólo será un momento —aclaró—, para checar los mensajes.

—Adelante —le dijo un chico de algo más de veinte años. Tendría la edad de Neal; del Neal de 1998. El chico desenchufó su teléfono y se alejó unos centímetros para ofrecerle espacio.

Georgie se arrodilló con dificultad entre el joven y una mujer que escribía en una laptop. Extrajo el cargador del empaque y se sacó el celular del bolsillo. Después de conectarlo, aguardó a ver aparecer la manzana blanca.

No sucedió nada.

—¿Hace rato que está descargado? —le preguntó el chico—. A veces tarda un rato.

Georgie esperó.

Conectó y desconectó ambos extremos. Presionó los botones.

Una lágrima se estrelló en la pantalla. (Suya, claro.)

—¿Quieres usar mi teléfono? —preguntó el chico.

—No, tranquilo —le dijo Georgie—. Gracias.

Desconectó el celular y se levantó. Una vez de pie, perdió el equilibrio un instante. Se dio media vuelta para irse, pero cambió de idea.

—Si no te molesta, eh, sí. ¿Puedo usar tu teléfono?

—Claro —el chico se lo tendió.

Georgie marcó el número del celular de Neal.

—Lo sentimos. Este buzón de voz está… lleno.

Le devolvió el celular al joven.

—Gracias.

Le habían quitado el sitio de la pared, el que estaba cerca de las niñas. Una mujer se había sentado allí con un niño de pañal.

Georgie volvió a mirar el panel. Todavía indicaba que su vuelo iba con retraso. Uno había sido cancelado. Se alejó de la puerta de abordar y tiró el celular a un bote de basura.

Luego lo pensó mejor y metió la mano en el bote para recuperarlo. (Estaba en lo alto del montón de basura.) (En los aeropuertos, los botes de basura no están muy sucios.) Un anciano envuelto en un voluminoso anorak la miró. Ella sostuvo el teléfono con ostentación, no fuera a pensar aquel hombre que estaba buscando comida.

Se lo guardó en el bolsillo y se encaminó a la banda eléctrica. La recorrió a paso vivo en un sentido y luego en el otro.

El hecho de que Georgie no pudiera ver las fotos de sus hijas en el teléfono no significaba que las niñas hubieran desaparecido.

El hecho de que no pudiera ver las fotos de sus hijas en el celular no significaba que no siguieran existiendo.

En alguna parte.

*La cama de Noomi, ocupada por más de diez gatos de peluche. Las muñecas recortables de Alice. Noomi chupándose la trenza y Neal retirándosela de la boca. Noomi chupándose la otra trenza y Neal atándole las dos en la coronilla.*

*Neal en la cocina. Neal preparando chocolate caliente. Neal preparando la cena de Acción de Gracias. Neal junto a los fogones cuando Georgie llegaba tarde del trabajo. No sabía qué te querrías llevar, así que te lavé todo lo que había en el cesto de la ropa sucia. Y acuérdate de que allí hace mucho frío, y siempre se te olvida.*

Le habría bastado ver las fotos para sentirse mejor.

Si tuviera alguna prueba, aunque no las necesitaba, pero si tuviera alguna prueba de que seguían ahí… Se frotó el desnudo dedo anular. Se vació los bolsillos en busca de alguna señal de vida. Sólo llevaba la tarjeta de crédito y la licencia de manejo, ambas con su apellido de soltera.

La luz declinaba en el interior del aeropuerto.

En los aeropuertos siempre hay poca luz por la noche, y en éste había aún menos, con los escaparates apagados y la nieve en el exterior. Georgie todavía oía el viento, aunque se había alejado de los ventanales. El edificio entero vibraba con él.

En algún momento, abandonó la banda eléctrica. De repente el suelo le resultaba demasiado estático y se tambaleó. Cuando se recuperó, caminó hasta el baño más cercano y se miró en un espejo de cuerpo entero. En cuanto el baño se vació de gente, levantó su camiseta y se pasó la mano por las grietas del vientre, por la pegajosa cicatriz que le recorría la parte alta del pubis.

Seguía ahí.

# CAPÍTULO 33

Georgie comprendió que algo iba mal porque ya había pasado por aquello anteriormente y, en la primera ocasión, el bebé había aparecido al momento.

Cuando Alice nació, le practicaron una incisión y luego sintió una especie de tirón pegajoso (como si alguien hubiera pescado una perca en sus entrañas). A continuación la comadrona salió corriendo con el bebé y Georgie dio gracias a Dios por los berridos.

Lo más engorroso, tras el nacimiento de Alice, fue el proceso de su propia reconstrucción. Neal le contó que los médicos le habían extraído el útero, se lo habían colocado sobre la barriga y habían hurgado en el interior de su abdomen para comprobar que no hubiera nada raro.

Neal había permanecido a su lado aquel día, cuando Alice nació.

Ahora también estaba allí. Georgie tenía las manos sujetas con correas a ambos lados del cuerpo y Neal le apretaba una.

Georgie supo que algo iba mal porque le practicaron la incisión y sintió la presión de las manos del médico en su interior, pero el bebé no apareció. No hubo ninguna prisa. La comadrona que, en teoría, debía llevarse al bebé permaneció junto al médico (y al interno y a los dos estudiantes de medicina) muy tensa y con las manos vacías.

Supo que algo iba mal porque a Neal le palpitaba la mandíbula. Por su manera de mirar a todos los presentes.

Volvió a notar presión; más manos, no sólo dos.

La anestesista hablaba con ella en tono quedo. *Lo estás haciendo muy bien, mamá. Lo estás haciendo de maravilla.* Como si hiciera falta un talento especial para yacer inmóvil en una mesa. (A lo mejor sí.) Pinchaba el pecho de Georgie con un palillo de dientes.

—*¿Lo sientes?*

—*Sí.*

—*¿Y ahora?*

—*No.*

—*Es posible que experimentes una sensación de ahogo* —le dijo la anestesista—, *pero puedes respirar. Tú sigue respirando, mamá.*

Todos hablaban ahora entre sí, los médicos y las enfermeras, aunque se limitaban a pronunciar números. De repente, la mesa empezó a inclinarse hacia atrás. Ahora Georgie yacía en una suave pendiente, con la cabeza apuntando al suelo.

*Esto no va bien*, pensó con tranquilidad con la mirada clavada en las luces del techo.

Le pareció una actitud inteligente conservar la calma en esas circunstancias, con el cuerpo abierto en canal y la sangre circulando por un tubo con destino a Dios sabe dónde. Veía un brazo reflejado en la lámpara; la manga estaba teñida de rojo.

Neal apretó la mano de Georgie.

Desvió la atención de los médicos y de la zona en la que, supuestamente, el bebé debía de aparecer y se giró hacia su esposa. Apretaba los dientes, pero su mirada permanecía fiera y franca.

Tal vez fuera por eso por lo que Neal jamás bajaba la guardia. Sus ojos, libres de contención, podían perforar túneles en montañas.

Georgie siguió respirando. Adentro, afuera. Adentro, afuera. *Lo estás haciendo muy bien, mamá,* musitó la anestesista. Georgie supo que mentía.

Los ojos de Neal proyectaban fuego. Si siempre mirara a Georgie con esa expresión, se sentiría incómoda. Si siempre la mirara así, ella no podría desviar la mirada.

Pero jamás dudaría de que la amaba.

*¿Cómo había podido dudar de que la amaba?*

Neal se estaba despidiendo de ella con esa mirada. Le estaba suplicando que se quedara. Le decía que lo estaba haciendo muy bien. Sigue respirando, Georgie.

*¿Cómo había llegado a dudar de que la amaba? Cuando amarla era lo que mejor hacía de cuanto se le daba de maravilla.*

La anestesista cubrió la boca de Georgie con una mascarilla de plástico.

Georgie no despegó la mirada de Neal.

Cuando despertó, ya muy entrada la noche, en una sala de recuperación, comprendió que nadie esperaba que lo hiciera.

Había un moisés hospitalario pegado a su cama y Neal dormía en una silla.

# CAPÍTULO 34

El personal del aeropuerto había traído catres y los había tendido por el pasillo que discurría entre una puerta de abordar y otra. La zona parecía un hospital de guerra.

Georgie no creía que fuera a pegar el ojo esa noche, delante de un montón de desconocidos, ni de ningún otro modo. Aunque le habría gustado tener una cobija... De haber visto alguna tienda abierta, habría comprado una de esas enormes sudaderas de los Broncos, azules y naranjas, que exhibían en los escaparates.

La gente dormitaba a su alrededor, sentada en sillas y recostada contra la pared. Dormían con la cabeza apoyada en el bolso y las manos en las maletas. Como si les preocupara la presencia de carteristas. A Georgie le tenían sin cuidado los carteristas; no tenía nada que le pudieran robar.

Debía de ser tarde. O temprano. Georgie había perdido completamente la noción del tiempo, aunque seguía mirando el celular de vez en cuando, por costumbre. Las luces del aeropuerto seguían encendidas, pero la oscuridad era excesiva para leer sin una lamparita de lectura. Parecía como si el viento empujara las tinieblas al interior de la terminal.

La tormenta concedió una tregua. O quizás estuviera amainando; Georgie no sabía cómo solían terminar las ventiscas.

Anunciaron un cambio de puerta, luego se produjo otra espera. A continuación se sorprendió embarcando, sólo consciente a medias de qué vuelo era el suyo o adónde se dirigía.

—¿Omaha? —le preguntó la asistente de vuelo cuando Georgie llegó al avión.

—Omaha —respondió ella.

El avión contaba únicamente con unas quince filas de asientos, dos por hilera. Nunca había viajado en un avión tan pequeño; sólo había oído hablar de ellos cuando se estrellaban.

Georgie se preguntó si los pilotos estarían tan agotados como ella. ¿Por qué molestarse en despegar, a esas alturas? ¿En plena noche? A menos que la tripulación también viajara rumbo a casa.

# MIÉRCOLES, NAVIDAD DE 2013

# CAPÍTULO 35

Despuntaba el alba cuando salieron de Denver, y Omaha era ahora un resplandor blanco que se extendía a sus pies. Georgie se aferró a los reposabrazos durante el aterrizaje y se levantó antes de que la luz del cinturón de seguridad se hubiera apagado.

Lo había conseguido. Había llegado. Estaba cerca.

Alice. Noomi. Neal.

El aeropuerto de Omaha parecía abandonado. La cafetería estaba cerrada. Y el puesto de revistas. En sus visitas anteriores, cuando Georgie cruzaba el control de seguridad, los padres de Neal (su madre, últimamente) los estaban esperando allí mismo, en la breve fila de asientos.

En esta ocasión sólo había una persona aguardando. Una joven enfundada en un grueso anorak morado. Se levantó de un salto y echó a correr hacia ella. En aquel instante, otra persona adelantó a Georgie desde atrás, también a toda prisa: el chico del aeropuerto de Denver que le había prestado el teléfono.

La joven se arrojó a sus brazos y él la hizo girar en inestables volandas. La alegría del encuentro embistió a Georgie como una onda sísmica. La bolsa de viaje del chico cayó al suelo y su rostro desapareció en la melena larga y ondulada de ella.

Conteniendo el aliento, Georgie los dejó atrás.

*Sigue andando. Estás muy cerca. Esta historia está a punto de terminar.*

La terminal estaba desierta, salvo por unos cuantos pasajeros del avión de Georgie y un guardia de seguridad. Si las niñas hubieran estado allí, Georgie les habría permitido echar a correr. Alice podría haber dado volteretas si hubiera querido. No había nadie en el aeropuerto a quien molestar.

Georgie echó a correr hacia la escalera eléctrica. Estaba cerca. Muy cerca. Corrió a la salida y se internó en la puerta giratoria… Entonces se detuvo en seco.

La nieve lo cubría todo.

Como…, bueno, como en la tele. El estacionamiento de enfrente asemejaba una casita de jengibre rematada de grueso betún blanco.

La nieve parecía tan blanda como el betún. Suave pero con textura. Franqueó la puerta y se internó en el frío, que le cortó el aliento en cuanto respiró. (La camiseta no la resguardaba del intenso frío. La piel no le ofrecía protección alguna.)

*Dios mío. Ay, Dios mío. ¿Las niñas vieron esto?*

Georgie se inclinó hacia una jardinera vacía y, tras presionar la nieve con las manos, observó los cuatro desfiladeros creados por sus dedos. La nieve era ligera, pero conservaba la forma. Desplazó la palma para dibujar una curva suave.

Pensaba que la nieve sería fría al tacto, pero no. Cuando menos, no al principio. No hasta que empezó a derretirse entre sus dedos. La desplazó con los pies y enseguida se le enfriaron también. Pisoteó con fuerza para sacudirse el hielo de las balerinas al tiempo que miraba a ambos lados de la calle para localizar la parada de taxis. Ni siquiera había coches estacionados.

Georgie se cruzó de brazos y echó a andar por la acera en busca de una señal.

—¿Estás esperando a alguien? —le preguntó una voz.

Se dio media vuelta y vio a la extática parejita. Todavía aferrados entre sí, como si no se acabaran de creer que estaban juntos por fin.

—Buscaba la parada de taxis —dijo Georgie.

—¿Buscas un taxi? —le preguntó el chico. El hombre. En realidad era un hombre. Debía de tener veintidós o veintitrés años; el cabello le empezaba a ralear.

—Sí —asintió ella.

—¿Ya lo pediste?

—Este… —Georgie estaba temblando pero intentaba disimularlo—. No. ¿Hay que pedirlo?

El chico miró a su novia.

—No hay parada de taxis aquí —le explicó la chica con expresión apenada, pero también como si pensara que Georgie era idiota—. O sea, suele haber unos cuantos, si la gente los llama, pero… Es Navidad.

—Ay —dijo Georgie—. Claro —volvió a mirar a ambos lados de la calle—. Gracias.

—¿Quieres usar mi teléfono? —le ofreció el chico.

—No te preocupes —respondió Georgie al tiempo que se giraba hacia la entrada del aeropuerto—. Gracias otra vez.

Los oyó hablar con voz queda. El chico dijo algo sobre José, María y las posadas llenas.

—Eh, ¿te podemos acompañar a alguna parte? —le gritó.

Georgie volteó a verlos. El chico sonreía. Su novia parecía preocupada. Seguro que ambos eran miembros de una secta satánica juvenil de Nebraska que frecuentaba los aeropuertos los días festivos con la intención de secuestrar a pobres incautos.

—Sí —aceptó—. Gracias.

—¿No llevas maleta? —le preguntó la chica.

—No —respondió Georgie, y no se le ocurrió ninguna excusa coherente para explicar su falta de maleta/abrigo/calcetines.

—Okey —dijo el chico. (A Georgie le costaba referirse a él como un hombre) —. ¿Adónde?

—Ponca Hills —respondió ella.

Él volteó a ver a su novia. Viajaban los tres sentados en el asiento delantero de una camioneta, la chica apretujada en el centro. La calefacción no funcionaba y el parabrisas ya se había empañado. El chico lo secó con la manga de su abrigo de estilo militar.

—Está al norte —apuntó la joven al tiempo que sacaba el celular—. ¿Me dices la dirección?

*La dirección, la dirección…*

—Carretera Rainwood —dijo Georgie, aliviada de recordar por lo menos la calle de los padres de Neal, y luego suplicó para sus adentros que la carretera Rainwood no discurriera a lo largo de toda la ciudad.

La chica escribió algo en el celular.

—Okey —le dijo a su novio—. Gira aquí a la derecha.

Georgie se preguntó cuánto tiempo habrían pasado separados.

El muchacho no se cansaba de besar el cabello de la chica y de apretarle la pierna. Georgie miró por la ventanilla para concederles una pizca de intimidad; y porque toda la ciudad parecía un país encantado. Nunca había visto nada parecido.

Y pensar que algo así caía del cielo, sin más.

Y adquiría ese aspecto. Como si el hada Campanita hubiera pintado tejados y árboles.

¿Cómo era posible que la gente se acostumbrara a ese paisaje?

Al principio Georgie no se percató de que debía de ser complicado conducir en esas condiciones. Avanzaban despacio, pero la camioneta patinó igualmente al llegar a un semáforo en rojo.

—No puedo creer que hayas venido a buscarme con toda esta nieve —comentó el chico.

—No te iba a dejar en el aeropuerto —respondió ella—. Fui con mucho cuidado.

Él sonrió y volvió a besarla. Georgie se preguntó si estarían llegando ya al barrio de Neal. Apenas circulaban coches por las calles. Unas cuantas personas retiraban la nieve de la acera a paladas.

Debían de estar muy cerca. Georgie reconoció un parque. Un puente. El boliche. La chica daba indicaciones a su novio. Georgie reconoció la pizzería a la que solían ir Neal y ella.

—Estamos cerca —dijo inclinándose hacia delante y apoyando la mano en el tablero.

—Rainwood debería ser la próxima a la derecha —indicó la muchacha.

—Sí —asintió el chico.

En ese momento, la camioneta se detuvo.

La joven alzó la vista.

—Uf.

Georgie miró calle arriba pero no entendió cuál era el problema.

El chico suspiró y se frotó el cabello, rubio cenizo. Se giró hacia Georgie.

—Puede que podamos remontar la mitad de la cuesta, pero no estoy seguro de que podamos bajar de regreso. Ni salir.

—Ah… —dijo Georgie—. Bueno. Estamos cerca. Puedo ir andando desde aquí. Conozco el camino.

Ambos la miraron como si estuviera loca.

—Si no llevas abrigo —dijo él.

—Ni zapatos —agregó ella.

—No me pasará nada —los tranquilizó Georgie—. Son cinco cuadras a lo sumo. No voy a morir congelada —les aseguró como si fuera una experta en muerte por congelación, lo que obviamente no era el caso.

—Espera un momento —el joven bajó de la camioneta y regresó treinta segundos después con su bolsa de viaje. Abrió el cierre y asomaron prendas de ropa que él fue depositando en el regazo de su novia—. Toma —dijo a la vez que le ofrecía a Georgie un grueso suéter de lana gris—. Póntelo.

—No puedo quedarme con tu suéter —protestó Georgie.

—Llévatelo. Ya me lo enviarás; mi madre marca todas mis prendas con el nombre y la dirección. Quédatelo, no pasa nada.

—Póntelo —insistió la chica.

—A lo mejor tengo otras botas… —el joven devolvió las prendas a la bolsa—. Puede que lleve unas de montaña en la cajuela.

Su novia puso los ojos en blanco y, durante un instante, Georgie tuvo la sensación de estar viendo a Heather.

—O si no… ¿por qué no me dices adónde vas? —le propuso el chico a Georgie—. Me acercaré a tu casa y volveré con unos zapatos y un abrigo o lo que sea.

—No —rehusó ella. Se puso el suéter—. Ya han hecho bastante, gracias.

—Pero no puedes caminar descalza por la nieve —insistió él.

—No me pasará nada —Georgie abrió la portezuela.

Él abrió la suya.

—Ay, por el amor de Dios —exclamó la chica—. Toma mis botas —se agachó. Georgie advirtió que llevaba un pequeño anillo de compromiso—. Quédatelas. Ni siquiera me gustan.

—Para nada —se negó Georgie—. ¿Y si se quedan atascados en la nieve?

—No me pasará nada —prometió ella—. Él es capaz de llevarme en brazos por toda la ciudad antes de dejar que me moje los pies.

El chico sonrió a su novia. Ella volvió a poner los ojos en blanco y acabó de descalzarse.

—Quédatelas —insistió la muchacha—. Se le metió en la cabeza que eres nuestra buena obra de Navidad. Si no te ayudamos, nunca conseguirá sus alas.

Georgie aceptó las botas. Eran unas Ugg de imitación. Parecían más o menos de su talla.

Se quitó las balerinas de piel; un regalo de cumpleaños de Seth, así que debían de ser carísimas. (Seth siempre le regalaba prendas de ropa a Georgie por Navidad, normalmente para reemplazar la prenda más patética de su vestuario. Menos mal que no había visto los brassieres.)

—Te puedes quedar con éstas —propuso Georgie—. Si las quieres.

La chica titubeó.

—Esperaremos un rato aquí —intervino el joven—. Vuelve si necesitas ayuda.

*Bien,* pensó Georgie mientras se calzaba las botas. *Si mi marido no me reconoce. Si mi suegra ya no vive allí. Si todas las personas que conozco han muerto o no han nacido porque he interferido en el espacio-tiempo…*

—Gracias.

—Feliz Navidad —se despidió el chico.

—Vete con cuidado —añadió su prometida—. Puede que haya hielo.

—Gracias.

Georgie sacó las piernas de la camioneta y saltó al suelo. Se agarró a la manija de la portezuela cuando las piernas se le hundieron dos palmos.

Los quitanieves todavía no habían pasado. Georgie creía recordar que no había aceras; Neal y ella caminaban por la calzada cada vez que iban a buscar pizza, columpiando sus manos unidas.

La nieve cubría a Georgie hasta las pantorrillas. Tenía que doblar las rodillas para poder avanzar. Se le estaban congelando las orejas y los párpados, pero cuando hubo recorrido una manzana tenía las mejillas encendidas y jadeaba.

Dios mío, jamás había imaginado que fuera posible sentir tanto frío.

¿Por qué se empeñaban las personas en vivir en lugares que, obviamente, no los querían allí? Toda esa historia de la nieve y las estaciones. Nadie debería verse obligado a hacer tantos esfuerzos para no morir cada vez que salía de casa.

Reinaba un silencio tan absoluto que la respiración de Georgie resonaba estrepitosa en el aire. Miró hacia atrás, pero ya no veía la camioneta roja. No veía signo alguno de vida. No costaba mucho imaginar que todas esas casas que iba dejando atrás estaban vacías.

Georgie sintió lágrimas en los ojos e intentó fingir que se debían al frío o al cansancio, no a lo que le esperaba, o no le esperaba, en lo alto de la cuesta.

# CAPÍTULO 36

Neal se crió en una casa de estilo colonial cuya entrada de coches circundaba el edificio por completo. Su madre estaba sumamente orgullosa de esa calzada. La primera vez que Georgie fue de visita, pocos meses después de que Neal y ella se comprometieran, la mujer le explicó que aquella calzada había sido una razón decisiva para comprar la casa.

*No lo entiendo*, diría Georgie más tarde, cuando se coló en la habitación de Neal y él la empujó contra la pared, bajo su diploma de Scout Águila. *Es como tener una carretera en el jardín delantero*, añadió. *¿Qué gracia tiene eso?*

Neal resopló una sonrisa en el oído de Georgie. Luego le abrió el cuello de la piyama con la nariz.

Ahora, Georgie recorría ese mismo camino, quebrando con sus huellas la perfección del jardín nevado, tan idílico como una postal navideña.

Abrió el mosquitero y tocó; la puerta de la calle cedió a su contacto. Porque en Omaha, por lo visto, nadie cerraba las puertas. Georgie oyó música navideña y voces de gente platicando. Volvió a tocar y se asomó.

Como nadie respondía, entró en el vestíbulo de puntitas. Percibió un aroma a manzanas con canela y ramas de pino.

—¿Hola? —saludó Georgie en tono demasiado quedo.

Le temblaba la voz, iba dejando un rastro de nieve…, se sentía como un ladrón.

Volvió a intentarlo, ahora con más energía.

—¿Hola?

La puerta de la cocina se abrió unos centímetros, y la música (*Te deseo muy felices fiestas*) sonó más alta. Neal salió. Apenas los separaban unos pasos.

Neal.

Con el cabello color chocolate, la tez pálida, un suéter rojo que Georgie no conocía. Con una expresión en el rostro que Georgie nunca le había visto. Como si no la reconociera.

Se detuvo.

La puerta de la cocina osciló a su espalda.

—Neal —susurró Georgie.

Neal se había quedado boquiabierto. Una boca preciosa, unos maravillosos labios de idéntico grosor, unos deliciosos surcos como asideros para los dientes de Georgie.

La miraba frunciendo el ceño. Cuando cerró la boca, Georgie advirtió un latido en sus mejillas, cerca de las orejas.

—¿Neal?

Transcurrieron cinco segundos. Diez. Quince.

Neal estaba allí. Vestido con jeans, calcetines azules y un suéter raro.

¿Se alegraba de verla? ¿La reconocía siquiera? ¿Neal?

La puerta se abrió detrás de él.

—¿Papá? La abuela dice…

Alice entró en la sala y Georgie notó que le fallaban las piernas.

Su hija dio un salto. Como hacen los niños en las películas. De alegría.

—¡Mamá!

Echó a correr hacia Georgie.

A ella se le cayó el celular de la mano cuando se agachó.

—¡Mamá! —volvió a gritar Alice cuando se arrojó a los brazos de Georgie—. ¿Eres nuestro regalo de Navidad?

Georgie abrazaba a su hija con todas sus fuerzas mientras le cubría la cara de besos. Georgie no vio cómo se abría otra vez la puerta de la cocina, pero oyó a Noomi gritar y maullar, y de repente las tuvo a las dos entre los brazos, y Georgie se estaba cayendo de lado aunque intentaba seguir de rodillas.

—Los extrañaba —dijo entre besos, cegada por la piel rosada y el cabello color miel de sus hijas—. Los extrañaba muchísimo.

Alice soltó a su madre y Georgie la estrechó con el brazo. En ese momento, Neal levantó a su hija en vilo para despegarla de su madre.

—Papá —dijo Alice—. Mamá está aquí. ¿Te llevaste una sorpresa?

Neal asintió y separó a Noomi también. Dejó a las niñas a un lado. Noomi protestó maullando.

Neal tendió las manos y Georgie las tomó. (Manos cálidas entre sus dedos helados.) La ayudó a ponerse en pie y la soltó. No sonreía, todavía no, de ahí que Georgie tampoco lo hiciera. Sabía que estaba llorando, pero le daba igual.

—Estás aquí —dijo él por fin, sin mover apenas los labios.

Georgie asintió.

Neal avanzó deprisa y rodeó el rostro de Georgie con las manos (una en su fría mejilla, la otra debajo de la barbilla) para atraerlo hacia sí.

El alivio la atravesó como un fantasma.

Neal.

Neal, Neal, Neal.

Georgie tocó los hombros de su marido, luego el cabello, por la zona de la nuca (todavía pinchaba) y por fin la punta de las orejas, que frotó entre los dedos.

No recordaba la última vez que se habían besado así. Puede que nunca. (Porque ninguno de los dos había estado jamás al borde del abismo.)

—Estás aquí —repitió él.

Y Georgie asintió, y dio un paso adelante por miedo a que él se retirara.

Estaba ahí.

Y eso no arreglaba nada. No cambiaba nada.

Su trabajo seguía existiendo. Y la reunión, quizás. Todavía tenía que solucionar el asunto de Seth… o no. En realidad, Georgie no había tomado ninguna decisión…

Pero, por una vez, había obrado bien.

Estaba ahí.

Con Neal. Sin saber lo que implicaría eso de ahora en adelante.

Él la besó como si supiera exactamente quién era Georgie. La besó como si llevara quince años esperándola.

Alice y Noomi saltaron hacia sus padres y les abrazaron las piernas.

Un perro ladró en alguna parte de la casa y oyeron a la madre de Neal decir que haría falta otro cubierto en la mesa.

—Estás aquí —dijo Neal una vez más, y Georgie lo agarró de las orejas para que no pudiera alejarse.

Asintió.

ANTES

Neal estacionó el Saturn en la entrada de los coches. Recostó la cabeza en el volante. Dios santo, se caía de sueño.

Ésa sí que sería una magnífica sorpresa de Navidad: Georgie golpeando en el cristal para pedirle que moviera el coche.

Propinó un cabezazo al volante.

*Vamos, Neal. Puedes hacerlo. Es posible que te rechace, pero por preguntárselo no pierdes nada.*

No quería recordar la última vez que hizo esa pregunta, sabiendo que Dawn aceptaría y que él, en el fondo, prefería que no lo hiciera.

Si se lo hubiera vuelto a preguntar aquella misma semana, Dawn habría dicho "sí".

Dios mío, podía imaginarlo al detalle. La boda. El matrimonio. El resto de su vida con Dawn. Todo tan agradable, tan predecible que ni siquiera le hacía falta vivirlo para conocer el desenlace.

Con Georgie, en cambio, no podía predecir ni siquiera los próximos diez minutos. Nunca. Y menos hoy. Los próximos diez minutos... Tal vez lo rechazara; se había pasado toda la semana suplicándole por teléfono que cortara con ella.

Sin embargo, tanta insistencia sólo había servido para convencerlo de que no podía hacerlo.

Incluso a más de dos mil kilómetros de distancia, aun por teléfono, Georgie conseguía que se sintiera vivo.

Se le encendieron las mejillas sólo de pensar en volver a verla. Así era la vida con ella. Le arrastraba la sangre a la superficie de la piel. Le provocaba reacciones. Mareas. Lo hacía sentir en el centro de la acción. En el centro de la vida; y aunque a veces se sintiera desgraciado, no quería vivirla dormido.

Se palpó el bolsillo. El anillo seguía ahí.

Llevaba allí adentro desde que salió de la residencia; su tía abuela se lo había puesto en la mano. *Ya no lo necesito. En realidad nunca lo necesité, pero a Harold le gustaba vérmelo en el dedo*. Era un anillo familiar, le dijo. Debía quedarse en la familia.

Neal tomó la decisión en cuanto lo vio.

El futuro llegaría, tanto si estaba listo como si no. Llegaría aunque nunca estuviera preparado.

Por lo menos, podía asegurarse de afrontarlo con la persona apropiada.

¿No era ése el sentido de la vida? ¿Encontrar a alguien con quien compartirla?

Y si acertabas en eso, ¿en qué te podías equivocar? Si estabas junto a la persona que amabas más que a nada, ¿no pasaba a un segundo plano cualquier otra cosa?

Neal se desabrochó el cinturón de seguridad.

DESPUÉS

—No parece real.

—¿Y qué parece?

—El típico episodio navideño de una serie.

—Mmm… —Georgie notaba los labios de Neal en la nuca, cálidos contra su piel—. Un episodio doble —dijo él—. Con un giro al estilo *Cuento de Navidad.*

—Exacto —asintió Georgie—. O *Qué bello es vivir.*

La boca de Neal era cálida y húmeda.

—¿Tienes frío, Georgie Bailey?

—No —respondió ella.

—Estás temblando.

—No tengo frío.

Neal la estrechó con más fuerza de todos modos.

—¿Y siempre cae así? —preguntó Georgie.

—Ajá.

—¿Incluso cuando no hay nadie mirando?

—Creo que sí, pero no podría jurarlo.

—No puedo creer que haya estado a un pelo de perdérmelo.

—Pero no te lo perdiste —señaló él.

—Por poco…

—No hagas eso. Ya lo hemos hablado.

—No es verdad —replicó ella—. En realidad, no.

—Lo suficiente.

—Pero, Neal… Te he extrañado tanto.

—Okey, pero ya olvídalo. Aquí estoy. Deja de extrañarme.

—Está bien.

La nieve seguía cayendo. En cámara lenta.

—Yo también te he extrañado. Añoraba escucharte.

—¿Escucharme?

—Oírte decir lo que piensas. Lo que te preocupa. Lo que quieres para cenar.

—¿Añorabas que dijera que se me antoja thimpu de pollo?

—No añoraba eso en concreto…, sólo oírte, ¿me explico?

—Más o menos —repuso ella.

—Cuéntame algo ahora, Georgie.

—¿Qué?

—Cuéntame de qué me perdí —dijo Neal, y volvió a estrecharla con fuerza—. ¿Seguro que no tienes frío?

—No.

—Todavía tiemblas.

—Yo… —Georgie giró la cabeza para mirarlo a los ojos—. Petunia dio a luz.

—¿Sí?

—Sí. Mi madre no estaba en casa, así que yo hice de comadrona.

—Dios mío, ¿en serio?

—Sí. Y… mi hermana es gay.

—¡Heather!

—Sólo tengo una hermana. Puede que no sea gay, pero definitivamente tiene novia.

—Mmm… —Neal entornó los ojos y negó con la cabeza.

—¿Qué pasa?

—Es que… durante un segundo… Nada, tuve la sensación de haber vivido ya este momento.

Georgie se giró completamente y rodeó con las manos la cara de Neal. Él tenía copos de nieve pegados a las mejillas, a la nariz y a las pestañas. Se los retiró.

—Neal…

Él le abrazó la cintura con fuerza, una vez más.

—No, Georgie. Ya lo hemos hablado. Basta. Por el momento.

—Es que…, una cosa más.

—Está bien, sólo una.

—Voy a esforzarme.

—Te creo.

Georgie retuvo el rostro de su marido y lo miró con toda la intensidad de la que fue capaz. Intentó proyectar fuego por los ojos.

—De ahora en adelante, Neal.

Él frunció el entrecejo, con ternura, como si se propusiera desenredar algo sumamente delicado.

Abrió la boca para hablar pero Georgie se lo impidió. No podía evitarlo, los labios de Neal estaban ahí mismo; era esa proximidad lo que más la frustraba cuando tenía la impresión de que sus besos no serían bien recibidos.

Lo besó. Él desplegó los dedos sobre sus costillas y echó la cabeza hacia atrás.

Cuando Georgie se despegó, emitió una especie de quejido.

—Vamos, Georgie. Ya basta de "una cosa más".

—No, es que acabo de recordar algo: tengo que llamar a mi madre.

—¿Ah, sí?

Georgie intentó despegarse pero él no la soltó.

—Tengo que llamarla. No le dije que me marchaba. Me fui sin más; desaparecí.

—Pues llámala. ¿Dónde tienes el celular?

—Apagado. No funciona —Georgie hurgó bajo el abrigo de Neal para palparle los bolsillos—. ¿Dónde está el tuyo?

Él dejó caer los brazos, avergonzado.

—Adentro. Apagado. Alice me lo pidió para jugar al Tetris. Lo siento.

Georgie se dio media vuelta. Pisoteó con fuerza para sacudir la nieve de las botas Ugg que le habían prestado.

—No pasa nada. Usaré el fijo.

—Pídele a mi madre su celular —propuso él—. Ya no tiene fijo.

Georgie se detuvo y se dio la vuelta para mirarlo.

—¿Ah, no?

—No. Hace años. Después de que mi padre murió.

—Ah…

Neal le ciñó su propia chamarra.

—Anda, entremos. Estás temblando.

—Estoy bien, Neal.

—Estupendo. Dentro también estaremos bien, pero más calientitos.

—Yo… —Georgie tendió la mano y volvió a tocarle la cara—. Casi…

Neal susurró:

—Ya basta. Georgie. Estás aquí ahora. Quédate aquí.

# AGRADECIMIENTOS

Si tuviera un teléfono mágico que me permitiera contactar con el pasado, la primera persona a la que llamaría sería a mi querida amiga Sue Moon…

Y le diría aquello que no supe que necesitaba decirle hasta después de perderla.

Principalmente, le daría las gracias por ayudarme a salir de mi caparazón y demostrarme que el miedo no ofrece verdadero solaz. Cada vez que termino un libro, recuerdo que Sue me prometió que lo conseguiría.

Gracias a las numerosas personas que me ayudan a escribir.

A mi editora, Sara Goodman, que siempre sabe lo que intento decir. Y que entiende el poder de *Leather and lace*.

Y al equipo de St. Martin's Press, en especial a Olga Grlic, Jessica Preeg, Stephanie Davis y Eileen Rothschild, que son tan inteligentes, ingeniosas y compasivas que casi me gustaría poder obligarlas legalmente a que siempre sigan conmigo.

A Nicola Barr, que me escribe las mejores cartas cuando termina mis libros.

A Lynn Safranek, Bethany Gronberg, Lance Koenig y Margaret Willison, mis refugios.

A Christopher Schelling, que sabe cuándo declarar una emergencia relacionada con pugs.

Y a Rosey y Laddie, a las que quiero tanto que me duele el corazón, literalmente.

*Landline. Segundas oportunidades* de Rainbow Rowell
se terminó de imprimir en noviembre de 2015
en los talleres de
Litográfica Ingramex, S.A. de C.V.
Centeno 162-1, Col. Granjas Esmeralda, C.P. 09810, México D.F.